一派澄明

汤红星　著

天津出版传媒集团
百花文艺出版社

图书在版编目（CIP）数据

一派澄明 / 汤红星著. -- 天津 : 百花文艺出版社,
2022.12
ISBN 978-7-5306-8373-6

Ⅰ. ①一… Ⅱ. ①汤… Ⅲ. ①散文集－中国－当代
Ⅳ. ①I267

中国版本图书馆CIP数据核字（2022）第190947号

一派澄明
YIPAICHENGMING
汤红星 著

选题策划：山东省散文学会　封面设计：于晨虹
责任编辑：张雪
出版发行：百花文艺出版社
出版社地址：天津市和平区西康路35号　邮编：300051
电话传真：+86-22-23332651（发行部）
+86-22-23332656（总编室）
+86-22-23332478（邮购部）
网址：http:/www.baihuawenyi.com
印刷：济南精致印务有限公司
开本：710×1000毫米　1/16
字数：226千字
印张：16
版次：2022年12月第1版
印次：2022年12月第1次
印刷定价：69.00元

如有印装质量问题，请与济南精致印务有限公司联系调换
地址：山东省济南市历城区王舍人街道沙河三村
电话：（0531）88024369
邮编：250100　

序

我一直喜欢苏轼的词，相较于他的词中气势雄健的部分，我更喜欢他词中超然出尘的那一部分。

苏轼词中超然的思想，是他的心灵的飞翔，是他的人生境界的羽化，是字里行间渗透出的凡人之心。而在这凡人之心中，人们可读出他那沉甸甸的平生沧桑，看到他出世入世的辩证人生。

《前赤壁赋》中没有悲愤与哀怨，反而让人清新爽目，令人理解了他由皇帝宠儿、当代文学家，一路被贬为黄州民兵训练大队副队长（团练副使）时的内心苦闷，也理解了他经历人生思考后所形成的超脱达观的生存境界。

“寄蜉蝣于天地，渺沧海之一粟”。再伟大的人物，在大自然面前不过一粒尘埃。“逝者如斯，而未尝往也。”他对未来的道路和生活，理性、乐观，充满自信。

《定风波·莫听穿林打叶声》更是他一波三折心路历程的写真。对于正在经历的磨难，“谁怕？一蓑烟雨任平生”，头戴斗笠，身着蓑衣，即便是在风雨里过一生也处之泰然；对于即将奔赴的未来，“归去，也无风雨也无晴”，真正看透世间百态本质，有再大的磨难也就无所畏惧了。

《浣溪沙·游蕲水清泉寺》则没有自伤、衰老之叹，唱出“谁道人生无再少？门前流水尚能西！休将白发唱黄鸡”的光彩，抒发出自强不息、青春焕发的壮志，读来毫无半点负面情绪，反而是一派生机盎然。

他善于在乌云中寻缝，在黑暗中寻光，在苦难中重新找回自信，真正做到了不以物喜、不以己悲。这是将赤裸的灵魂放之于天下观，但绝不是消极释放、无知无畏的坦露。这是履险如夷的大家风范，是风与雨的统一，是冷与热的平衡，是阴与晴的兼容。他的人生难道不是辩证人生吗？

他的超然清新的诗作，比起那些枯燥乏味的哲学讲义，来得更加美妙而真实，更能传唱久远。

但见天地之间，红尘滚滚，七情六欲，各行其道。无论是形而下的器，还是形而上的道，生命寰宇推进不息是为至真。

在壬寅年立春之日，年过半百的我，再读苏轼词，就有了以上感慨。想用一句话形容此刻感受，我思索良久，脑中蹦出“良宵清风、一派澄明”句，自感合恰，于是记下，代为拙作之序。

最后声明，书中叙述的一些人和事，不止是我个人的经历，里面有群体的屐痕、时代的印记，故事均是真实的。至于其中的人名、地名等均为化名，如有雷同，请切莫对号入座。

2022 年 4 月 30 日

目　录

明月松间照

月出于东山之上。月光飘洒在松林之间，婆婆娑娑，随风飘摇，分不清哪是月光、哪是风声。而此时的世界，变得空明澄澈起来。

“明月松间照，清泉石上流”。对音乐家诗人王维来说，这就是天籁。而天籁，没有过多用词造句，只是简单质朴的几句话，就把山居的空寂描绘出来，就有了色彩、声音、温度、质感，犹如一场曼妙轻盈的梦，让人忘却烦扰，忘却自我。

王维隐居山林，并没有想成为一个超凡脱俗的世外之人。相反，他融入了当地的生活，与山民密切交往，并精心描摹他们的日常生活，像“偶然值林叟，谈笑无还期”“欲投人处宿，隔水问樵夫”。由此就可以理解，当他写出“明月松间照”的诗句时，内心是何等的豁达、欢乐。

你是否遗憾不能像王维一样隐居山林、享受生活，是否厌烦了熙熙攘攘的都市生活，是否为“五斗米”折腰而想选择逃离？

其实，王维的山水诗是一种诗意的哲学，以山水写心志，且向山水觅深情，没有逃避，也没有愤世嫉俗。诗人以寂静的影像去衬托自然万物的静美，从而达到一种平和、稳重、超脱的心理状态，寻求一份自在的“闲适”，而这种“闲适”并非是懒散的无所事事，也不是一味的“断舍离”，而是一种摆脱世俗功利和喧嚣之后构筑于内心深处中的那份“闲”、那份“适”，由此实现从社会的“自我”重返自然的“自我”,从群体的“自我”回归到个体的“自我”，而其目的则是以更好的状态投入新的社会实践，这是王维着意寻求的自然和人生的诗意之美的目的。

“明月松间照”的景象，会在每一座山里演绎。月光与松风的融合，会隐藏在每一个不起眼的傍晚，埋伏在每一位不骄不躁、具有持久定力的人的心间。

山居，与隐者密不可分。他们，或者满腹经纶却不以功名为重，或者放荡不羁行迹于江湖，或者遭受社会或官场打击而选择远离尘世。他们只盼寄情于山水之间，用以消磨掉尘俗的岁月，也许是做一短暂的休整以期东山再起。他们的一生曾经万种风情（包括山居岁月），在历史上留下足迹，在让后人唏嘘不已的同时，却纷纷效仿，乐此不疲。

孔子曾经说过：“仁者乐山，智者乐水。”因此，隐士们大都自居为“仁智之士”，自然就对山水之乐情有独钟。他们隐于山水，游于山水，在山水中寻找美，主要还是寄托情怀。可见，隐者与大自然的关系更为密切，自然之美在隐者的心中有着极为重要的地位。

南朝刘宋时的宗少文是南阳一带著名的高隐之士，他生性爱山水喜远游，曾经“西陟荆、巫，南登衡山，因结宇衡山，欲怀尚平之志”。后来因病回到江陵，自叹道：“老疾俱至，名山恐难遍睹，唯当澄怀观道，卧以游之。”他所谓的卧游，就是用画笔，把他足迹所至的名山大川绘成图画，悬于室内，朝夕玩摹，如临其境。他还说过：“抚琴动操，欲命众山响应。”这种卧游方式，与明代华宗煜所谓的“知山之可乐，虽与山远，而烟云晦明之异状，固在吾户牖间”是如出一辙的。游山玩水，是因为山水之美与隐者心灵相通。反过来说，隐者虽身居一隅，目不接烟霞，而胸中自有丘壑，则山水之美同样可以忘情陶醉，且心怀天下大事。

隐者之喜爱山，与其他人不同，其中自有一份独特的性情在。清代朱鹤龄，就很懂得山对隐者的特殊意义。他在《俞无殊山居记》中借隐者俞无殊的山居生活，阐发了自己对隐者与山林关系的一些看法。

“山林之乐，入而忘焉者为深。夫人久处阛阓，喧卑之与俱，尘壒之与交，必自厌其稠浊。一旦适苍莽、登高丘，览夫云峰之逶迤、泉流之淡澍、材木之翳蔚，无不忽然以喜、心旷神开者，及兴尽而返，则稠浊如故。彼其于山林之乐，如膏粱之子、暂甘疏茹，适焉而已，而岂其中之所有哉？若夫山林高蹈者不然，其视连岗接岫也，犹之屏障也；其视嵌窦绝壑也，犹之瓶盎也。淡然泊然，欣与厌之俱冥，然后能以山光潭影，之为真趣而发之为清音。盖骤然而遇之，与久而忘其所得，浅深大有间矣。”

一般人游山玩水和隐者对比，前者只是出于一种暂时离开喧闹的城市到山水中躲一时清静，山水对于他们仅仅是外在的，具有强烈功利色彩的事物。而隐者就不同了，他们视山水为己物，与自然融合在一起。在他们眼里，山水之美，不再仅仅是供人观赏的死物，而是活生生存在于隐者心灵中，并与他们的情绪和性格相合谐的享受。他们得到的不是一时的快乐，而是去追寻真正属于他们自己的人生真谛。

梁代隐者陶弘景《答诏问山中何所有》曰：“山中何所有，岭上多白云。只可自怡悦，不堪持赠君。”梁武帝萧衍同陶弘景关系很好，曾去信问他山中有什么，陶弘景写了这首诗作答。山中的白云，是陶弘景隐居的伴侣，是属于他独自享受的东西，也是远离尘世的象征。而武帝贵为帝王，人世间的荣华富贵、美女财宝享用不尽，但却无法领略陶弘景所拥有的那一份清闲，无法以平静的心态享受大自然的美景。

陶弘景实际上暗中在作对比。他把大自然的山水烟云与人间的富贵荣华相对照来看，他更欣赏大自然赐予的景色和美，他认为，这是别人不能夺走的东西。

唐代隐者田游岩，把对山水之美的所感所知，完全融入到了自己的文化修养和悠闲的生活方式中，如“游于太白山，每遇林泉会意，辄留连不能去”。北魏隐者冯亮，也将山水与对山水的审美融进了自己的实际生活里，如《魏书·逸士传》记载：“冯亮，字灵通，南阳人……亮既雅爱山水，又兼巧思，结架岩林，甚得栖游之适，颇以此闻。”

当然，不是所有的隐者都是如此淡泊的。唐朝的卢藏用就是另一类隐者。他少以文辞才学著称，很轻松地考上了进士，但是他却得不到上司的赏识，就一气之下跑到了终南山上做起了隐者。在山中，他跟随道士修习道术，相传可以几天几夜不吃饭。经常不吃饭的卢藏用，心思却一直在仕途之上，他之所以选择终南山隐居也是因为这里靠近都城长安，而当皇帝去了洛阳之后，他就再跟随皇帝跑到嵩山隐居，于是就得到了“随驾隐士”这样一个略含讥讽之意的称号。后来武则天也知道了这个人，就想请他出山，但多次赴请，均不就任，直至后来被授一品高官才释然赴任。当他步出终南山时，手指名山感慨道：“此中大有嘉处。”以致来迎接他的官吏司马承祯不无讽刺地说：“以仆视之，仕宦之捷径耳。”由此留下“终南捷径”一语令后人哂笑不已。

山东莒县浮来山，古莒国之地，有知名的佛来峰、浮来峰、飞来峰。三山环绕中的定林寺，掩在绿荫之中。寺中的千年银杏树，遮覆全院，更显此处超然世外的幽静。写《文心雕龙》的刘勰，少孤，二十岁时到浮来山定林寺，寄居十余年，笃志好学，潜心研究文学之道，在他三十七岁时终成我国第一部文学理论批评专著《文心雕龙》。他很看重自己的著作，但由于出身寒微，在那个以出身定贵疏的时代不被重视，也很难出世，只得背着书稿，恳请当时的名人沈约。他每天都在沈府外等候，以期引起注意。天道不悖勤，某一天他终于见到了沈约，得到“便命取读，大重三谓为深得文理，常陈诸几案”的殊荣。

门阀森严的世族制度，在刘勰身上不能不打上很深的烙印。他不仅是“过立试吏”，且是年近四十才“起家奉朝请”。就刘勰的政治抱负来看，所谓：“摛文必在纬军国，负重必在任栋梁，穷则独善以垂文，达则奉时以骋绩”，虽然他深为昭明太子器重，但政治上根本谈不到奉时骋绩，而成为军国的栋梁，最后还是选择出家为僧，独善其身，归于穷途。相传刘勰晚年，重返浮来山定林寺出家隐居，改名慧地，终了一生。

《文心雕龙》无疑是可以彪炳千古的，它的生命属于浮来山，属于定林寺。“夫玄黄色杂，方圆体分；日月叠璧，以垂丽天之象；山川焕绮，以铺理地之形。此盖道之文也。仰观吐曜，俯察含章，高卑定位，故两仪既生矣。”“神思之谓也。文之思也，其神远矣。故寂然凝虑，思接千载，悄焉动容，视通万里；吟咏之间，吐纳珠玉之声；眉睫之前，卷舒风云之色：其思理之致乎？”“体大而思精”的《文心雕龙》，即便是作者得到沈约的称许，却仍是“未为时流所称”，这就与他的出身寒门有关。

很长时间，《文心雕龙》是我的案头书，甚至生僻字都标注了读音。在移动互联网时代快餐信息狂轰滥炸之下，一直就没有看完，而看过的也渐渐淡忘。我曾三次拜访浮来山，每一次都仿佛是做了一个浅梦，从南朝走来，然后轻轻转身，一时不知朝着哪个方向走去了。

说到山居，陶渊明是一道必须攀登的峰峦。陶渊明的归隐行迹、山水情怀和千古诗句都与山居密不可分，

有一年，我专程到庐山旅游。在我印象中，庐山应当是“结庐在人境，而无车马喧。问君何能尔，心远地自偏”的一个圣地。受“采菊东篱下，悠然见南山”的熏染，这里应该是柴扉世界、菊花世界。随意地坐在一块山石上，眼望着远方山间，零零散散地落着几户农柴人家，不算太刺眼的阳光洒在山间小径上，每家每户的烟囱冒出袅袅炊烟，飘浮在空中，就有了“流水窗前绕，行云梦里过。仙葩生妙笔，岁月不蹉跎。”

而真实的庐山，没有这样的景象。当我们坐车前行，沿着盘山公路到达景区入口时，导游说我们到庐山了。打眼望去，这里俨然是一座繁华的小城，身在其中，竟忘了这已经是在山顶，而且如此快捷地到了山顶，好像与庐山的想象大相径庭了。

公元405年（东晋义熙元年）的一天夜晚，窗外寒风呼啸，雪已经下了一整夜。屋子里面的烛火摇曳。陶渊明拿起酒杯，一饮而尽。他站起身来到窗前，望着窗外的雪色。此刻，他的内心已经做了一个决定，官场浮沉几十年，该有个了结了，从今天开始，他要放下一切，彻底地做回内心的自己。他拿出纸笔，这是他最后一次写辞职信，扬扬洒洒，一篇《归去来兮辞》便问世了。“实迷途其未远，觉今是而昨非”“富贵非吾愿，帝乡不可期。怀良辰以孤往，或植杖而耘耔。登东皋以舒啸，临清流而赋诗。聊乘化以归尽，乐夫天命复奚疑！”

义熙元年之后，陶渊明步入了真正的田园隐居生活，不再受尘网羁绊。其实在那个时代，隐者并不鲜见，却少有坚决与世俗决裂的真隐，陶渊明算是一个。更重要的是，与其他隐者不同，陶渊明选择了一条与众不同的人生道路，即躬耕田园、自食其力。在当时士人中间，这绝对属于特例。比陶渊明稍小，后来以山水诗出名的诗人谢灵运，虽然拥有连山带湖的庄园，其中农田、果园、山林、泽陂一应俱全，但他“既笑沮溺苦”“耕稼岂云乐”，极度鄙视田园耕稼之乐。

刚刚回归田园的陶渊明，确实有一种复返自然的喜悦，他的一组《归园

田居》，掩饰不住这种喜悦的心情。“方宅十余亩，草屋八九间。榆柳荫后檐，桃李罗堂前。暧暧远人村，依依墟里烟。狗吠深巷中，鸡鸣桑树颠。”“种豆南山下，草盛豆苗稀。晨兴理荒秽，带月荷锄归。道狭草木长，夕露沾我衣。衣沾不足惜，但使愿无违。”淋漓尽致地展现了充满诗意的耕作生活，描绘出一幅恬静安祥的村居图，开创了让后世文人奉为理想的耕读生活，也开创了讴吟农村宁静悠闲生活的田园诗派，在晋宋之交的乱世，实践着自己的理想。

公元 408 年（义熙四年）六月，陶渊明的隐居之所不幸遭遇火灾，他不得已只好暂时栖身于门前水中的一条船上。不久后，他又迁徙于庐山之西。公元 415（东晋义熙十一年），陶渊明完成最后一次迁居，搬到浔阳负郭的南村。由于家口日繁，年迈多病，屡遭年灾，诗人甚至常常有断炊之虞。《乞食》一诗中，他写道：“饥来驱我去，不知竟何之。行行至斯里，叩门拙言辞。主人解余意，遗赠岂虚来。谈谐终日夕，觞至辄倾杯。”被饥饿驱使，年迈的诗人带着惶惑与惭愧，不得不向乡人求食。只是，一旦有酒喝，他很快又忘记了困苦。

“久在樊笼里，复得返自然”。陶渊明从公元 405 年回到故乡庐山后就再也没有离开过，他与乡人为伍，与明月作伴，悠然地过着闻鸡起舞、荷锄晚归、把酒赋诗、抱琴登高的田园生活，他的夫人翟氏也与他志同道合，安贫乐贱，夫妻俩常常是“夫耕于前，妻锄于后”。

公元 427 年（南朝宋元嘉四年）九月中旬，当他神志还清醒的时候，给自己写了《挽歌诗》三首。在第三首诗中，他说：“死去何所道，托体同山阿。”从这里，人们可以看到一代田园诗人对死的从容淡定以及死也要归隐于山林中的精神追求。

关于陶渊明的夫人，看到一则资料，说他有两次婚姻，前妻不知姓名，去世时大约二十来岁，他的作品中对这位夫人的描述也只有“始室丧其偏”五个字。他的第二任夫人翟氏，出身于当地一个望族。对于陶渊明的归隐，一开始夫人似乎是不大赞同的，一旦归隐，政治生活不说，仅物质生活就失去了保障，对于操心柴米油盐的妇人来说，无疑是一个严峻的考验。好在夫人勇于面对现实，放下身段，同夫君一起躬耕于田野，支撑着丈夫和五个孩子的生活与成长。因文献不足，无从查考，所知仅此。他的五个儿子都不是为文的材料，也都无甚出息，默默无闻，直到南朝梁时，安康王萧秀听说陶渊明有一个曾孙做着里长的小吏，叹息道:“陶潜之德，岂可不及后世？”即召为幕僚。此曾孙虽然沾了老爷爷的光，却在历史上连名字都没有留下。

诗人陆游的山居岁月，始终处在闲适与悲壮的矛盾中。他的祖籍在今天的绍兴市（古山阴）东浦镇鲁东村，后迁居位于鉴湖之畔的塘湾村。陆游把自己的住所称为“三山别业”，在自己的诗作中也有多次提及。三山，即行宫山、韩家山、石堰山，陆游的家位于三座小山的中间。几间茅屋，一片篱笆而已。他在《居室记》一文中有记载:“陆子治室于所居堂之北，其南北二十有八尺，东西十有七尺。东西北皆有窗，窗皆设帘障视。”

公元1188年（南宋淳熙十五年），陆游被罢官后就闲居在这里，一住就是十二年。陆游生于1125年，淳熙十五年时他已经是六十三岁的老人了，回到家乡的心情是相当复杂的，苦闷和激愤的感情交织在一起。好在水乡优美的风光，给了他很多安慰。他晚年的诗词，朴实无华;笔下的田园风光，恬淡清新，字里行间透出款款深情，淡雅中又有一种苍凉的感觉。

山中采药归来，寻一个村中小店，沽一壶新酿的村酒。斜阳向晚，看暮霭烟霞在高峻如屏障一般的山峰上缭绕。远处的湖面上，归帆片片，听渔舟唱晚，声声在耳。浅酙慢酌，独自喝着刚打来的新酿，不由得心生归隐之意，再也不惧怕宦海浮沉。放舟江上，纵情山水，无拘无束，逍遥自在，这一回终于要做一个真正的闲散之人了。

对于人生的感慨，陆游不似先前那样壮怀激烈，在岁月的磨砺下，他整个人变得平淡如水，词风也如清明的新茶，散发着淡淡的清香。“莫笑农家腊酒浑，丰年留客足鸡豚。山重水复疑无路，柳暗花明又一村。箫鼓追随春社近，衣冠简朴古风存。从今若许闲乘月，拄杖无时夜叩门。”然而他并不心灰意冷,“慷慨心犹壮”的爱国情绪并未泯灭,一直观察着北伐的局势，关心着朝廷的兴衰。陆游是在失意中鼓励自己，在鼓励中依然磨砺着斗志。

公元1192年（南宋绍熙三年）的十一月四日，黑夜沉沉。陆游睡到半夜里，突然狂风四起，乌云翻滚，紧接着风雨大作。他被疾风暴雨惊醒了。在孤村的深夜，陆游躺在床上，两耳听着如海涛咆哮的风雨之声，好似听到北伐的战马在冰河上奔驰的咚咚响声。这引起了陆游内心的无限感慨，他并不是哀叹自己闲居的困苦生活，而是想到自己如果还能够为国家去守卫边疆，那该是多么好啊！陆游听着、想着，不禁随口吟诵起来："僵卧孤村不自哀，尚思为国戍轮台。夜阑卧听风吹雨，铁马冰河入梦来。"这首短小精悍而气概豪迈的诗篇，充分反映了陆游在白发苍颜的晚年，仍然坚持抗战的一股满腔爱国热情。

可见，陆游的山居还是那样忧国忧民，未相忘于江湖。

第一次知道"王夫之"这个名字，是在上学的时候，知道他字而农，号姜斋，世称船山先生，是与明末清初顾炎武、黄宗羲并称的三大思想家之一。因为当时读书只为考试，不求甚解，也未深入探究他的经历，以致考试过后印象甚少。

我真正开始了解他，是源于近年对他的《读通鉴论》的阅读。全书约六十余万字，皇皇一大册，借引司马光《资治通鉴》所载史实系统地评论自秦至五代之间漫长的封建社会历史，分析历代成败兴亡，盛衰得失，臧否人物，总结经验，引古鉴今，探求历史发展进化规律，寻求国家复兴的大道。

王夫之颠沛流离的一生，注定与山川密不可分。他早年就读于岳麓山的岳麓书院，明亡后拜访方以智于江西吉安青原山，还曾在南岳莲花峰下住了九年。抗清失败后，他先是到湖南耶姜山（今大云山），筑茅庐隐居三载，后落脚石船山，建成湘西草堂，这里遂成为他的人生终点站。

在衡阳县金兰乡高节里，距离湘西草堂四公里处，有一座孤独了千万年的山——大罗山。此山荒凉凋敝，良禽过而不栖，山头巨石阴沉黄褐，其状如船，当地人叫它"石船山"。

这是一座怎样的山呢？王夫之说："船山，山之岑有石如船，顽石也，而以之名。其冈童，其溪渴。其靳有之木不给于荣，其草瘽靡纷披而恒若凋。其田纵横相错而陇首不立，其沼凝浊以停而屡竭其濒。其前交蔽以絯送远之目，其右迤于平芜而不足以幽。其良禽过而不栖，其内趾之狞者与人肩摩而不忌，其农习视其塍埒之坍谬而不修，其俗旷百世而不知琴书之号。然而予之历溪山者十百，其足以栖神怡虑者往往不乏，顾于此阅寒暑者十有七，而将毕命焉。因曰：此吾山也。”

其实这座山并不显眼，很容易被人忽略。可山顶上那块石头千年不移，万年不变，依然一块彻彻底底的顽石。石头的浑身写满缄默和刚毅，王夫之却和它一见钟情，成为天地知己，毅然决然用这块顽石来象征自己，自号“船山”，并感慨道，这就是我的山呀！

他一生著书颇丰，共计四百余卷，合八百多万字，其中大部分著作是在石船山完成的，如《读通鉴论》《宋论》《楚辞通释》《春秋世论》《张子正蒙注》……包括最后的《船山遗书》。

此间，王夫之极少出门，“伏栖林泉”闭门著书立说。人们发现，他即使出一趟门，不管阴晴雨雪、白昼黑夜，从茅草屋里移出那清瘦的身影时，必定是打伞或戴斗笠，脚上则套着一双木屐，十七年里始终如此。偶尔，邻居会听到茅屋中传出七弦琴声，时而沉郁悲怆，时而慷慨激昂，琴声在这山谷间回荡，宛如他对故国的怀恋、对民生的忧患。

他晚年身体不好，生活又贫困，写作时连纸笔都要靠朋友周济，多用故旧门生的旧账簿代替。每日著述，以致腕不胜砚，指不胜笔。在他七十一岁时，清廷官员来拜访这位大学者，想赠送些吃穿用品。王夫之虽在病中，但认为自己是明朝遗臣，拒不接见清廷官员，也不接受礼物，并写了一副对联，以表自己的情操：“清风有意难留我，明月无心自照人。”他到临死都是披散头发，不为异制，决绝态度昭然可见。

石船山的虎形山梁上，与孤山做伴的，是他的坟茔，坟茔两边的石柱上刻着两副对联，其中一副写道：“世臣乔木千年屋，南国儒林第一人”。王夫之，一代思想巨匠，就这样孤独地躺在这里。

公元 1646 年（清顺治三年），又一个明朝遗老避入山中。他朝朝暮暮想着的西湖，已然成为《西湖梦寻》中的回忆，“崇祯五年十二月，余住西湖。大雪三日，湖中人鸟声俱绝。是日更定矣，余拏一小舟，拥毳衣炉火，独往湖心亭看雪。雾凇沆砀，天与云与山与水，上下一白。湖上影子，惟长堤一痕、湖心亭一点、与余舟一芥、舟中人两三粒而已。到亭上，有两人铺毡对坐，一童子烧酒炉正沸。见余，大喜曰：‘湖中焉得更有此人！’拉余同饮。余强饮三大白而别。问其姓氏，是金陵人，客此。及下船，舟子喃喃曰：‘莫说相公痴，更有痴似相公者。’”

而现在，无论他还抱有怎样的幻想，这后半生，已成前朝遗孤，就如他在序言中写的“每欲引诀，因《石匮书》未成，尚视息人世”，真的只是尚息人间罢了。

四十九岁的张岱，在明亡后的第三年，抱着明史藏书仓皇奔走，隐居浙江深山之中。那时，家底殷实的张家早就破败，家中三万卷藏书亦无暇顾及。据张岱后来回忆：“籍甲内挡箭弹，四十年所积，亦一日尽失。”从前的靡丽繁华，真正成为“披发入山，駴駴为野人”下的云烟过往了。

这时的张岱，拖着半百之躯，过着饥肠辘辘、米炊难以为继的生活，“所存者破床碎几，折鼎病琴，与残书数帙，缺砚一方而已。布衣蔬食，常至断炊”，其中困苦难以赘述，只想将所有心力放在明史研究写作之上，以毕生才力尽付自己的《石匮书》。

隐居之初，他十分崇尚陶渊明，常常以其诗作聊以慰藉，“粗羹淡饭饱则休，破衲鹑衣暖则休”。所以鸡鸣枕上时，他忆起旧日的古玩戏伶，琴音茶色，灯火辉煌，无数的旧日繁华如片段灯影留存脑海，于是，在回忆旧事中成就了《陶庵梦忆》。

张岱五十岁时生活已经十分凄惨，九月九日重阳节那一天，家中几乎没有午餐可用，他有感而发，写下《和贫士七首》，其一曰：“秋成皆有望，秋萤独无依。空中自明灭，草际留微晖。霏霏山雨湿，翼重不能飞。山隈故盘礴，倚徙复何归。清飙当晚至，岂不寒与饥？悄然思故苑，禾黍忽生悲。”

五十一岁的张岱，奴仆已经经受不住困苦，走的也差不多了，抛下他孤身一人，在夜里，唯一陪伴他的，便是一盏暗光残灯和散落一地的残卷，此时的他，内心凄楚无比，恨不得一死了之。但一想到自己未完成的史学巨著《石匮书》，他又从凄苦中走出，强撑起信心继续活下去。

五十二岁的张岱，隐居快园，搭了一座茅草屋，并且经常种菜养鱼以摆脱生活窘境，开始抚琴自娱，好似走出内心的困苦，于是写下《快园十章》。其一曰：厥蔬维何？冬菘夏瓠。味含土膏，气饱风露。藿食莼羹，以安吾素。日买菜乎，求益则那。又曰：有何可乐？南面书城。开卷独得，闭户自精。明窗净几，蔬水曲肱。沉沉秋壑，夜半一灯。再曰：空山无人，读书深柳。

聊用养和，赖此红友。子美掀髯，浮白在手。博浪一椎，取以下酒。

七十六岁的张岱，以古稀之年成《西湖梦寻》。此时，那个被他念念不忘的大明王朝已经消失在历史的烟云中二十八年了，不管他如何抗拒新的王朝，历史的车轮终将向前推进着，这一切已无法改变。

垂暮之年，张岱回顾自己曾经浮华又曾历艰难的一生，决定效仿大明才子徐渭自作《墓志铭》：“少为纨绔子弟，极爱繁华，好精舍，好美婢，好娈童，好鲜衣，好美食，好骏马，好华灯，好烟火，好梨园，好鼓吹，好古董，好花鸟，兼以茶淫橘虐，书蠹诗魔，劳碌半生，皆成梦幻。年至五十，国破家亡，避迹山居，所存者破床碎几，折鼎病琴，与残书数帙，缺砚一方而已。布衣蔬莨，常至断炊。回首二十年前，真如隔世。”

张岱自谓：“称之以富贵人可，称之以贫贱人亦可；称之以智慧人可，称之以愚蠢人亦可；称之以强项人可，称之以柔弱人亦可；称之以卞急人可，称之以懒散人亦可。学书不成，学剑不成，学节义不成，学文章不成，学仙学佛，学农学圃俱不成，任世人呼为败子，为废物，为顽民，为钝秀才，为瞌睡汉，为死老魅也已矣。”

八十四岁的张岱，写完最后一部书《琯郎乞巧录》，即撒手人寰。在这本书的序言中，张岱写道：“世界光明者为日月，人之光明者为智慧。吾生来愚拙，见人有智慧之事，智慧之言，心窃慕之，不能效法，故作此书。虽不能传灯钻锐，大展光明，若能囊萤映雪，微芒闪烁，幸矣。”

陶庵国破家亡之恨至此泯灭，流传后世的巨著影响了几代人，他对西湖的山色感慨，亦成为“梦所未见，其梦也幻”的灵魂感悟。

我一直对元代黄公望的《富春山居图》情有独钟，专门购得画册一卷，后又购局部复制图挂于客厅，抬眼观澜，江山景致，尽入眼帘。

“一叶舟轻，双桨鸿惊。水天清、影湛波平。鱼翻藻鉴，鹭点烟汀。过沙溪急，霜溪冷，月溪明。重重似画，曲曲如屏。算当年、虚老严陵。君臣一梦，今古空名。但远山长，云山乱，晓山青。”

这首著名的《行香子·过七里濑》，是公元1073年（北宋熙宁六年）二月春，在杭州任通判的苏轼，沿富春江溯游而上，巡查富阳、新城，放棹桐庐，过七里濑而作。词中在对大自然美景的赞叹中，寄寓了因缘自适、看透名利、返璞归真的人生态度，发出了人生如梦的感叹。

二百七十年后的公元 1347 年（元至正七年），已然七十九岁的黄公望，应好友师弟郑樗（无用师）的邀请，开始绘《富春山居图》。为此，他踏遍了富春江两岸，背着画卷带着干粮一路前行。渔舟唱晚，樵夫晚归，山林寂静，流水无痕，都变成了他人生的注脚。他用了整整四年时间与河流对话。对话中，黄公望读富春江，富春江也在读黄公望，他们都互相懂得彼此的心情，一个是人生困顿后无奈寄情山水的全真教徒，一个是国破山河在、物是人非的茫茫尘寰。在黄公望与山水年复一年的对话里，他学会了山水的从容悠远，宠辱不惊，可以说他的晚年全部奉献给了富春山、富春江水，他在这副画中讲述了一条河流的一生，讲述着时代的悲喜。

在黄公望八十六岁时，这幅画终于创作完成。他一辈子没当成官，最后出家为道，然而却因为一卷《富春山居图》名扬海内外。这幅画成为中国十大传世名画之一，也是黄公望山水画的最高成就。

此画在笔墨技法上，以长披麻皴为主，并以书法用笔入画，如此勾勒出的疏松墨线，浓淡粗细相照应。偶尔会有重叠交叉，后人将这种技法称为“勾写”，而不是“勾皴”。在色彩渲染上，黄公望用淡赭色来表达秋意，若明若暗地笼罩于画中的景物之上，在秋季水气之上形成明媚色调，生动自然。以致明代书画家董其昌惊呼道：“吾师乎！吾师乎！一丘五岳，都具是矣！……此卷一观，如诣宝所，虚往实归，自谓一日清福，心脾俱畅……诚为艺林飞仙，迥出尘埃之外者也。”

曾有无数后人去富春江一带寻找黄公望笔下的实景，甚至拍下照片回来作比对，但现代技术无法复原那一片山水意境。

《富春山居图》在完成后，又经历了一段段颠沛流离的传奇，就如黄公望颠沛流离的一生一样。那将是另一个值得书写的故事了。

我曾专门到长沙，哪里也没去，就到岳麓山，就去拜访岳麓书院，而且选择的住宿地点，也是在岳麓山下的一个宾馆。

之前有人介绍说，岳麓山有一条山径，婉转穿梭于山中，连接起亭台楼阁，近千年间，朱熹、张栻、王阳明、左宗棠、曾国藩……都曾在这里徘徊。这是一条供人思考的山径，有多少求学者从四面八方朝圣般地奔向这里，可能只为一场关于道德、治国或学术的思辨。而这一切，则源于岳麓书院的存在。

第二天清晨，我迈上了这条山径，在树影斑驳的小路上走着，一边聆听小鸟的啁鸣，一边探寻古人的足迹，光影错落之间，仿佛看见了他们蹑足轻行的背影，忽隐忽现。

古代书院多建于山间。作为民间教育机构，集中了一批在当时有声望的学术带头人。知名书院的山长由地方官员和名绅推选，这决定了书院不是一般意义上的私学。书院的真正兴盛是在南宋，如张栻在岳麓书院，朱熹在白鹿洞书院，陆九渊在象山精舍，等等，而岳麓书院位居当时“四大书院”之首。正是这些书院，正是这样公私结合的宽松人文环境，为众多学者提供了更为广阔的平台，学者们获得了更多的讲席机会，这也让人文思想和治国智慧的火花能在这种环境里自由地绽放，因此，中国史上凸起了一座一座思想文化的高峰。

独行于幽幽山间，徜徉于沧桑书院，聆听着古人“礼门义路圣贤心”的教诲，竟不敢蔑视这座海拔仅300余米的山，还有这座同其他古代建筑无异的院落了。就是这里，安顿过一代代文化大师，他们的往来和聚会构成了一系列中国学术史中的著名事件。他们踏着这条松林掩映的山径上山下山，脚步变得震颤，牵动起中国学术文化的经脉。来岳麓山感受千年人风、文风，遂对这座山有了更深的道悟，不仅仅是山水幽深，更多的是深藏于山中的龙虎之气。

“惟楚有才，于斯为盛”今天的岳麓书院，依然书声琅琅。今天的山居，没有了文人雅客退养的闲适，没有了谪官放吏意冷无奈的蛰居。“传道济民，经世致用”这里有的是山的踌躇满志，山的意气风发。

当代作家余秋雨对山居也是情有独钟的，在他的作品中有大量描写山的文章，如《庐山》《狼山脚下》《三危山》《悬崖上的废弃》等。

他在《行者无疆》中说：“凡世上的豪宅都筑于半山，无论美国的比弗利山还是香港的半山，仿佛智富阶层已将悠悠山居作为最大的生活愿望。阳光透过树叶的缝隙，形成欢快的光斑，跳跃在山中的青石板路上，亮丽又全然单独。”甚至于连他自己的《山居笔记》都是在香港沙田的一个山坡上的别墅闲居时完成的。他说，“推窗出去，一半是绿树织成的山壁，一半是迷迷蒙蒙的海湾，于是日夜只与鸟鸣和涛声相伴，想找个住得最近的朋友也得翻山越岭……我的出生之地也依山傍水，与这儿非常相像，因此就我的本性而言十分厌倦喧嚣……如有神助，我竟来到了这个与自己的出生地非常相像的地方，而且要居住相当长的时日……这儿有一种旷古的宁静，这便是对话的最好环境。”

《文化苦旅》自序中写道：“我心底的山水并不完全是自然山水，而是一种‘人文山水’……每到一个地方，总有一种沉重的历史气压罩住我的全身，使我无端地感动，无端地喟叹……大地默默无言，只要来一两个有悟性的文人一站，它封存久远的文化内涵也就能哗的一声奔泻而出；文人本也萎靡柔弱，只要被这种奔泻所裹卷，倒也吞吐千年。”

他把有着许多古代文化积淀、穿越时空交汇古今的山水称为“人文山水”。他将“自然山水”置于“人文山水”的层面上来理解和阐释，从中探寻文人艰难跋涉的脚印，挖掘积淀千年的文化内涵。在特定的历史氛围和文化情景中，解析文人与山水的会心处，并勾勒出与山水风物熔铸在一起的中国文明史和文人命运。

有一年，我忙里偷闲，与家人一起到山东平邑县城东北蒙山东麓的大洼景区走了一趟。所谓大洼者，因坐落在龟蒙顶东麓，云蒙峰南侧，三柱峰西侧，其四面峰峦环列，中间平凹，一径通幽而得名。这里交通便利，风光优美，峰峦叠嶂，奇石荟萃，是国内著名的美术写生基地。

这里给我感觉最好的是空气，深深地吸一口气，闻到的好似宇宙最深处没有任何污染的气息，让常年生活在城市中的人们知道了氧气到底是什么味道。

出了宾馆向北走，不远就见到一个山村，可以说是蒙山典型的一个山村，柴火随意堆积在院外，也是一种景观。这里的山村村路，安静、清爽，让你有一种不可名状的亲切感和怀旧感。这种感觉到底是什么？想了许久，可能就是一种返璞归真的原生意念吧。

这里四面环山，峰顶直插云霄，使这个山洼成了一个藏风聚气的风水宝地、一个远离城市纷扰的清幽之所。我们去的时候正值初秋，道路两边的山坡上全是金灿灿的柿子，红艳艳的山楂，笑吟吟的栗子，随风摇曳的山花，加上啾唧的鸟鸣、淙淙的溪水、欢叫的鹅鸭、吱呀转动的碾盘，说是组成了一曲天籁之音也不为过。

沿山路而上，不时会遇到一些身背画板的人，他们大多是来写生的学生，也有些是慕名而来的各地画家。在他们的画笔下，大山、乡村、磨盘、树木……一一融入画布。

我到山中的一个村落，满眼都是石头砌成的古朴的石屋，村民田园牧歌式的生活，给人一种说不出来的恬静和美感。可惜的是，这里已经有不少房屋被出租给了城里人，作为修心养性的处所，给这个古村增添了几许现代化的异样。

上小学时，读贾岛的《寻隐者不遇》："松下问童子，言师采药去。只在此山中，云深不知处。"总让人有种高深莫测的味道。长大之后，我慢慢开始懂了，发现"寻隐者不遇"是很多人有过的经历，从古到今的终南山，可以算作最典型的代表了。

有段时间，我一直希望过上一种山居生活，在自己生活的这个城市边缘，到处寻找易于山居的居所，同时受到当时终南隐士的影响，一直想着要到终南山一游，亲身感受隐者世界的人与物。

翻阅资料，发现人们对终南山给予了极高的评价，说它的魅力与价值，足以与希腊奥林匹斯山媲美，都是神仙的故乡。在山里，随意搭茅蓬而无人干涉的现象，恐怕也只能出现在终南山上（据说随着政府的治理，这种现象正在回归正常秩序）。这样的田园生活是隐者们所热衷的。他们在避开尘世的纷扰之后，其目的就是住下来，让自己身心暂时舒展一下，要的就是一种孤立于现代文明的别样生活方式。

时光荏苒，岁月如梭。终南山中，茅屋洞穴之间的炊烟从来未曾断绝，耕读与山居的生活方式也没有消失。如今，那些读着黄卷，嚼着菜根，住在茅屋的人不是古人，而是从都市返回田园的现代人，他们学习古人，守着一片诗意盎然的山野，做着无法媲美古人的隐居梦。

毕竟时代不同了，现代人的山居生活，其实就是一种归而不隐的生活方式，谈不上思想的目的性、深邃性，无非是离车水马龙远一些，离树木草鸟近一些。古人山居可能是几年甚至十几年，现代人的所谓山居也许是几日顶多是几月，因为山居意味着离无线网络更远了，离超市更远了，离医院更远了，甚至离时间更远了，习惯了便捷生活的人们，是否真正能产生“大乐之野”的快乐？还是接续产生新的抑郁和彷徨？

其实，每个人心底都隐藏着一个“普罗旺斯”之梦，那是薰衣草的香气、浪漫的花语，逃离都市中的喧嚣，享受片刻慵懒的时光，在雪山花海中做一回时间的主人。

在我的藏书中，有不少关于山居的或类似于追求闲适的书籍，如《莫干山居》《偏跟山过不去》《一平方米的寂静》《弗拉基米尔州的乡间小路》等，作者以亲身体验来叙说山居或田园生活，完全有着自己的审美哲学。

我曾经梦想着在城里有一套设施齐全、生活便捷、像模像样的正式住宅，然后再在郊区山林间拥有一方小院，四面青山，除了水声与鸟语，便是松风与花香，可相偕林间散步，溪畔观鱼，岩下读书，兴来时则登高一咏，尽情享受林下之乐与尘外之趣。

愿有朝一日，我也能找到这么一处山居之所，感受空灵与安宁。

落雨时分

雨，从天而降，滴滴答答，像极了欢快的舞步。雨，云集为水，于千尺而坠落，入大地，归自然，是为团聚。雨，湿润、宁静、迷蒙，是忧伤，是别离。对于雨，每个人的感觉不同，全由心生，欢快也罢，忧伤也罢，心境赋予了它不同的内涵。

我喜欢雨的忧伤，听小雨落地的声音，感受细雨霏霏的迷蒙。坐在窗前或站在屋檐下，看这精灵飘落，带着潮湿的气息，打在地上、树上、山上；听雨滴落的声音，犹如天籁的恩赐。雨迷离，眼睛也迷离，如水幕，一段段往事浮在面前，唤起的是回忆，心里涌起的是淡淡的忧愁，默守的是一份孤寂，是情思。

音乐最能表达雨的真情，雨也在音乐中占据着重要地位。我十分钟情于表现雨的音乐，尤其以钢琴、大中小提琴为主的伴奏曲，可以在任何时候、任何心境下做背景之音，随心而动。

小提琴曲《落雨时分》(*Sometimes when it rains*)是神秘园乐队《大地之歌》专辑最著名的曲目之一，整首旋律扣人心弦，穿透生命表层，直抵人的灵魂深处。

当夜深人静时，播放这首带着湿润的音乐，独自品味每一节音符，舒缓柔美中充满了追忆、思念、伤感和忧愁。可以想象，一个人凭窗而立，甚至置身于灰蒙蒙的细雨中，孤独寂寞地看着街道上匆匆赶路的行人……此时，一种孤独、无助的感觉会涌上心头。还可以把眼光放到更远的地方，那种眼神应该是茫然的，脑中许是空白的，思绪也有可能是紊乱的，总之，只有雨声是不变的，你恰在不变中驰骋飞翔、状态万千。随着音乐行进，我最大的感受就是依稀回忆起童年、少年、成年或遥远或清晰的往事，或对未来的期盼，有时也有对将来的恐惧，想到自己六十岁、七十岁以后的生活和岁月，随之而来的是无奈。人世间好多的真实和无奈追随着时光的流逝渐渐模糊，但那份眷恋和依偎却依然铭刻在心底。在寂静的深处，在雨声缥缈中，我们放下了匆忙，重新来审视内心，发现宁静的内心，像一片汪洋大海，深水静流，在海水深处，悄然间不知早已藏了多少故事。全曲小提琴演奏出的旋律婉转悠扬，不论回忆起来是悲伤多一些，还是幸福多一些，岁月拂去了铅华，过往都已成为纯纯的思念。就这样，静静地听，慢慢勾起回忆。

《雨》（The Rain）是日本著名作曲家久石让的作品，是北野武的电影《菊次郎的夏天》里的电影配乐，它同样会让你透过起起伏伏、急急缓缓的琴声，陷入春夏秋冬的回忆当中。久石让似乎特别喜欢用小提琴和钢琴混奏，钢琴带来悲伤的情调，而小提琴却又激起一丝振奋，好像在朽木与贫土上重新发芽的植物一样，给出新的希冀，又似那早已逝去的爱恋的岁月重新浮现在眼前。最后稍快的节奏，小提琴的音色特别突出，让人为之一振，这符合久石让的风格。

雨天最适合做的事情，恐怕就是读书了。

古人把雨天视为“三余”之一。所谓“三余”：“冬者，岁之余；夜者，日之余；阴雨者，时之余”，乃是人生最为闲暇的时光，故苏东坡写下了这样的句子：“此生有味在三余”。在我看来，雨天最大的乐趣就在于读书，此时因雨得闲，足不出户，且无人造访，于是自己关门大吉，伴着窗外的雨声，随手翻些古今文人的小品笔记，可尽得读书三昧。

在雨天读书，莫过于读周作人的《雨天的书》了。其实，这本书不是专门写雨的书，而是一本集子。他在序言里说冬天格外的多雨，天总是阴沉的；而即使在天气是明朗的时候，人的心里也依然会有雨天，所以这雨天的随笔可以陆续地写下去。这是《雨天的书》书名的由来。书中他写北京的茶食、故乡的野菜，谈文学艺术，充满了平和、宁静，不急不躁，就像绵绵细雨之天，虽淡雅至极，却可从中读出他的苦寂。

周作人始终是一个矛盾的人，他是自卑的，说起自己写文章的原因，只道“我因寂寞，在文学上寻求慰安，求杂读书，胡乱作文，不值学人之一笑。”但他又是自信而有见解的，认为“文艺只是自己的表现，所以凡庸的文章正是凡庸的人的真表现，比讲高雅而虚伪的话要诚实多了。”他总徘徊于热情与淡薄之间，却始终能把握住一个合适的度，做情感和理性的交锋。灵魂寂寞，却活得淡雅，许是雨给予他的秉性。那也就够了。

《听听那冷雨》是著名诗人余光中的散文作品。这篇散文抒发的是深深的思乡情绪，借雨声的描写流淌而出，借冷雨抒情，将不能团聚的思乡情绪娓娓倾诉。另一方面，这种乡情也表现在他在文中化用的诗词里面，中国古典诗词的意趣在被赋予生命的冷雨中表现得更淋漓尽致。他说：“雨不但可嗅，可亲，更可以听。听听那冷雨。听雨，只要不是石破天惊的台风暴雨，在听觉上总是一种美感。大陆上的秋天，无论是疏雨滴梧桐，或是骤雨打荷叶，听去总有一点凄凉，凄清，凄楚，于今在岛上回味，则在凄楚之外，再笼上一层凄迷了，饶你多少豪情侠气，怕也经不起三番五次的风吹雨打。一打少年听雨，红烛昏沉。再打中年听雨，客舟中江阔云低。三打白头听雨的僧庐下，这便是亡宋之痛，一颗敏感心灵的一生：楼上，江上，庙里，用冷冷的雨珠子串成。他曾在一场摧心折骨的鬼雨中迷失了自己。雨，该是一滴湿漓漓的灵魂，窗外在喊谁。”

文章虽说通篇写雨，写愁，写离怨，但决不让那朦朦的愁云蒙蒙的雨幕来晦涩自己的观点，他有意让作品的社会意义、美感价值经历洗礼和考验。

古诗词中的雨，又有多少哀愁？

直接用雨做标题的，全篇却不着一个“雨”字的诗，莫过于唐朝的杜牧了。“连云接塞添迢递，洒幕侵灯送寂寥。一夜不眠孤客耳，主人窗外有芭蕉。”

在一个孤独的雨夜，雨水一片迷茫，天上的黑云与远方的边塞似乎都被这充斥天地的滂沱大雨连成一体，让我觉得天更高地更阔，家乡更遥远。大雨洒到了帐幕上，雨水的潮湿浸湿着昏黄的灯火，让灯火忽明忽暗，似乎在反复提醒我身在他乡的寂寥。我这个浪迹天涯的孤独游子，听着窗外淅淅沥沥的雨声，一夜都难以成眠。为什么会是这样呢？因为主人在窗外种了芭蕉，这雨打芭蕉的声音，搅得我心绪不宁，无法入睡。

听那雨打芭蕉的声音，在安静孤独的他乡夜晚，是那么清晰真切，那么寂寥哀愁，一夜不绝于耳。在这辗转反侧的夜晚，离别愁绪随风化雨，点滴在离人心头。

北宋秦观《浣溪沙·漠漠轻寒上小楼》："漠漠轻寒上小楼，晓阴无赖似穷秋。淡烟流水画屏幽。自在飞花轻似梦，无边丝雨细如愁。宝帘闲挂小银钩。"一位佳人独自倚楼，凭栏远眺，花瓣在风中轻舞飞扬，似梦似幻，春雨丝丝缕缕，似无边的愁绪。淡淡的哀愁与寂寥，多么让人心碎啊。

唐朝李商隐《夜雨寄北》："君问归期未有期，巴山夜雨涨秋池。何当共剪西窗烛，却话巴山夜雨时。"巴山下着淅淅沥沥的秋雨，你我何时才能重逢，那夜雨正如我无尽的思念。他在《宿骆氏亭寄怀崔雍崔衮》中"留得枯荷听雨声"句，呈现一幅全息秋意图。秋雨打在残荷上面，发出错落有致的声响，陪伴孤单者的孤寂和宽解长夜不眠人的心事。《红楼梦》中林黛玉独独喜欢这一句。李商隐诗作多情缠绵，恰恰符合林黛玉的性格和心境。

南宋陆游《临安春雨初霁》："小楼一夜听春雨，深巷明朝卖杏花""一片春愁待酒浇，江上舟摇，楼上帘招。秋娘度与泰娘桥。风又飘飘，雨又萧萧。"此时，我们仿佛真的进入了古人的境界，触摸到了他们内心微妙的纤维。

有雨的夜晚当然更要读有雨的诗词，这夜晚便会像诗句那样魂牵梦绕。"半窗夜雨灯初昧，一枕秋风梦未回""雨到深秋易作霖，萧萧难会此时心""少年听雨歌楼上，红烛昏罗帐。壮年听雨客舟中，江阔云低，断雁叫西风"，读后，伏在枕上微闭双目听风听雨，方知什么才是"卧后清宵细细长"了。

"水光潋滟晴方好，山色空蒙雨亦奇。"画中不可缺雨，历代文人墨客往往藉其抒发情怀。

画中作雨，是对画家功力的考验，轻了看不见，重了能看或感出雨时，又可能不合画意，想要画个蒙蒙细雨却画成瓢泼之感。

中国古代有许多名家画过精彩的雨景山水作品，他们有的直接画雨，有的画雨虽不见雨，却能使人产生下雨的感觉，这是因为他们研究了画雨景的规律，比如："烟中每有无根树，雨外尤多没骨山"。

南宋苏显祖《风雨归舟图》绘近处巨岗高树，中部为广漠的江河，并置沙渚、坡岸、板桥、行舟、人物等，远处山峦耸峙，景色具有江南水乡山崇水阔的特点。画面又着意表现出风雨急骤时的特殊景致，图中树木的枝叶在狂风中摇曳，板桥上的行人撑伞顶风冒雨，艰难前行，河中小舟上的艄公费力地撑篙破浪行驶，形态表现得十分生动。

同样是《风雨归舟图》，明朝戴进的画作描绘出暴雨降临的瞬间，风雨交加，江面上小舟颠簸摆荡，行人迎风而行的情景。为了捕捉大自然这戏剧性的一刻，戴进运用宽阔的湿笔，快速斜扫过画面，表现大雨滂沱雨雾翻腾的撼人气势，同时他也画出纷飞的树叶、芦苇和逆风行走的小舟，加强整幅画的动势。

关于雨的传说，是一个改恶向善的故事。《周礼》《山海经》均有载。

相传，上古时期，从黄帝到炎帝，几百年未见雨滴，人民生活困苦艰难。到了神农氏时代，旱情最重的地方，川竭山崩，皆成沙碛，神农氏为此愁白了头发。有一天，不知从哪儿跑来一位蓬头跣足、形容古怪的野人，上披草领，下系皮裙，手里还拿根柳枝。野人自我介绍说：“我叫赤松子，曾随师父道人在昆仑山西王母石室中修炼多年。赤道人常化飞龙，南游衡岳，我亦化为赤虬，跟在他身后，还学会了布雨的本领。”

神农氏闻之心喜，让他马上显示一下。但见赤松子取出一种叫“冰玉散”的粉末吞下，化为一条赤龙，飞上天空。霎时，天上乌云密布，一场倾盆大雨兜头浇下，树木复活，山川冒绿，大地恢复了勃勃生机。神农氏大喜，立封赤松子为雨师，专管布雨施霖的事。

神农氏成仙后，黄帝继任首领，九黎的头领蚩尤不服，兴兵作乱，连赤松子也投奔了过去。等黄帝率领众部落与蚩尤大战于涿鹿之野时，赤松子化为一条虬龙，神兽飞廉变成一只小鹿，一道施起法术。刹那间，天昏地暗，飞沙走石，暴雨狂风，飓风卷飚。

黄帝和他的部下在一片混沌中，连东南西北也辨认不出，还能作战？蚩尤趁机发动进攻，杀得对方丢兵弃甲。就这样，蚩尤依仗赤松子和飞廉能征风召雨的优势，九战九胜，迫使黄帝连连后撤，一直退到泰山。

黄帝在泰山集群臣，商讨了三天三夜后，终于设计出两个破敌法宝——司南车和牛皮鼓。司南车有两层，共二十八个轮子，车上有一个手指前方的木刻人。车轮滚动时，牛皮鼓一共八十面，一起擂响，声音可以响彻三千八百里。于是黄帝再与蚩尤决战。

蚩尤仍使赤松子和飞廉呼风唤雨，吹烟喷雾。这一次，黄帝靠着司南车，始终不迷失方向，坚持战斗，紧接着擂起牛皮鼓，顿时惊天动地，裂石崩云，吓得赤松子和飞廉魂飞魄散，赶紧还原凶横本相，跟着蚩尤一块儿逃窜。

黄帝挥师追击，一直追到涿鹿，终获全胜，还活捉了赤松子和飞廉。因为这两个人都是降伏，黄帝仍叫赤松子当雨师，又封飞廉为风伯，要他们改恶向善，从此为民造福。

民间的雨的故事，似乎是更加凄美的。从前有个古老的传说，说大地间的每一个女孩都原本是天使，她们无忧无虑地在天上生活、嬉戏、欢笑。但是有一天，天使在天上默默地爱上一个凡间的男孩，想和他在一起过平凡人的生活，于是决定为他落一滴眼泪，因为天使知道，只要自己落一滴眼泪便不再是仙女了。由此，每次下雨，就代表了"一个天使落泪了"，又一个女孩爱上了一个男孩……所以，老人们都会劝说人间的男孩子们，千万不要伤了最爱你的女孩，因为要知道她是为了你，而放弃了整个天空……

爱情与雨相伴相随。雨、爱情，似乎都离不开诗的表达，最后还要回到诗中。明朝唐寅《一剪梅》："雨打梨花深闭门，孤负青春，虚负青春！赏心乐事共谁论？花下销魂，月下销魂。愁聚眉峰尽日颦，千点啼痕，万点啼痕；晓看天色暮看云，行也思君！坐也思君。"

青春年华虚度，黯然神伤于花前月下，此刻有泪涌出，思念的水溪流向哪里？

天气预报说今夜有雨。想着打开《落雨时分》，酝酿好心情，在这个寂静的夜晚，聆听。

素读笔记

1

灵感是什么？我没专门研究过，但我始终对它存有敬畏。

普希金说，灵感是能活跃地接纳印象，因此也就能敏捷地理解概念的一种情绪。姑且拿他的话作为概念。

据说，没有灵感的写作，会黯然失色。当面对贫乏、枯燥、索然无味的叙述时，你不能不产生厌倦。有时想想，的确如此。

我坚信，灵感是有灵魂的，如同一刹那的火花，一闪而过，不能再点燃时，生命便失去热量，灵魂也就离开躯体成为游荡者。亦然，写出的东西没有灵魂只是文字，犹如行尸走肉。

2

我喜欢开卷有益这个词。任何书，对自己有益处，就是好书。鲁迅很看重“野史杂闻”，他认为其中免不了讹传、恩怨，但不装腔作势。鲁迅的很多作品是对野史杂记的研究，从中我们可以看出他的人生态度，他的时代感、使命感。

“闲来负手对残书”。积极探索人生真谛，闲书也是书。打开一本书，获得教益，不枉费一册纸张。

3

尼采把生命比作在钢丝上行走。他自己却没有守住平衡。

小心翼翼地行走，是人的生存的需要。很多人就为了行走而小心翼翼，哪怕卑微地活着。

王尔德箴言：“我们全在阴沟里，但仍有人仰望星空。”

希望和梦想，有时正如寒夜里的灯光，静静照亮人们回家的路。

4

两晋南北朝时，以文章安身立命蔚然成风，所谓“文章不为稻粱谋”是也。

在功利驱使之下写出的文章，难有真性情。一旦文字成为“吃饭的家伙事儿”，就有失去本真的危险。

李杜文章千古事，当时他们是没有稿费的，其作品也未被赋予“商品”属性。曹雪芹、蒲松龄等，其作品均为故去后流传于世，假若指着混饭吃，他们何时才富。

5

总觉得读书不是一种接受的过程，应当是心灵最浪漫的一次旅行，让读者的思想在字里行间穿行，欣赏路边风景。书就像一个富有激情的画家，在秀丽的山水间支起画架，熟练地挥笔勾勒出一个个传神的轮廓，而读者将在画家的默默鼓励下，一遍遍用自己的领悟染上属于个体生活的色彩。

在那片宁静的风景画中，让我们静静地躺在某一个颜料汇聚的笔划里，看岁月如洗，听生命如歌。

6

北京商务印书馆老编辑刘叶秋，几十年如一日从事文字编辑工作，书斋仅有 2.7 平方米，是一间卧室隔开的，但这并不妨碍他写出成百万字的编著。

一生仅做一个职业。一个岗位奉献出的成果，让人汗颜不已。没有辉煌，没有级别，甚至可以说没有书房，这些并不妨碍他成为编辑大家。

如果人们没有听说过这个人，正也说明他的默默无闻。我们所看到的许多书，也许就是经他手精编出来的。

7

我喜欢看名家随笔，寥寥数语，随手记下所见所闻所感，形散神至。

随笔，仿佛是田间耕作中的一段小憩，思想的精灵在田埂上跳跃，一袋旱烟后，心底充实了许多，身上又来了劲头。

读大手笔的随笔，是精神度假。一卷在手，躺卧无妨，要的就是随意的感觉。

8

因味蕾不同，面对同一道菜，不同的人会咀嚼出不同的味道，倘若你非要让别人说出和你一样的味道，别人也许面上认同，但内心却存着排斥，背后对你强制的思想统一会嗤之以鼻，他知道味蕾是受大脑指挥的。

当私欲满足时，公知便会沉默。作为孤独者，则会越走越远。

9

“饭疏食饮水，曲肱而枕之，乐亦在其中矣。”出自《论语》。原来孔圣人也有不正经危坐的时候。

《论语》都是以小见大，没有什么教训之词，没有政治经济高度，有的就是一个一个寓言，一段一段“微事”，却能对立出一个巨大的矛盾体。

《论语》是可以随手阅读的，翘着二郎腿也行，粘上唾液捻书页也行，悠闲地读，就会读出不同的思想。假若坐火车望着窗外，边读边看风景，会“思接千载，视通万里”，双重风景叠加后，经典融化，如泉水般洗涤心灵。

10

一说起杜甫，就会让人想起“朱门酒肉臭，路有冻死骨”；一说起李商隐，便会诵出“春蚕到死丝方尽，蜡炬成灰泪始干”。然而，杜甫也有“细雨鱼儿出，微风燕子斜”的清新诗句。所以，大诗人的文学地位是立体的。

忧患之年代，造就了杜甫这样的大诗人，使现实主义彰显。

“无边落木萧萧下，不尽长江滚滚来。”“白日放歌须纵酒，青春作伴好还乡。”“丛菊两开他日泪，孤舟一系故园心。”……

一个诗人，能流传下这样多的好诗句，实在是叹为观止。

11

孤独是有高度的。柳宗元《江雪》:“千山鸟飞绝，万径人踪灭。孤舟蓑笠翁，独钓寒江雪。”写出孤独之最。

巴尔扎克说:“在各种孤独中间，人最怕精神上的孤独。”

村上春树《挪威的森林》里有一句话:“每个人都有属于自己的一片森林……即使是你最心爱的人，心中都有一片你无法到达的森林。”

每个人都有自己的一片森林，是我们无法找到的森林，是精神上的独林。

孤独是平淡的，平淡是幸福的。平淡生活的大多数人是幸福的。懂得平淡生活的人，是幸福的。

12

庄子云:“泰山非大，秋毫非小。”阐明万物并育、互不相害之理，也隐含了平等与自由的意蕴。

对于庄稼来说，下雨好还是晴天好，要根据具体情况才能判定。长期以来，观点成为最重要的，但逻辑和实际毕竟不同，逻辑代替不了实际，正如“泰山非大，秋毫非小”，没有高低上下之分。

13

《容斋随笔》的最大价值在于文史方面，对于正史所遵从的一些观点给予批判，如范增非人杰、《左传》有害理处、《通鉴》颇有窒而不通之处等。

作者洪迈乃宋之翰林，比之现在大约是院士衔，该书也多儒家正统思想的影子，如认为司马迁不该为项羽立纪，而该为楚怀王立。他还论汉高祖不足为圣，让人读后总有意犹未尽的感觉。

“意之所之，随即纪录，因其后先，无复诠次，故目之曰随笔。”作者是谦虚的，也是真实的。随笔是随意的，也是率意的。

14

郁达夫的文章有浓郁的文化气，对于古典籍的引用，信手拈来，但绝无“掉书袋”之嫌。比如，《清贫慰语》开宗明义，一提笔即引中国古籍之说：“洪范五福，二曰富；同时五极，四曰贫。”我有《闲书》一部，《清贫》《沉默》《说肥瘦短长》《谈结婚》等，一看篇目便知作者腹中诗书。

15

其实有很多人读书不一定是为了入仕。孟轲曰：“吾养吾浩然之气。”《世说新语》中的郝隆在大晴天时敞开肚皮晒书，皆在腹中也。陶渊明读书东篱下，悠然见南山，非入仕当官的可以做到。

毕竟官位少读书人多，仅用读书想敲开衙门还是有一定困难的。衙门打不开，就说读书可以修心养性。嵇康说：“游山泽、观鱼鸟，心甚乐之。一行作吏，此事便废，安能舍其所乐，而从其所惧哉？”

读书能提高个人修养，这是不言而喻的。但也有读书不多成就大事的，如木匠齐白石、六祖慧能，修养就很深。可见，书不能不读，也不能读死。读书不限于读有文字的纸，社会这部大书也要读好，关键是汲取养分。

16

王维“空山不见人，但闻人语声。返景入深林，复照青苔上。”李白“门前迟行迹，一一生绿苔。苔深不能扫，落叶秋风早。”都借苔写出一种幽深静谧的境界。

现代人生活节奏快，有的就向往寂静生活，以期放松身心。试想，走在一条绿藤爬满街墙的小巷，幽暗处墙根有绿莹莹的苔痕，两三家院门虚掩，院内偶传响声，并非人迹罕见，充满生活气息，多好啊。在这样的小巷，哪怕是片刻的低徊漫步，可以得到劳作间的小憩。

经网络搜索得知，凡是有苔的地方，说明此地未被污染，依然是一方净土。有苔之地，亦是思想的净土。

17

没有完美的人生，到头了便是悲哀。

倘若人生的好事可召之即来、人生的痛苦可挥之即去，生命其实已经处在幸福的极限，也就失去了存在的意义。

传说亚历山大大帝征服到不能再征服的地域时痛苦万分，他把征战当作人生最大的事业来做。卡夫卡总是不满意自己的作品，遗嘱中嘱咐把它们全部烧掉。罗丹雕塑巴尔扎克像，当学生惊叹塑像的手是一双多么完美的手时，罗丹愤而砸碎雕像，他要表现的是一个思想家的整体的美而不是局部。

明人张岱《陶庵梦忆》称：昔有西陵脚夫为人担酒，失足破其瓮，念无以偿，痴坐伫想曰："得是梦便好！"

痴人多是完美主义者，追求完美的尽头就是幻灭，所以尼采说过，保持轻度的贫困是该被祝福的。我想他说的贫困不仅仅是指财富吧。

18

一说起钱钟书，许多人便会提起小说《围城》，然其贡献则是学术，有《管锥编》《谈艺录》《宋诗选注》等。

我最喜钱钟书的治学精神，他能广征博引，内外兼通，用心专一，淡泊名利，做到了大有大无。他没有去想创建自己的体系，有的是扎实钻研学问。他曾被李敖说笨，说是"读死书的"，却在笨的境界里成为一代宗师。还有他与杨绛执子之手、与子偕老的爱情故事，早已传为佳话。

19

毛姆认为，读书不一定要读完一本再换另一本，而同时交替读五六本书反倒更合理些。他白天读的是科学、哲学书，心情愉快时读历史、散文、传记书，晚上则读小说。此外，毛姆手边总有一本诗集，有兴致时诵读几首。在床头，则放着一本随时可看也能在任何段落章节停止阅读的书。

我辈没有这种能力，但连续着读完一本书是可以的，哪怕是几个月或一年。有时候也不求甚解，读过拉倒。附庸风雅也罢，实用主义也罢，总之，应相信“知识就是力量”，文化生命不朽。

20

金圣叹评《水浒》，不让现代美学大师。他认为“天下之文章无出《水浒》右者”。总批曰：别一部书看过一遍即休，独有《水浒传》只是看不厌，无非为他把一百八个人性格都写了出来。《水浒传》写一百八个人物性格，真是一百八样，若别一部书，任他写一千个人，但只是一样，便只写得两个人，也只是一样。

暴露黑暗，批判现实，把《水浒》看作包有“一切书之法”的认识，正是见人见心，正心至善。

21

读《辽史》，其实读的是“一国两制”史。

辽朝时代是中国历史上的成功实施“一国两制”典范时代。辽的文化制度是契丹文化与汉文化并存，汉文化的强大悠久，让统治者充分认识到文化潜移默化的危险，于是在官职、礼仪、军事等方面均划分为南北两制。

文化的不认同，导致有辽一朝，很少出现有影响力的文学家、艺术家，而辽朝贵族的姓氏无外乎耶律、萧两个大姓，可见其狭隘统治，同时也造成了它文化上的贫瘠。

22

“阅读是自由的梦。”此话出自萨特之口。他认为阅读同样是创作的过程，需要想象与情感的介入。

阅读的本性是自由的，捆绑式阅读必然是失败的，如“雪夜闭门读禁书”是也。

真正的阅读是浪漫的。李白“两看相不厌，只有敬亭山”，沉浸在与山的对话中。

当阅读成为自由时，我们就少了许多束缚和欲望，身心会从文字里体验以达到升腾的享受，体验到追寻的美和乐趣。

23

嘲讽前人是再容易不过的事情了，因为他们把缺点和错误毫不保留地呈现在后人面前供评说。

胡适《四十自述》中评论梁启超：我个人受了梁先生无穷的恩惠。梁先生的文章明白晓畅之中，带着浓挚的热情，使读的人不能不跟着他走，不能不跟着他想。有时候，我们跟他走到一点上，还想往前走，他却打住了，或是换了方向走了。在这种时候，我们不免感觉一点失望。但这种失望也正是他的大恩惠。因为他尽了他的能力，把我们带到了一个境界，原指望我们感觉不满足，原指望我们更朝前走。跟着他走，我们固然得感谢他；他引起了我们的好奇心，指着一个未知的世界叫我们自己去探寻，我们更得感谢他。

胡适的态度很鲜明，他感谢梁启超，没有因为他最后成为保守派的代表而去骂他。这是应有的学者态度。

我们在评判前人的时候，首先应尊重和感谢他们，因今天的文明是用他们所犯下的错误和缺点换来的。

24

沈复，十八世纪中国的一个男子，因他不足十万字的《浮生六记》自传而得以名扬天下。

这是一本特殊的自传，写他的爱情、趣好、旅游、养生，不按年代，专按事类，抒情重于叙事，特别是对于爱情，感之至深。其妻陈芸，依附沈复一生，待于深闺之中。沈复曾于七夕镌“愿生生世世为夫妇”图章二方，沈复执朱文，陈芸执白文，以作往来书信之用。二人又曾请人绘月下老人图，常常焚香拜祷，以求来生仍结姻缘。陈芸于珠宝不甚爱惜，于破书残画反极珍视。芸尝着沈复衣冠与夫一同出游，知音相得。后芸失欢于公婆，夫妻几度受逐于家庭，二人痴情一往，略无怨尤，患难之际感情益深，然芸终因血疾频发不止，因贫困，至死不肯就医，魂归一旦。弥留时，惟念与复来生再续缘。芸虽亡，而沈复对她的深情却无止境。

沈复自述，胸怀坦荡，情深处忘我言语。他坚信与陈芸的相亲相爱是真挚的，敢于坦然相陈、昭示天下。他或许算不上有成就的男人，却绝对是一位在那个年代敢于表露情感的真男人。

25

梭罗的《瓦尔登湖》是一本宁静、恬淡、充满智慧的书。其中分析生活，批判习俗处，句句惊人，字字闪光。书中说：见一个人若是活得诚恳，那他一定是活在遥远的地方了。我们天性中最优美的品格，像果实上的霜粉一样，是只能轻手轻脚，才得以保存的。

书中运用大量的形象描绘，语句优美细致，像瓦尔登湖水的纯洁透明，像山林的茂密翠绿；也有许多说理透彻精辟，给人以人生启迪。

梭罗以自己的实践向我们展示质朴生活，鼓励倡导人们简化社会琐事，深入大自然品读生命。“假如人们能过宇宙法则规定的简朴生活，就不会有那么多的焦虑来扰乱内心的宁静。”他通过自己的生活实验，告诉世人不要被繁纷复杂的生活所迷惑，从而失去了生活的方向和意义。

正如徐迟先生所说：“《瓦尔登湖》是一本寂寞的书，是一本孤独的书。他只是一本一个人的书。”

26

记修禊事者，《兰亭序》也。修禊是中国的古老风俗，农历三月三日要洗浴，意在消灾祈福。王羲之等四十一人聚会山阴兰亭，吟诗饮酒，游戏人生，感叹“修短随化，终期于尽”，抒发魏晋玄远轶迹尘外之思想。

《兰亭序》全文二十八行、三百二十四字，通篇遒媚飘逸，字字精妙，点画犹神。王羲之要感谢米芾，是他称其为“中国行书第一帖”，后世但凡学习行书之人，都会倾心于兰亭而不能自拔。至于学术界争议是否右军真迹，那是考古家们的事情。

曹植《洛神赋》曰:“其形也，翩若惊鸿，婉若游龙，荣曜秋菊，华茂春松。仿佛兮若轻云之蔽月，飘飖兮若流风之回雪。”美丽虚虚幻幻，是可见而不可触摸的。曹植对佳人之恋，犹如羲之对书法之恋。

书法之美，不论真假。

27

跟世上许多事物相比，读书其实并不招人待见。从前有一首打油诗说出了不想读书的“理由”：春天不是读书天，夏日炎炎正好眠，夏去秋来冬天到，收拾书包好过年。

古来好多苦读的先进事迹被作为励志的典范，也可见读书这一行为的普遍性。

苦读不代表会读，古人“悬梁刺股”的读书方式，多数是为改变个体的人生境遇，没有了乐趣的读书，是凄惨的。

书籍，让人肃然起敬，但不必三拜九叩之后再读。书是来用的，读是过程，致用是目的。

28

《时间简史》上说，在大爆炸之前，不存在时间，时间从一个奇点开始，在此之前，时间是没有意义的。

我等对于时间的概念，理解不同。对哈姆莱特，时间就是复仇；对华老栓，时间就是赶赴刑场，去等待那血馒头；对朱自冶，时间就是花八十元置办一桌酒席，幸遇孔碧霞。

时间就是这么一种东西，它在预定中存在，同时又是人们的心理指向，其意义均在自己。

29

1941 年 3 月 28 日清晨，寒气未消。弗吉尼亚·伍尔芙，从伦敦市郊别墅悄悄来到寂静的苏塞克斯河边，带着梦幻般的眼神沉思。人们以为她和往常一样去散步了，谁也没有料到她会一去不返。她在河边徘徊了一会儿，不时弯腰捡着石块，把口袋塞得鼓鼓的，然后试探着迈进冷澈的河水。

伍尔芙自幼身体孱弱，连小学都没上。母亲病故，她纤细敏感的心灵难以承受这沉重的打击，开始郁郁寡欢，最终精神崩溃，虽几经治疗，稍有缓解，却并未痊愈，九年后又因父亲的逝世再度爆发，缺乏安全感的阴影缠绕了她的一生。

她曾立言，一旦纳粹德国入侵英国本土，他们夫妻二人便双双自杀。而她，顽强地经历了两次世界大战，却在五十九岁时没有坚持住。

《到灯塔去》，代表着她对美好生活的向往，充满着人性的善良，营造了一个与心灵等值的真实世界。

30

史铁生看破生死写成《我与地坛》。陈渠珍驻藏爱上一位藏女，千辛万苦将其带回西安，却死了，遂写就《艽野尘梦》。

知天命之年了，突然发现，活着很幸福，想要活得明白又很痛苦。所以我们羡慕孩子的无忧无虑，因为他们不用想太多，就那样本真地活着。而想得多的人，痛苦也越多。正如余华讲“人是为活着本身而活着”，人的生命有限，而宇宙洪荒无穷无尽，有一个安放灵魂的地方，是最幸运的事情。

31

村上春树的作品，语言精练简洁，符合中国读者的阅读兴趣。他描述的孤独、惆怅、寂寞，与当下都市青年人生活契合。他反复吟唱的是青春的伤逝，丰满的情感，迎合了人的感伤。那种心灵的孤寂，隐藏了人生的真味。

《挪威的森林》是感伤的青春韵律，《海边的卡夫卡》是时代与现实的行歌。对于他的时尚，不是我们更加俗化，而是这个时代所具有的晦涩，给人们造成的顽固、封闭、自虐的内心舒畅。

32

“废池乔木，犹厌言兵。”《宋史十讲》是邓广铭老先生的论文集，阐述了宋代历史的陈桥兵变、传说中的“烛影斧声”、王安石变法等十个问题，这十个问题看似零散，其实大体串联起了宋代的主线。

和许多人一样，在没有全面具体的认识宋王朝以前，我想象中的宋朝，一直是以积贫积弱形象处在那个历史时期。没有李唐盛世的疆域辽阔，也没有明清以后相对的安定统一。但随着邓广铭老先生的研究脉络，我这个想法似乎动摇了。

总的来说，宋代，是一个变革的时代，也是一个启后的时代。对后世的元明清来说，宋朝在很多方面开了先河，特别是制度上的继承、文化上的传承。

作为中国历史上转型时期的一个王朝，它面临着许多来自内部与周边民族的问题，它或许无法与汉唐的辉煌相比，但它的确有其独树一帜的重要意义：那就是在物质文明和精神文明上的突出贡献，这正是留给我们最宝贵的财富。

33

美国前国务卿基辛格在经历了一生中大大小小五十次的与中国领导人的访问之后，以自己独有的视角写出了他对中国千百年来文化、政策的理解，以客观、理性、严谨的态度，撰写了《论中国》。

中国从来没有哪一个时代像今天这样在经济上、文化上如此深度、广泛、全面地融入这个世界。作为一个迅速增长的经济体，中国以世界瞩目的方式发展着，而中国未来将何去何从更是关乎世界未来的关键因素。

《白宫岁月》《动乱年代》《大外交》《论中国》，美国的基辛格，给了世界一个不一样的中国，应该说，在二十世纪让世界了解中国、接触中国，他是做出了一定贡献的。

34

潘向黎喜欢古人的生活，她自称要努力做一个生活家。她喜欢那种悠闲的生活状态，她说她尽力想办法获取心灵的力量安顿自己，同时对抗外在的对人性异化的力量。

她曾凭借《白水青菜》《茶可道》，获鲁迅文学奖、冰心散文奖。在《梅边消息》中，她读古诗品人生，“古诗词就是我心目中的一片古老的梅花，梅树虽老，花却长新；历代人读诗犹如赏梅，那些激励、感触、思考、发现，就是源源不断的梅边消息。”

她似在寻求古人的生活。今人和古人之间其实有很多共鸣，古人虽不能与我们当面交谈，但留下的浩瀚书册，是我们寻迹的宝库。我们完全可以从古诗词中找到关于生活的智慧，潘向黎应该找到了。她读古诗，尝试把诗词和现实生活衔接起来，这样的诗词才能与我们的生活相融，这样的文字才好看。

古诗里有生活，古诗里有我们成长的脚步。

35

蒋勋说，“也许花朵落下或留在树上，是用不同的方式完成了自己。”

当蒋勋来到渔市，一条条被杀死的或者等待被杀的鱼排列在他眼前，他说总想拿起笔画些什么，但他不想画鱼，他想画出空气里的气味。他说，鱼还有一个美丽的梦，要努力游回大海。

大雁，无论是南飞，还是北归，遵循草木枯荣的规律，它们在用自己的方式完成一生。我们的一生同样如此，叫具有强烈使命感也好，叫延续社会责任也好，努力完成自己，赋予生命的本意。

此时的众生，简单就是美。在这世上，我们总是走了太多的路，而忘记了出发点与归处。欲望带来的纷扰越来越多，忘了一开始想要的本源。

其实，让我们在欲望中醒来很难，更别说找回原本的自己了。无论怎样，这个世界终究还是美丽的，生活还是精彩的，它不以你的意志为转移。

36

“今生今世是爱玲取得书名，我来日本后所写。写的是中国民间，江山有思。”

胡兰成对张爱玲无奈宠溺，如：“她这个人呀，真真的像天道无亲。”

胡兰成身处民国乱世，人生遭遇跌宕起伏，对世景世情，感触深入、独到。虽是颠沛流离，却以翻转生命的姿态、欢喜的笔调总结和反省一生，留下《今生今世》。英雄无赖有真姿，鱼樵闲话是史思。在其笔下，一路展开的，尽是悠悠人世的美丽风景。仅看于此，足矣。

37

冯唐是一名医生，当他看到自己医不好的病人离去时，无法承受折磨，内心极度痛苦。他希望自己能做一些有意义的事，不愿仅仅作为一个医学博士却不能对每一个病人的生命负责，因为生命是短暂的，你无法改变生老病死的自然规律。所以他转行，成为一位作家。这有点像鲁迅。

他说，书读得多了，病人见得多了，脑子更好使了，人生阅历更丰富了，笔下生出来的都是精品。那些作品充满智慧，令人欲求之而后乐。

“春水初生，春林初盛，春风十里，不如你”“风又起，我要用尽我的万种风情，让你在将来任何不和我在一起的时候，内心无法安宁”。

文字是世间最奇妙的事物之一，可轻灵，可厚重，可温柔，可肃恭，可高山流水，可下里巴人，最可爱的是，它是我们灵魂的某种折射。

有些人、有些事情你从未见过经历过，可字里行间却觉得似曾相识，闭上眼，事件的轮廓仿佛就在眼前，触手可及。

38

纳粹德国，一个普通士兵，历经残酷的战争存活下来后，被世人遗忘了。

《被遗忘的士兵》不是一本名人战争回忆录，却被人们评价为“最震撼人心的回忆录”，它是个体生命对于历史命运的回忆和思考，是个体生命对历史和命运的拷问，让我们读完之后会陷入沉思。

作者是从纳粹士兵这样一个战争机器的角度回忆的，他周边一个一个倒下的是同他一样的杀人机器，但在他眼里，他们是一群有血有肉、有思想有感情的活生生的人，是一群为战争而死亡的普通人，在战场上唯有杀戮才能存活的人。读后让人对战争、人性和人类历史会有一个更加深刻和客观的领悟。

书中吸引我的主要是作者的战争爱情和伤感的结局。战争让情人离索，也让情人的下落蒙上神秘面纱，他在战后默念那些死去的朋友时，拒绝把情人的名字加上。

丘吉尔说过，历史是胜利者书写的。我们应该思考的不仅是这个士兵的对与错，而且更应反思导致人类自相残杀的根源，这比审判某一个人更加重要。

39

除了爱因斯坦、霍金，费曼是全球最出名的物理学家之一，他参与美国挑战者号飞船失事调查，用一杯冰水破解疑难的事迹家喻户晓。

《费曼手札·不休止的鼓声》，一本厚厚的书信集，是女儿编给父亲的怀念，每封信都是没有经过修饰的真实作品。他在给一位杂志编辑的信中说："在物理世界里，真相很少是完全清楚的，更不用说那些和人有关的事了，怎么可能会如此的清晰呢？因此，没有任何疑点的事，不可能会是事实。"这就是他的世界观。

费曼的抽屉里，长年摆着一封从未寄出的信。信纸泛黄破旧，因为费曼经常拿出来展读。那是费曼在妻子阿琳过世一年后写给她的信。费曼在信末写道："原谅我没有寄出这封信。我不知道你的新地址啊。"

有时，真挚的感情不一定煽情。幽默中带着泪水，那泪水一定是甜的。

40

南非作家库切的《青春》，就像我们的青春一样突然开始，又匆匆结束。我甚至曾把自己的一部书命名为《青春》，可想受之诱惑多深。

《青春》没有开始和结束，它只是从仓促的似水流年里截取了一段，细心捡起那些散落在岁月里的心事，装订成一本书的模样。

这是一本内向的书。比起描述外在世界的变化，它更多地关注内心。作者提出了太多的问题，这些问题大多没有答案，但正是在这些问题里，我们看到了自己，那些困惑、煎熬，一连串无解的问题，吝啬的、别扭的情感，冷酷的、孤独的心灵都如此相似地出现在我们的青春里。

青春时期的问题大多不需要回答，也不需要急着寻找答案，你只需要将生活继续下去，在生活中迟早会遇到答案。

41

张悦然《茧》所描述的地点是我所熟知的，我在阅读之后还专门又去了一趟，对照文字，寻找小说中的遗迹。

这是一个几代人的故事，家庭给孩子的心灵造成了很大的伤害。颓然、忧伤贯穿全书，爱还没来却已走，永远的迷恋追逐，却发现自己已经迷了路。

书带上有一句话："真正的爱，是明白爱你有多困难，还是选择爱你。真正的长大，是知道生活的真相，依然热爱生活。"

软弱的人活下来，皆因有内心的温润，有可感知的烟火气息。

小说不是生活，又高于生活。

42

二战是残酷的，夏伊勒的经历是惊险的。

夏伊勒三卷本回忆录中的《噩梦年代：1930—1940》，描写了他面对纳粹魔鬼突然出现的严峻考验，受命前往柏林报道的故事。他亲眼见证希特勒攫取权力，横扫欧洲，在与纳粹新闻审查机制的斗争中跟踪报道了把世界拖向战争的每一次重要会议，并随德军的铁骑前往比利时、法国。文字中展现了丰富的历史细节，带有强烈的个人视角和临场感。

希特勒走上对外侵略之路，就意味着他开始自取灭亡。他成了当时德国的"民族英雄"，却成为"世界公敌"，当他被整个世界所背叛、所遗弃时，才震怒道：所有人都背叛了我！是的，这个世界已弃他而去。

歌德有言："一想到德国人民，我常常不免黯然神伤，他们作为个人来说，个个可贵，作为整体来说，却又那么可怜"。

夏伊勒是睿智的，在写作于二十世纪的此书的"前言"中，就曾经郑重地告诫后人，他说：在人类已经发明了诸如氢弹、弹道导弹、火箭等许多杀人的新玩意儿以后，假如再出现一个像希特勒那样的疯子，想要发动新的大规模的侵略战争，那么，这样的战争一定是那个自取灭亡的疯子按一下电钮所发动的。他警告说，这样一场战争不会历时很久，也不会再有后续的战争。这种战争的结果不会有征服者也不会有征服，而只有烧成焦炭的尸骨堆在一个渺无人迹的星球上。

历史的教训值得记取。

43

这是一本专门怀念故都汴梁的书。

《东京梦华录》序章如此解释“梦华”缘由：“古人有梦游华胥之国，其乐无涯者，仆今追念，回首怅然，岂非华胥之梦觉哉。”浓浓伤感跃然纸上。

北宋的民间生活，自由开放，既时髦又充满商业气息，集中于烟火气人情味浓重的汴梁。近年来学者们似乎十分看重这一时代，甚至对于过去定性为羸弱年代的鉴定意见都要推翻。

徽钦二帝北掳，残墙旧瓦犹在，昔日莺歌燕舞、招揽贩卖之声，似回响耳边勾起无尽遐思。整一本笔记，就是旧都的缩影，故国的残梦。孟元老不堪回首的故国，止于梦境的汴梁。

所谓盛世享乐的流风余韵，力透纸背，穿过几千年的风尘，向几乎忘了如何延续热闹而优雅地生活的现代人袭来。

汴梁，一个古老宣纸上的墨点，被他笔走龙蛇地描画，浓淡相宜，鲜明舒展，渐渐化开斑驳清泪，终了无痕。

44

《私人生活》《与往事干杯》《谁掠夺了我们的脸》《独语人》《无处告别》……

我收藏了不少陈染的作品，从题目上就能感觉到她是一位孤独的、高傲的作家。在这个浮躁喧嚣的社会，像陈染这种置身高度个人化世界的人，永远是会被边缘化的，这也许是她近几年销声匿迹的原因，我想也正是陈染自己所希望的。

已经许久没有听说陈染的消息了。最近，又拿出陈染的散文旧作来读，在聆听与诉说中，感受着熟悉的气息，会意着与我心迹的契合与重叠，体味着她的精神世界的丰富与高贵，享受着自己内心的平和与宁静。

越来越觉得自己不能说的比能说的东西多得多，结果人变得越来越像一块木头。表面看上去都很世故，其实骨子里越来越孤独。

文字终归也会像岁月一样消失，记忆比笔墨更深远。

45

一册清代梁绍壬的《两般秋雨庵随笔》邮到摆在面前。网上搜索其史料，知曾有伟人与周世钊赠书佳话，并欣然写下“供消遣”字样。

夜色渐浓，远处商业大厦霓虹闪烁。在这幻化世界中翻开书页，轻轻开启“秋雨”的篇章。

每一次静静地阅读，都会有舒雅的感觉。时光流逝，如飞舞于长空的一季又一季的忧伤，均化作敲击书页的音符，在窗前跳动。

广场舞的旋律传入耳畔，时代节奏蹦入心怀。刹那间，总觉得窗外的风景与心头难以融合，而翻阅此书，总怀疑穿越时空，在古今轨道上穿梭。

秋，到底藏着梁绍壬多少诗情画意，酿着多少笑靥如花呢？

堵上耳朵，在宁静的日子里，听风的畅，享风的暖，任书页翻动，任思绪翻动。

46

《南渡北归》是一部全景再现中国最后一批大师群体命运剧烈变迁的史诗巨著。

为什么现在很多人，都越来越推崇那个年代的那一批大师？是因为他们苦难的生活吗？这些苦难，只能让现代的人们哀叹与悲伤，因为当时全国军民都处在艰苦卓绝的抗战生活中，比这悲惨的人还有很多，怎么能给人以惊奇与震撼？是因为大师们高深的学问吗？其实说到大师们的学问，恐怕没有几个人能真正明白，如果没有抗战爆发，如果没有随之而来的被迫南迁，这些人在今天，会不会受到如此关注？那是为什么，许是因为他们的倔强、韧性、深邃的思想，因为对人文传承的执着，对学问钻研的韧劲，对民族兴亡、争取平等与自由的精神吧。

正如费正清发出的感叹：“只有中国的学者能够在如此艰苦的抗战环境中忍辱负重，愈挫愈勇，取得如此伟大的学术成就，这个成就与精神是中国知识界的光荣，也是人类历史的光荣。”

曾有人怀着悲凉、沉痛的心情追问：大师远去还会有大师吗？我会回答：会有的。追忆大师的过往，描摹大师的背影，致以我们由衷的敬意，并感受理想的美好，体味信仰的力量，静静等待产生大师时代的到来。

抒情与诗语

1

这是一片寂静的山林，在我漫无目的的旅途中，邂逅。

我确定这片山林，还没有被开垦的迹象，阳光照射下，密林如同沙漏，用堆积的阴影来计算它的寿命。

黄昏将至，残枝败叶们开始涂抹凄凉。这种凄凉，不像是悲剧，倒是平添了几许欢喜，却想不起合适的词眼来描绘。

看到野果和树叶一同腐烂，想到人生终点的话题。死亡却没有恐惧、没有撕裂、没有哀嚎，反而是美好的。轻轻的风，窸窸窣窣的小生命的动静，一切归于大地、河流，还有山林。

夜幕降临，连小麻雀也没有了声息。腐烂的味道越来越浓，渐而清新、香甜，使人陶醉。现在唯一的动作是深呼吸。

寂静，我想到了合适的词眼。寂静就是死亡。寂静应当是美好的。寂静和美好似乎同期而至。死亡的美好，是否也如寂静般美好。

那夜梦中山林的每一片叶子，每一条经纬脉络，都弹跳出绚丽多彩的画面。我知道，生长不会妥协。黎明前，抽出的几片新绿，定使鸟雀欢呼。

自从邂逅了那片山林，我之后每一段的旅途，都有了目的。

2

人是否有灵魂？如果有，是一团气，还是一个翻版的我。

好几次我在镜中欣赏自己，希望看到自己的灵魂。聚精会神地凝视，瞳孔扩散。模糊中，镜中的我一下子烟消云散。

当然，我不知道镜中的我，到底是不是我自己的灵魂。那个所谓的灵魂，是不是一见到我，就烟消云散了。

我所知道的灵魂，会自由飞翔，飘来飘去，无所不能，那是一种生存方式的另类再现。

镜中的我，是归隐的灵魂，一如不谙世事的孩子，靠直觉生活、呼吸，甚至奔跑。

我想，灵魂应当是空气，极易被人们忽视，而真正的灵魂是归隐者的心脏，有血脉通向天国。

3

那夜，天空也是这样寂静，迷蒙的眼睛搜索记忆，握别的手松了，归期如梦。

车轮启动，岁月从不晚点。挥手告别所有的相思，挥手告别所有的站台，写不完怀念的诗句。

站台，是书写人生的地方，一半写着重逢，一半写着别离。铁青的车辙，碾碎孤独的叹息，承载思念，目送相聚、目送欢乐。

笛声远逝，这时的一切多么好呀！平静而非凡的日子，每一秒都值得珍惜。

4

大风过后，城市和街道归于平静。极目望去，原野洒满金色的阳光。

这是下午，大风吹散霾气，蓝天犹如上帝的明眸，清澈无比。

喜欢枝叶轻摇的样子，散着光泽，布满艺术的眼睛。

农贸市场开始热闹起来，大家背负着生活的行囊，再一次涂抹生命的油彩。

5

一个美丽的诱惑，便能煽动嫉妒。捉来，用你的生命，你的自由，装饰我的苍白的美丽。

你苦苦挣扎的翅膀，如此纤小，如此脆弱。你没有死于天敌，却死于自己的美丽。

这是一个让我和蝴蝶需要共同思考的问题，但你已经无法思考，静静等待着轮回的生命再次美丽。

6

给我炽烈的火吧，我需要燃烧。敞开胸膛，让火燃烧我微弱的心。我不怕痛苦，我要在燃烧中感受快乐。

火，旺烈地燃烧着。火焰像花朵一样美丽，把痛苦留给自己，把光辉和温暖留给别人。

圣火不属于贪婪自私者，使生命的火燃烧。为了灿烂如春的朝花，为了献给人类光明，我情愿为火狂醉，情愿在圣火中融化、重生。

7

当我寻找那丛栀子花，还开着洁白的微笑。你躺在花中，依然如雨后泛青的枝头。

我来阅读你的微笑，阅读安详，阅读纯静。你笑的很湿润，笑在《蒙娜丽莎》的画里。可是你没有来，你的枝头开在我的心里，留给我一个寂寞的谜。

最是泪眼相看的时候，你栀子花一样微笑着，在我梦里，很洁白地笑，撩起我模糊的泪水。

8

夜晚来临了，你在哪里栖息。我踏月寻去，不知归路。秋风吹起，拂发而舞。月光抚衣，依稀又见你，飘然在眼前，袭我以郁香，如千百年前一样，似曾相识。

9

晚秋的恋情,一夜枯黄,所有的梦幻都凋落了。夏日的馈赠,流水般远去，日子开始变得简洁而成熟。阳光下，不曾被抚慰的败叶，化作一股奇特的幽香，平静而冷漠。

每夜，我都在寻找最有效的制剂，使潮湿的心一点点风干。今夜剩余的枯枝和树叶又在哗哗作响，摇动无数风铃，向晚秋示爱。

10

曾经迎风而立，瘦成一片枯叶，而在风之侧，却感受到了另类的生命，在花开的声音里，饱满地开放。

我随风飘落，种下一粒诺言，在太阳与风主宰的土地上，沉默无语。

11

诺言不是轻许的谎言，诺言的本质就是真实。诺言轻牵着女人的心，女人便眷恋着没有距离的眷恋的日子，飘向自己的天空，飘向多情的雨季。

诺言在江南绵绵的细雨里，润泽成一滴清爽的诗歌，静候着梦中那翩翩缓降的思念。

诺言在江南莺飞草长的轻翔里，丰沛了一段姣美的恋情，也浓郁了一个白衣女子的娟娟秀气。

12

月下的情结里，一盏孤灯如梦。爱的真意在玫瑰红的火光里，被动情的风儿吹裂。

那盏灯是为我而亮吗？亮得那样的销魂蚀骨，我在它千娇百媚的柔情里，已经走了很远很远。

风中的灯盏能够依恋吗？谁能告诉我，已经太深太深的爱恋就不会再破碎，已经很淡很淡的灯光就不会再散落。

风中，我需要一盏灯，那是北斗星与我对视的眼睛，那是我寻找爱的航标，那是我风中永恒的归途。

13

清朗朗的风儿，水灵灵的风儿，爱意浓浓的风儿，无可言状的风儿，轻抒无可言状的依恋。

爱你，是我一生的幸福。这般抒情的风，抒发出这般慵懒的爱语，像是一杯醇香的老黄酒，深醉着我不尽的倦意

14

我等你，等了那么久，泪珠滑进大地，发出脆竹般的清响。

迎接一段情感进入我的生命，捎带着锁上我未完成的梦境。在风的荒野里，沉思一回爱情。

15

风吹落了往事，中了招的爱情，像一片枯黄的叶子，在阳光的直射下，静静地睡着了。有你的日子爱情才会复活，记忆才会斑斓，梦才会美丽。爱情，会在下一个晨曦里醒来。

16

我读你的往事如烟，我读你的爱恋如梦。是谁在伊甸园的门前犹豫徘徊，是谁在伊甸园的门前泣涕失语。

我想在风中来一次远游，却被风吹回了起点。没有预约的风，过早地撕裂了意蕴凝重而痴情的梦，好在有微雨淋湿了梦的一个角落，梦，才又有了重量。

17

我眷恋你远天上的星星，我眷恋你如烟的往事，我眷恋那恬淡的风。没有了风，我的翅膀如何伸展，我的思念又怎样飞翔。我想在风中寻觅答案，爱的哲学却堆积起一个难解的公式。我只找到了一个发了芽的概念，它生长了爱最后的思念。放一些心情在风中，收获一捧浓烈的眷恋。

18

穿过早春苦笑的边缘，把星星点点的希望扩散成一首乐曲最雄壮、最厚重的根音。

五月，举起酒杯，为一个漫长冬天的最后话别。为淡紫色的云影，不再把心旌摇曳成一个秋天抵押出去的矜持，为浅浅水洼还能折射出背弃灵魂的虚伪，为日出日落引深的血色悲壮的重复。

19

风笛和汽锤以曾经的方式，翻阅着我们精选的足迹，透析不知名的歌和八千里雪野的卧痕，怎样被疯狂的露珠谋杀。

一片壮绿，昂然站成亮丽风景，在长出飞鸟翅膀和悬挂沉凝咏叹的红柳丛边，我们着装启程。

20

夜是一切目光的起点，哪里的星星眨动，诱惑半老风韵的诡谲。一场迷雾把大山锯成两块流泪的石头。深刻的疼痛，为超越的飞翔祈祷黎明。

忽略掉不曾约会的月光的清冷，捡拾起被遗忘的脚印的火热。我们骨骼的磷火，会照亮路途的每一寸艰辛，尽管还有灾难在前方埋伏。太阳是一切目光寻觅的焦点，所有花朵都在倾诉。一场梦曲过后的感受，痛彻心扉与洪水猛兽，都已不再重要。雪在黄昏里无语地消亡。

21

五月，天地间最美的不仅是承诺的浪漫，更有我们粗糙而倾情的镌刻。谁把汗滴与血的混合体，注入啜饮的容器，谁就能品尝自己的盐分和脉搏。

22

面对离别的阳光，情感在瞬间凝结，琴弦亦已悲伤。爱的罗曼斯，如水般流淌。友情,为梦而行远,残留的只有回忆的清冷。手指,依旧弹响。音乐，永不停歇。思绪中在飘着雪，风中跳动着不眠的情节。泪水滴落，此刻生命无歌。

23

那是一次情感之旅，在寂寞的小站。那夜下着雪，我独自在雪中旅行，不求有声有色地绽放明媚，只愿能踏破昔日孤独。其实，我很爱这种孤独，这种孤独塑造了我的情绪。

雪是冬季小站独有的风景，旅人们行色匆匆，摇曳而来，摇曳而去，没有目光，不知前行的路，而我的路，是一条永久的沉默。

情感之旅，没有约定，没有停歇，心事凝成的冰凌，等待溶化。如果来年小站生出碧绿，我不希望我的这次旅行，长出一层腐朽于心底的绿色。

24

时光冰封之后，我们如何面对古老的爱情。碧草青青的三月，蝴蝶缤纷如雨后的桃花，纷纷扬扬，闪亮了整个世界。

感谢死神，让时光在美丽的一瞬凝固，将两个年轻的身影，化作歌谣，千古传唱。

悠扬的小提琴里，梁祝舞姿翩翩，展露着灿烂的笑，却听得我们，泪光盈盈。

25

如果没有爱,什么是我们生存的依据。如果生活注定是一杯平淡的白水,我宁愿亲近死神。如何让我们平淡的日子充满亮点，怎样才能让我们的爱情历久弥新。在现代人浮躁的目光里,我向上苍探询。是否所有美丽的开始,都将在乏味中结束，就像每天都上演的电视剧，情节惊人地相似。

26

时代在飞速前进，我们的创造力锐减，我们倾听天籁的耳朵，充斥了凶杀和色情。

一条小道消息,让我们兴奋不已。一条桃色新闻,能让垂死者睁开眼睛。尘嚣日上，逐渐掩盖我们本真的灵性。

少女将爱情典当成钞票，男人用钞票去换取短命的爱情。一边爱情日趋廉价，一边爱情愈发珍贵，究竟谁是谁的悲剧！就像我们，在人们的目光里，相恋千年。就像我们，依然爱在彼此的心中。

27

我彻底地挨了一次冻，门在身后左右回摆，凄清的灯光到处宣扬夜的叫卖。

风飕飕发出声响，回过头，依然是孤影相随。水泥地面叩响我的鞋跟，脖子缩进领子里取暖。泄了气,早没了筋骨。橱窗里渗出滚烫的邀请。浪声里,皮肤在起豆豆。斜眼窥向流动的浊光，黑漆漆的车内，无人无语。

凉气从裤口直窜腹内,龌龊的积雪,流淌着泪水。吐一口热气,回收冰冷,结霜的心室，不在乎再涂一层。

28

一个喧嚣的城市中，沉静抒情的角落。缘于十年前的惊鸿一瞥，来自法兰西的吻,带有异国情调的红酒,唤醒我千年的迟钝。那一束又一束玫瑰,开满了对人性的理解和宽容，化成软弱无力的言语，燃烧了荷马史诗，烂漫成无边无际的风景。

29

凝冻千年的冰心，以水的形式出走。一个感情的小金库，寂寞的时候可以支取一点，孤独的时候可以花掉一些。不过我的明智之举，就是永远不去兑现。

你曾为我披上圣洁的袈裟，来自云端的关爱，凝视我的苍白。在祈祷的歌声中牵手，不知是诗点亮爱，还是爱喂养了诗。

你为我梳理剪不断理还乱的烦恼，我为自己描画鲈鱼和熊掌不能兼得的道理。

请不要跟我来，请允许我坐化成佛，怂恿仙鹤飞天，超越千山万水，超越澎湃的激情。爱抚上帝的三万只羔羊，枫丹白露派从此不再担心。

知音少，弦断有谁听。

30

想寄一封信给岁月，不是件容易的事，无论向着哪个方向投递，时光的步伐都会一次又一次地把那些散乱连绵的句子泯灭。未曾说出的话语，未曾实现的诺言，在如梦如烟的颜色里，流动着无处可放置的心情。

我深深地读懂了你的那满腔的热情和浓浓爱意。每个城市都在下雨，就像我走到哪里，都会想起你。

思念是一种果实，甜中带酸，结在寂寞的午夜里。满满一边回忆，带着不确定的心情，藏在城市的角落里，无意一边抖落一地的萧瑟。

喘息，试图在心灵的调色板上调出一片没有瑕疵的净地，试图在记忆的磁带上抹去一段蠢蠢欲动的欲意。可是不能啊！缠绵的爱情一次次跌入灵魂最隐秘的角落，在不经意之中纵情一边宣泄，弥漫了所有的空气。

31

午后的阳光被手指拨得乱颤，一种说不出的感觉，晨雾一般地在话筒周围弥漫。

这个电话是我先拨通的，但我却没有勇气，制造什么悬念，也没有勇气将它挂断。我的这些无关轻重的话，是春天的蝌蚪，但是那些比破折号长得多的线路，却将它们一字一字地解释成夏天的青蛙。

谁在你的左耳畔沉默？谁在你的右耳边喧哗？实在没有什么可说的了，我们就聊起了天气情况。你说你那边下雨，我说我这边晴天。

32

其实，你不是真正意义上的魔鬼，但你的身材，你的思维，却同魔鬼一般。思想总是在冥冥中缭绕，倾泻在纸上时，便如魔鬼一般的迷人，飘逸绝丽的神来之笔，柔肠百转地醉了女人，醉了男人，醉了自己的一生。

那魔鬼般的身材，是不是得益于你思想里的深刻，时不时地酣畅了人们疲惫的目光。在那些经年劳作的汉子意志沉沦时，你就是一轮肆虐而出的太阳。

33

风没有停息的意向，呜咽着述说她的不幸，不管你是否爱听，拼命从窗缝挤进来，不厌其烦地数落别人的不是。灯光倒是坚定，不摇不摆，冷眼这一切，嘴角高傲地上翘。时钟沉着脸，步子稳重，喝多少都是一个步伐，从没乱过方寸。冰箱打着耐人的鼾声，时断时续，梦想吞吐更多生灵的肢解。

床比较厚道，包容一切，偶患心律过缓，也曾弹奏过断裂和弦，缩在一隅，等待体温回升。

34

冬日黄昏暗淡萧然，冷风发出寂寥之声，斑驳光线，摇摇欲坠。远处，散漫而沉闷的脚步声，落在窗棂上。

每天的生活，从烦躁的晨铃开始起跑，然后行色匆匆穿越城市，穿越各种气息和磁场，穿越凄然抖动的阳光，也穿越孤寂闪烁的黑夜，直到岁月凋零。

命令自己强行进入静寂，再进入静寂，如同潜入深水之中，如同一条冷静暗哑的鱼。

为延续生命或者为了爱，明天还要继续。

35

下雨的日子，天空，无言的灰蓝色，时光没有留下任何痕迹。

心中不时掠过对生活的感悟。过去的某一时光场景展现，依旧感动不已或泪流满面。

翻开电话本，一张张熟悉的面孔，密密麻麻，每一张都是一段回忆，一种情感或一节历史。

目光踌躇地一一掠过，哪一个号码，可以让我倾述。

36

北方三月，我在融雪的水声里找到来时路，那飘舞的梦，已晶亮成滢澈的温柔，呼唤我的名字。母语的音色如此鲜亮，仿佛襁褓时吸吮的乳汁，灌溉我婴啼的茁壮。拱破黑土的冻层，我的血脉是雪的流淌，我的梦是雪的真实。我在融雪的水声里寻觅情人，那是白雪公主圣洁的诗歌。

融雪，是雪的另一种生命。我在融雪的水声里看到，自己六角形的洁白身姿，还有列祖列宗淳朴的影子。

37

高于仰望的天空，是阳光的质感。阔于灵魂寓所的高贵，是我精神的家园。握一把纯净的晶体，梦就亮白如玉，六角的光芒就照彻北方的一盆炭火、一声唢呐和整整一个玉色季节的暖暖地畅想。

今夜落雪，今夜就是我的生日，每一次素洁的飘摇，都浪漫我生命律动的舞蹈。每一声无言的吟哦，都澎湃我血液雄浑的歌唱。

仿佛钟声刚刚响在梦的边缘，仿佛步履仅仅是最初的启动，一个年头的人跋涉就已完成一次回环。雪，又重新覆盖我历经花朵、彩蝶和枫叶流丹的心谷。

38

回眸，怎样清点心路的驿站，疼痛与亢奋还在鲜活着每一页日记上的墨痕，爱的陨石，就在这个冬天，抖掉蒙尘的困惑，举一颗绿色命芽钻透黄昏的冰河。

感情的溪流，跃动明澈的音符，以更多的关爱，滋润几多荒旱的叶脉，冲掉谁脊背上奉献出的灼热汗雨。动感的朝向，引领渴望富庶的队列前行，飘动的音色，充盈着饱满的底蕴。更有庄严盛大的节日，昭示了远方的诱惑。地平线折射出越来越可接近的七彩光芒。阳光的理论，提升姹紫嫣红的茁壮。

每个日夜，总有心情微笑着拔节。怎样的明天，会羞涩我想象的翅膀？

39

今夜月光不再寒冷，朦胧的清辉，柔曼我诗歌简朴的影子。打开心窗，承接一万朵雪霁的洗濯，让呼吸也如雪一般干净。

注定今夜无眠，注定在一个扩散着回声的时段向渴望抒情的年份抒情，把内心的光亮交给诗歌的清丽，把圣洁的祈祷交给爱的坚贞，把朴素的追求印在日子的封面，把崇高的畅想挂在仰视的顶层。清晨，我跨向春天的第一步，是红装素裹的绝唱，还是托举太阳的足音？

40

阳台上的长春藤，纱缦的阴影里，你羞答答地探询着，蔓延的枝条伸向了斜斜的阳光。你大方地招摇着碧绿，冬阳冷峻地抚摸了你。

欲行又止，欲进又退，多少婉转梗在心头。你游曳着身形，带着羞愧，轻悄悄地侧过了不舍的脸颊。

冬阳酝酿着慷慨，你已是满怀的忧伤，阳光依然洒在你的肩上，你只好把心事，放到那斑驳的影子上。

41

茫茫雪野，那株晶莹的小树，举着洁白的观音手。小树呀，你在炫耀玉的雕饰么。不，那是冰的羁绊吧。寒冷的世界，挤弯了你童年的记忆，大胆地唱吧，唱那支葱绿的歌谣，唱那条被冬天抢去的绿色的小溪。

伸出那洁净的手，伸向蓝蓝的天空。阳光咬破了冰的羁绊。呵，从躯体上流下的，是你滚烫的泪珠么。闪闪的天宇下，脱颖而出的，是新的生命。

42

那棵街头的老榆树，那高挂在树上的秋千还在么。昔日形影不离的小伙伴还在么。我青春的梦里，开着一片蓝色的勿忘我，朵朵都是我童年的故事。

五月，老榆树上结满了串串美丽的榆钱儿，每串榆钱儿都是我们的一串笑声，一串梦呓。那高挂在树上的秋千，摇呀摇，摇走了多少个秋日，摇来了多少个春天。

我那些童年的小伙伴呀，可否还记得那段属于我们的欢乐时光。

43

树轻轻地摇曳，那是风的启迪。它舒展着自己的枝干，像是在轻轻地召唤，像是在对谁述说。

我摘下一片树叶，放在手心，让风儿把它领走，成为自由、快乐的天使。

风大了，一片树林摇了起来，仿佛无数的绿色火焰在熊熊燃烧。

44

无边的蓝，宁静地、无言地伸展着。

在湖上，荡一叶扁舟，扬起蓝色的波浪，蓝蓝的溅湿我的衣裳。我感到一种不可抗拒的诱惑，这是怎样有力的召唤呀，我徐徐地潜入一种蔚蓝的意境。

岁月蒙尘，灵魂常常干枯于城市迷目的红尘，远离自然的身心被拷打，有时我是多么需要这样一种蔚蓝呀。蔚蓝的爱，蔚蓝的宁静，蔚蓝的人生。

在湖上，蓝色的湖水洗涤烦恼的日子，忘掉多尘的喧嚣，我舒畅地呼吸着蓝色的空气，沐浴着蓝色的光辉，我感到心灵的精华，这不正是我的心的归宿么。

在湖上，那样辽阔，那样蔚蓝。

45

走了大半辈子了，你说：用日子酿成的酒不好喝，说这话时，你额头的皱纹，如一道道伤疤，欲滴无血。

黄昏屋檐下，是父亲的背影吗。父亲的背影原本是高大的，那是无法复制的经历。你抽烟时的样子，就像要抽掉几个世纪，很长很长，又像在抽掉自己的青春，很短很短。背影在无声地弯下，深情地亲吻大地。

夕阳不忍，将最后一缕彩练，纺成失血的残云。生命的枯叶终要落下，化作泥土，扶持一脉脉新的生命根。

46

叩不开家门，离去的足音，碾碎远征的思念。昔日的枣树。老得走不动的故事，歇在枝头。泪水，凝重跌落于黄昏。梦中，母亲倚在家门口唤我，声声如雨。过去的岁月，溢出童年的欢乐。思念暗哑，打捞着一个永久的梦。

疲惫之夜，晚归的岸。母亲，再次为我燃亮一盏回家的灯。

47

小鸟栖在残叶上，眼望天空。它累了，把羽毛撒在树根的心上。听完那悲凉的传说，鸟儿疲倦地死去，血液融入夕阳。擦亮你的眼睛，在风花雪月中，述说飞翔的故事。

48

烦躁地翻开枕头，把相思压在下面。贫血的秋叶，飞起又落下。一颗完全失去笑的树下，有人偷偷怀念芦花。

昨夜，院里雨骤，风送来一支带露的花朵。

49

一扇门，被你硬性关闭，于是我们开始与田野清风渐渐疏离。

在那些日子里，我们总是沉吟着寻找寂寞的影子。其实，城市对于我们是一道灰色的墙，墙内我们把墙的缝隙想象成戴望舒诗中的小巷。

一把油纸伞撑起一个美丽的回忆，走回那淅淅沥沥的雨中。

50

春雨来了，洗去冬的飞尘，窗外那片小树林如愿了。

鸟儿栖身屋檐，享受着春的滋润，鸟儿如愿了。

窗内的我呢？匆匆地去踏点点落红，去听啾啾鸟音，我也如愿了。

51

尽管一路上下着雨，我仍沿着一级级石阶，寻觅着旧日的深情。

我问台阶，能否告诉我当年的一些细节，它默默无语，只有小河流水，依然波光涟涟，流走一天一天的旧迹，也流走了往日岁月的记忆。

52

婷婷的芦苇，是无声的忧郁。

美丽的野草和游鱼，径直触摸到你的心事。

遁去的芦絮，是浑浊的泪水，洒入没有云的天空。

53

苏东坡曰：莫听穿林打叶声。我的心不是秋叶，我的林不是秋林，我听窗外穿林的竹风，我是风雨一肩的人。

回首萧瑟处，我不动声色，没有狂喜狂悲，只有秋雨竹风，悠然而起，悠然而落。

54

即使眼泪是愤怒的诗行，我也无需破译。古城的石板路，早就爬满了青苔。

真想铸一把万仞之剑，劈斩所有的迷离，用头颅撞开失陷的城堡，站成千年铁树。

灼热的梦昨天刚刚做过，那孜孜不倦的追求，竟成苦涩的回忆。

柔情纵有万千，面对白碧的湖水，沉重的心，依旧潮湿。历史是烙印，丑恶的灵魂仍在复制，诗人被废弃的尘埃所啃噬。在长满牵牛花的飞角檐下，长剑斩断，鲜血与泪汩汩流出。

55

看陶渊明独自一人，在一片叫做田园诗的原野上散步，一走就是一千多年。

手捧一卷诗书，如读一册繁复的人生，天籁之下，感受深沉。其实，这是一种叫做无奈抑或悲苦的东西，他故作平静，独自吸吮清贫。其实，他又是富有的，他比我们多出的正是那片精神家园。

56

面对黄河古渡口，迎着苍凉的风沙，感觉历史在旷野奔驰，遥远而又亲近。

望古长安，聆听汉匈枪戟的碰撞声，越过山川，越过大漠。十面埋伏，铿铿铮铮，烟消云散。江州琵琶，嘈嘈切切，柳枯水瘦。多情难觅长恨歌，泪凝了纷乱时空。几盘残弈，寒栗风动，飞扬起美女发丝，飞扬起苍鹰哀唳。孤独一抔厚土，淹没了秦汉古墓，独唱大风歌。

57

篝火，焚烧着四季，一片片语言的灰烬，在荒原上呼号奔走。

篝火，那喂养着我们生命和信仰的篝火，噼噼燃烧，使我们因怀念而落泪。这是怎样的一种悲壮的垂首。如今，我们已经穿过黑夜，而篝火仍在眼里飘动。

58

酸甜的汁，滴在掌心，化作整个夏天。

只需跨过一步，拉住你的手，荒野即刻草青树绿。

啄破芽尖，眼睛暖暖地洒满一地。彼此对视，焦灼的渴望，无声地在你脸上滑来滑去。

这是关于一颗红草莓的接触，有红色的甜蜜，也有青涩的感觉，含在嘴里，品出丝丝荡漾。

59

你喜欢站成一株静静的幽兰，令日久年深的向往含着一朵微笑。

你独立于我的心房，亮成唯一的风景，不染半点尘埃。

风雨已在感觉之外，唤醒心底的情愫，痴痴地涨潮吧，汹涌澎湃却不为人知。

60

一场杨花雨，带着无奈的叹息，洒满一池浮萍。

一串往事，徘徊于沉思的幽林，同杨花雨一起，星星点点，跌入草丛。

一场昨夜的杨花雨，打湿了我搁浅已久的心事，从此，缄默深沉，再期盼一个晴朗的天。

61

冬的雪露还未融化，蓦地跳出一朵轻雷。阳光，浮动着洁白的羽毛。

麦田的守望者弯下腰，久久凝视。他听见泥土中那纤细的根，还系着昨年春天的故事。

62

让我们斟满能谱写梦幻的美酒，把储存了多年的烈性吸吮，架一叶无桨的天舟，飘于暖意浓融的夜晚，尽情释放无羁的岁月波流。醉意朦胧，情意朦胧，梦里溢满醇香。

63

小站的心情，是晴朗的心情，它如大山般泰然，无牵无挂。

小站的心情，是风动的心情，任鸟儿衔来丝丝凉爽。

小站的心情，是一片云的心情，泊在太阳肩头守望一片灿烂。

小站的心情最淡，在湿漉漉的天空下，静静地飘起口哨声，在田野间轻悠悠地回荡，由远而近。

64

浮萍被水滴击中，粼粼颤颤。沉重的心，如大雁远去的影子，早已不寻踪迹。

蒙上尘埃的是秋天，横着是空虚，竖着是思念。渐入深秋后，我是那不倦的摆渡人，遥对千里之外。沉默的湖泊，等待归客。

或者这般，或者那般，在秋天里，一声轻微的鸟啼，都会使我热泪盈眶。

65

晚霞失落于地平线，暮色不再缠绵。能够歇息的地方就是家吗？月亮和星星依然升起，疯长的心事格外疲倦。

也许不需要梦，我们有的是时间，我们活在世上就很平凡、很满足，误会也好，矛盾也好，嫉妒也好，都如这暮色，最终跌入黑暗。所以，我们无法逃避真理。如果这就是人的归宿，我们无需害怕。岁月终会老去，永恒的是人的期盼。

66

白天收获的阳光，点亮夜晚的街灯。城市固有的布景是一张现代派的诗网。冲破桎梏的栅栏，扩大拥挤的空间，视野顿觉晴朗无边。放大胆子向空而语，那种静的感觉弥漫了整个季节。

心，随黑暗漂泊，成为夜的游子。在人生的许多个夜晚，我们就这样行走着。

夜游之人都是孤寂的流浪者吗？

青春鸟早已放飞远去，老人们互相叙起昨天的故事，深邃的目光把胡须捻成过去式，在生命苍老之际，沉思遥遥归期。

67

夏夜的风光已见丰满，静寂的街道渐趋热烈。我要寻找什么？寻找逝去的年华？寻找未得到的欢乐？寻找瞬间的人生短镜头？

风裹起城市固有的夜音，撩拨着心事重重的思绪，在朦胧的夜空里游弋，散漫成长长的影子，甩又甩不掉，收又收不回。

走过的每个脚印里都涌出生命之泉，灌注、培植一枚枚人生经历的苦果；咀嚼、品尝，得出一个人生真谛。

68

携手并肩的恋人，热情得足以把皮肤烫伤。迷人的诱惑蛰伏于夜宇，轻轻交换关于爱的本身和爱的结果。

幽暗的咖啡馆是神秘的聚集地，接头者们用暗语谈论整个世界或其中的一个章节，罗列世间沧桑的多元方程式。

有公共汽车驶来，停靠在某一站，上下匆匆的背影，各自寻找浪迹的归宿。

以哲人的风度静静思考所走过的许多夜晚，能够解释一个关于人生的命题将不枉此行。

夜深沉，在虚无清冷中还原自己。

69

当夜来临，当夜到万籁俱静的时候，我站在这个城市的一角，站在默默流淌的车流一角，等待一位早已约好的朋友。

夜风裹不住我跳动的心。星星在天空凝视，似乎要看透我久远的心事。

那些令人激动的故事，一幕一幕重新在我眼前流淌，温暖的也好，炽烈的也好，忧郁的也好，都散发着芳香。

人生的一切都需要静静地接受，默默地咀嚼，然后沁入血液，成为滋生成长的营养。

在这夜里，静静回味吧，黎明到来之时，会和一个新的故事不期而遇。

70

走，或者回来，思念总触碰着春的脚跟。此时此刻，铁轨的温度，伴随归家的脚步升腾。

聚拢亲情的热度，向北或者向南，以过年为中心，收集弥漫的温暖。

在雪里，在风中，在城市呼啸穿梭中，我们是追逐月亮、追逐太阳，一个个滚烫的日子被染成绿色。以春天开始，编织自己的四季歌，并以一个英雄的姿势，检阅季节隆隆驶过。

我们的目光，早已郑重接受春天的许诺。将思念覆盖于厚厚的眷恋，为的是，让爱回家。

浮　木

浮云者，谓空中云雾，虚无缥缈也。浮木者，水中漂流之残木也，乃无根之物，然非无情物，亦在随波逐流中追寻坚韧与美好。

——作者题

1

离开校园进入社会后，我才发觉这实在是一个实质性的转变。在学校的时候，人就像一泓水，没有任何形状，而一旦成为工作中的人你就有了定位，于是人开始觉得有束缚有疲惫。现代的人的劳作很大一部分是为了换取别人心目中的称赞和羡慕，能干为的是得到叹服，勤勉为的是得到名誉或者酬劳，有了金箔钱财、高官厚禄，似乎就可以换取锦衣玉食和无忧的生活，有了这一切，人就有了一个安乐而高尚的栖身之地。这一切本来都没有错，错的是人往往是自顾不暇，在争取获得这一切时需要一个漫长的过程，在这个过程中，人往往忽略了自我。到末了，即便你幸运地拥有了这一切，你也许只剩下一颗疲倦得再也不能复原的心或是伤痕累累的一点一滴，更何况，你未必会那么幸运。当一个人带着一颗凋零的心和满是伤痕的往昔去面对一种繁华时，也许除了虚幻以外还会有恐惧的感觉。

现在是深夜，我突然产生了往楼下砸酒瓶的念头，那种感觉是何其强烈。我喜欢酒瓶的破碎声划破寂静的夜空，然而我又知道，大街上现在空空荡荡，只有几条狗在那里来回转悠，几只老鼠也从地下水管道里偷偷地钻出来，它们不知道我的用心。它们甚至遗忘了拿着酒瓶的我，它们以不理睬我的方式使我孤立无助。大街上充满了令人窒息的寂静，它们使我无法入眠。

我身边的声音也越来越陈词滥调，我断定若干年内它有新意是很难的。它一天天旧下去，旧得像一根锈迹斑斑的铁杆。设想，这种生锈的声音传到耳中是不会有任何快活的感觉的，它随时随地都要掉出一些腐朽的铁屑肆意地撒在你的耳朵里，让你怎么也舒服不起来。我身边的声音就是这样的光景，它们在我的感觉里已经快老了，毫无生动的气息，难以给我以振奋的活力。窗外的汽车声，喧闹声，建筑工地上特有的杂声，乱七八糟的混和声让我早已感到疲惫。置身在这样一个公共的空间里是极其憋闷的，我试图努力去寻觅另一种令我振奋的声音，但一切尝试都是徒劳的举动，我走到哪里都是一样，倘若在那种令我窒息的声音里再夹进一些远处飘来的汽车声，我觉得我的脑袋都快崩裂了。那么，还有什么地方能够发出使我愉悦的声音呢？我并不能条件反射地回答这个问题，没有去体验过的地方我是不会轻易下结论的。我现在只能假设，也许，乡村里的声音要比这里好得多。

笼罩在这座城市的声音也越来越怪，越来越不真实。我听觉里能够容忍的声音也越来越少。沉寂的大街上有一种东西让我感到心头一阵阵地发紧，尤其是夜里十二点左右的光景，我莫名其妙地感到心虚，这座离开地面的房间使我有机会在土地的上空悬置起来，我多多少少获得一些意外的感觉，以致常常在心里不得安宁。现在的心情是复杂的，一种近似于害怕、恐惧的感觉经常在这个时刻光临我的心境。但以前的害怕、恐惧是有限度的、有所指的，它能使我知道自己害怕的理由，狮子、老虎的吼叫是令人害怕的，因为它会危害我的生命；地震、洪水等自然灾害亦然如此，也因为我们知道其中的奥秘。可是，现在的情况是，我的害怕是莫名的，深夜里大街上的喧嚣声，建筑工地上响起的尖锐的电焊声，菜场里的乱七八糟的收摊子的声音，还有老头老太太翻垃圾箱的声音，还有各种莫名其妙的气味，都会让我感到极度不安，但这种不安只能令我皱起眉头，却又说不出那种烦乱的具体所在。这种生活折磨得我彻夜难眠。我想，如果我的生活继续如此延续的话，我肯定将越来越难以支撑自己，这是一个不需要多想的答案，我熟悉自己，熟悉我与生活之间那道模棱两可的界限。现在的想法是，能不能换一种活法，重新对自己的生活进行转换。然而怎样的一种活法，才能让我顺心如意呢，虽然我很向往年轻的生活，但我的心态正在不可逆转地老去，难道我还要努力改变自己的心态吗？这并不属于我迫切需要解决的事情。现在我最需要做的是，我能否尽快地找到一种办法，完全是生活的办法，把自己尽快地从想象中拽回，只有这样，我才能面对最初的平面生活，进行真实的调节。想来想去，我仍然找不到一种满意的办法来改变自己，生活就像一杯热开水，它滚烫地放在我的嘴边，我虽然口渴，却沮丧得无从下口。过了几天，我觉得自己不能屈从于目前尴尬的现状，而应该尝试主动地生活。

我对一个与我擦肩而过的人，甚至仅见过一次以后再也不会碰面的人，有时候却是非常有感觉的，我总是不时地想起他们，想起那匆匆的一瞬，我甚至觉得我与他们的交往恰恰是从这一刻才开始的，而且今后的交往日益拉长，我与他们常常在内心对话。相反，一些整天谋面的熟人倒让我滋生了另外的感觉，我也许会越来越麻木，表面上频繁的谋面恰恰使我这种麻木越来越厉害。有时，我想，与另一个人的交往最好不要正面接触，间接的交往也许才是最美的，我的记忆里存活着很多别人给我叙述过的故事，那些故事里面晃动的人总有几个是我想结交的。我有几个这样的朋友，我很少与他们打照面，或许根本就没有见过面，但是我一次次通过别人的叙说温习发生在他们身上的事情，一次次觉得我们的距离越来越近。

对于那些顺其自然、随遇而安的人我总是会从心底里升腾出喜爱之情。没有太多的抱怨，也无需过多的责难。某一个下午或黄昏，在阳光细碎或是阴郁的时候，你是否能突然惦念起这世上有一个人是需要你付出最大的爱心的——那就是你自己。换上一件你最心仪的衣服，暂时先抛下一切的烦恼，或逛街或散步，或喝咖啡或饮茶，或到电影院或剧场，或见朋友或恋人，一切都是可以的，只要遂你的心意就好了。愿你对自己说，一切都会好起来的，只要能健康地活着，有一颗还灵动的心，就好。

2

闲暇时，我会一个人端坐窗下，将目光延伸到远方，窗就富有了浪漫的意味。“窗含西岭千秋雪，门泊东吴万里船”。入窗的岂止是山水，一个“含”字便使窗具有了搜景揽胜的动感和美感。

眼望窗外，把目光定格在一个景物上，或美丽或忧伤，总是富有诗意的，正像钱钟书先生所言：“窗子使屋子里也关着一部分春天，让我们安坐了享受，无需再到外面去找。”

窗的创造，使我们可以窥视外面的世界，有了美好的同时，也具有了侵犯他人隐私的能力，于是窗帘产生了。我们的世界已很难宁静，需要暂时把自己与室外喧嚣隔开时，就拉上窗帘，作为对外部世界种种干扰的抵抗，有许多作家、艺术家就这样来剖析人类心灵，作哲人式的沉思。何止当代，上溯一个世纪，就有许多法国艺术家在阔佬们涌向巴黎的时候，毅然走向乡村，把窗帘拉上，在与富贵及世俗相隔绝的空间里，遥想往事，追忆年华，创作出不朽的作品，如塞尚、普鲁斯克等。

窗和窗帘使我们在随波逐流的同时，可以将急功近利、喧闹轻轻推开，固守一份净土，保持心灵的纯真，这不是退让和固守，而是一种期望和无奈。

不过，这种无奈是很有必要的，因为这不仅是物质的，也是自我的。

3

生命中总有许多来来往往的人，就像我们走路时马路上那些过客，有与我们背道而行的，也有与我们走向同一个方向的。

与我们背道而行的，也许我们转瞬即忘，也许在生命中的某一天里，我们也还会偶尔地想起一些模糊的影子，但只是偶尔地想一下而已——他们在我们身后，已经越来越远。即使因为某些原因又重新折回来，可因为已相隔得太远，再努力恐怕也无法追得上了。

那些与我们同行的，有的与我们擦肩而过，有的也许会陪我们走一段距离，但时间都不会太长。人生的道路上岔路太多，在每一个路口，我们的选择都会不同。你选择了这条路，于是，只有分手。新的道路上，当然还会有新的同行者，可也同样还会有新的岔路口。

也许，我们选择的本该是另一个路口，可是，在路的那边，我们却看到了一个驻足等候的人，那竟是在我们梦里出现了千百遍的那个人呀！我们惊喜地跑过去，以为那个人是在等我们，可过去后才发现，那个人等的却是另一个人，或者根本就是我们认错了人。然而回头已是不可能，只能沿着这条我们并不想选择的路走下去。

有时在路上，我们也想停下来等等某个人。但等来等去，那个人总是不来，或者终于等来了，不是人家熟视无睹地走过，就是人家早已有了另一个同行者。我们只好一个人重又上路，沿路的风景，也许因此好长时间不能好好欣赏。

我们企盼有一个人能与我们一同走下去。人生的路上有风有雨，有沟有坎，还有一些能吃人的豺狼虎豹。我们多么想有个人能帮我们打一下伞，扶我们一把，或者来了豺狼虎豹的时候，能同我们一起并肩战斗。可这样的人总是很少，一生能碰上一个，就是我们的幸运。

更多的，是那些仅仅陪我们走过一小段距离的人，那可能是我们的朋友，也可能是我们的敌人。不管是朋友还是敌人，我们同样感谢他们。他们陪我们度过了某一个阶段，或者仅仅是几步，我们同样要感谢他们，因为我们人生之路上，能够陪伴着你走过一生的没有几个人。

我们就这样走着，那么长的人生岁月，竟然一晃就过去了。

就让我们回过头来看——阳光暖暖地照着，风微微地吹着。身边来来往往的人，有多少是擦肩而过的，有多少是刻骨铭心的，其实都无所谓了，他们不过是我们人生中的一个片断而已。

人生的大部分路途，还是我们自己走过来的。

在这个世界上，我们最知道珍惜，也最容易错失的，是什么？时间。

时间的存在，证明着这个世界上所有发生过的一切；时间的存在，也改变着这个世界上有所的一切。日升月落，花枯草荣，看似已成固定，在重重复复之后，别人迎来我们，我们送走了别人。

我们常说生命要有意义或生活得要有价值，其实一个人活下去的真正的意义和价值，不过只有几十个年头的光景罢了。我们如何在这短短的几十年里活出精彩，又成为一个折磨人的问题。我们生老病死都是一样的，没有例外，可是有的人在这一样当中活出了精彩、活出了学识、活出了风度、活出了睿智，被时间这台机器永远铭刻下来。

4

当时我认为，在我四十一岁时曾有一些感慨。所有的一切都要靠时间来证明，可是，时间到底是什么呢？它无时无刻不存在着，可是，我们看不到，摸不着，定要证明它存在，又只能回过头去，找一个叫“钟表”的物件来证明。

这个世界是永恒的，惟有时间在悄然滑走；这个世界是变幻的，惟有时间是永恒的。

从来也没有刻意想过四十一岁已经远离自己这样遥远了，直到前不久回家的路上和同事闲聊，他笑眯眯地说：“昨天刚过四十一岁的生日！”当时正站在公交车里，身后的风呼呼吹过。我盯着车里的玻璃，通过反光，上面映出一张张陌生的面孔，我试图在里面寻找出一张接近四十一或正好四十一岁的脸，可好像每一张都是，又好像哪一张都不是。因为从小生活比较随意，我从没有过过像样的生日，也许是为了庆贺我步入中年行列，妻子煞费苦心地为我精心设计了烛光晚宴，还记得当时蛋糕上插着的红蜡烛，我的脸在盈盈的烛光下显得那样幼稚和不成熟。

回忆自己十七岁的时候，刚刚步入社会不久，血气方刚，不到二十岁的年纪，手里有着大把大把的青春不知道如何挥霍。所以那时，四十一岁对我而言是件无比漫长的事，远的不知道要用多少“将来”才能规划出来。那会儿我第一次去单位报到，家人给我上思想品德课，什么“知无不言，言无不尽”，还有“不管什么时候都要做一个正直的人”。虽然现在听来都是些老掉牙的东西，但当时像我这种二十世纪七十年代出生的孩子还是把家人的教诲放在心上，所以做事待人脸上始终挂着善意的微笑，发自内心的笑，即使不感染别人，首先也感动了自己，然后按着这个道理一件件去尝试，一件件去碰撞。好在“无知者无畏”，年轻、骁勇，跌倒了马上爬起来，就算是受了伤好得也比较快。这以后慢慢地见的世面多了，看过一些也经历了一些，等懂得“沉默是金”的道理时，四十一岁的理想也已经所剩无几了，剩下的是“五十知天命”正兵临城下，虎视眈眈地望着我。

真是不想还好，一想自己过了四十一岁一晃这么多年了，身边步入不惑之年的朋友越来越多。我的一位同事把他四十一岁“三不名言”挂在嘴上——

不承诺、不拒绝、不妥协，可话才出口，他就在领导的一顿训斥中灰溜溜地去修改自己的“计划书”了。倒是不久前在电视上听到某位明星接受采访时说：“四十岁以后的理想是再也不要说谎了。”当时我放下手中的报纸足足看了有两分钟，虽然一直不太喜欢她在电视剧里扮演的角色，可是只为了这句话，觉得她不是那么让我讨厌了。

时下，快步入四十一岁行列的朋友很多，有的虽说不近可也不远，即便是说远也就是一转眼的功夫。我最欣赏一位作家的散文作品，而最叫绝的是这样一句话——不露也锋芒。可能现在有的朋友还很难体会到“不露也锋芒”是一种什么样的状态，但假如时日可以再回头，我可以无愧地说四十一岁的我就是那样啦！

5

“青灯黄卷”是我极爱的一个句子，见物不见人，可人的形状一下子就被勾勒出来，灯，就具有了某种特有的魅力。记忆中的灯，那些寂寥地亮在脑海深处的灯，都关乎于往事，关乎于孤单与怅惘。

记得五岁的时候，第一次乘火车离家，是和爸爸一起去看望远在他乡的伯伯、叔叔，那晚突然爱上深夜里昏黄的孤灯。车厢里的各种人声与气味，在午夜时被一种单调的咣当声替代，我知道，我将离家渐渐的远了，而妈妈的脸还在眼前，车窗外铁轨边的灯在列车的奔驰下流成一抹黄带子，来不及看清，又是伸手不见五指的夜。我将脸贴在窗上，第一次发现与处在大杂院的我家小屋不同的灯。

许多年过去了，因为铁路工作的原因，我经常乘坐通勤车的最后一班回家，车行至一半时，一节车厢往往惟剩我自己，此时铁道两旁的灯已显出倦意，我呆呆地看它的光芒洒在玻璃窗上、洒在墙壁上、洒在树枝上、洒在空茫寂静的城市郊区的原野上，让人感觉有些颓废和难过……

常常在夜深人静的时候，独自站在站台上等火车的到来，看远处万家灯火，看点点车灯在眼前稍纵即逝，便会想起童年午夜里的那些灯，那些发黄的照片，还有那一串串陈年闲话，这些杂乱的记忆在心里被清晰地点亮，不忍离去，虽然地点和情形可以重复，而人呢？人却如一条河流不可重复了。

曾听一位作家说过，喜欢抛开所有环境、心境，还是喜欢一盏台灯洇散出的淡黄色的光。是的，一天工作劳累下来，洗漱完毕，端坐在灯下，翻开一本心仪已久的书，一行行散淡地读下去，灯光就成了无声的背景音乐，人一点点便像泡在开水中的碧螺春，每个毛孔都塞满了它的柔光。我这样对你说时，你还记得吗？一个人坐在灯下清读，便进入了书的世界，灯能让我回到最本真的自我，灯痕是我记忆深处无法熄灭的星火。

6

秋，总在不经意间开始。如果你留心，当空气中有了星点凉意的时候，那便是秋天走来了。

今年这样一个秋，几乎经常看到雨，风因而没能狂虐起来，多了水的支持，它的凶猛只好被悄悄地掩藏，而掀不起许多的灰尘。这是一个温和富有诗意的秋季，似乎这正合了我的心意，我怕没有秋雨的秋天，一场凉过一场的秋雨，不只是加快了寒冷的到来，还淡化了这个季节该有的忧郁，平添了一种清爽、一种舒适。可我又矛盾重重，因为我更喜欢没有雨水淋湿的城市，在我眼里，它总是像阳刚十足的少年，脸上永远显露着古铜色的健康和洁静的笑。

可归根结底我是惧怕秋天的。四季轮回，往往把春季作为起始，秋季作为结束，那么冬季呢？我说冬季是一种过渡，四季把酝酿的力量交给冬季，让它以更生猛的姿态爆发。现在呢，生命复苏的春隔着长长的冬季，遥不可及，而万物凋零的秋却近在咫尺。坐在北方的秋天里，我摆脱不了古来悲秋的那些诗句，那些句子长久地浸润在我的血液里，成为我伤秋的理由和证据。

多雨的秋天，单调而漫长。思想里便仿佛生长了一些无端的寂寞，我用一种懒懒的心情，应付着季节缓慢的节奏。上班，下班，赶路，回家，没有惊喜的事情出现，没有夸张的现象发生，生活庸俗得如一杯放久了的啤酒，怎么晃也晃不出泡沫来。

这个城市的秋天，周遭没有一种变化能够让我睁大眼睛。我混沌地前行，茫然不知所措，并耐心地面对着郁闷和烦躁。

在每天途经的街道上，我只能从树叶的变化中去感受秋天，并且调整我衣服的颜色和厚度。我知道，一切都在悄悄地起着变化。这个城市里的树木越来越瘦了，街上时装的色彩越来越单调了，暴露在阳光下的肌肤越来越少了，城市的颜色越来越深了……

第一片落叶告诉我，秋，是无法抗拒的。绿渐黄，寒意愈来愈深。叶子成堆地蜷缩在角落里，无言地等待着谁来把它们掩埋。偶然的那一天，我迎着簌簌的落叶行走，纷纷的音符在坠下。叶子砸在脸上、肩上，那是隐隐的一种痛，生命的坠落是无声的。

当最后一片花朵枯萎掉，我看见另一类花已经绽开。这是开在北方室外唯一的一种花，以腊黄为主，有白、粉红、紫红等。她的名字叫腊梅，唐代诗人李商隐称为寒梅，有“知访寒梅过野塘”的诗句。《姚氏残语》又称梅为寒客，它也因为在冬天开放而被称作冬梅。试想，在白雪的覆盖下，它不与百花争春而独自开放。在植物凋零的季节里，她的加入，使这个城市平添了几分生气，而且让我感到零度线下，仍有生命在律动。

对于众多花的消逝，我无可奈何。所以，在北方秋与冬的衔接地带，我是多么地想握住一朵花，看它静静地开放，无视大地的苦难，冷对众多的无奈。但即使花能够含泪而笑，我能忍心么？我无法忍受那种痛苦的微笑。

秋与冬衔接从来就没有什么明显的区别，所以在感觉上是分不开秋末与冬初的。我从电视中得知，西伯利亚已经下雪了。雪并不代表冬季，秋天也是有雪的，只不过，雪落在秋天里，则预示着冬季要提前到来了。

我愿意结束这个秋天。我要做的一件最重要的事情，就是把自己一层层包裹起来，然后臃臃肿肿地等待冬的来临，以此来应对那一个更为漫长的季节。

在心中酝酿并策划春天的到来，大约需要一整个的冬季。我会记得，最暖的阳光其实是在冬天。树上，仍有一两片叶子坚持着不肯掉下来。

我不会做那两片叶子，我无怨地坠落。我穿上外套，开始向秋的深处一步步走去。

7

我在二十岁刚冒头时，白天工作，晚上看电视，累了就数星星。刚步入社会的门槛，面对芸芸众生，总有一种茫然感，渴望了解社会、人生，也希望别人能认识自己的生活和丰富的内心世界。突然有一天，从某杂志交友录里认识了三位天真、纯情且还没有走出校园的女孩子，于是我用不同的名字与她们建立了书信联系。

在来信中，她们毫无顾忌地向我谈生活，谈学习，而我也真诚地回报她们对我的信任。

随着通信的逐渐频繁和思想情感的真诚交流，我渐渐对自己以三种心态对待不同的三位女孩子的做法不满了。但从来信中可以看出，她们对我的信任有增无减，她们能从我信中获得鼓舞，获得友爱，于是我感悟到，做一个能使别人相信，受人尊重和敬佩的人，是多么有意义啊。

我从心底感谢她们，在我给予别人微笑的时候，别人回报我更多的灿烂。

后来，我还是分别给她们去了最后一封信，我怕虚假的最终败露，毁坏了我们各自心中的圣洁。就让她们心中仍存有一个虚幻的我，拥有一段真诚的心灵之约吧，因为我不想失去现在的她们。

8

我的唯一的一个十七岁已经悄悄地过去了。虽然刚进入六月，天气已是热不可耐，太阳照在街面的水泥地上，白晃晃的像是撒上了一层盐粒儿。一只赖皮狗吐着舌头，飞快地从街那头跑过来，四只小蹄子轮番点着火烫的路面，它被头顶的太阳和脚下的火焰烤得不知所措。街边阴沟里几粒泡得发胀的米饭和一些发黄的秽物，静静地散发着焦霉的馊味儿。

在人的孩提时代，好玩好动，兴趣容易转移，似乎是通病，我自然也不例外。当年做泥巴坦克和手枪时，虽然不成功，但我还是饶有兴趣地玩泥巴。我从做好一件小事入手，逐渐积蓄起自己的人格力量，在人面前表现自己的能力和自信，因为在我长大成人后，我所关注的是做成一件大事。即使没考上高中、大学，当一个普通工人也很好，这也是一种成功。为什么一定期望自己是一个技术尖子，一个学富五车的工程师？我回到了自己生活的轨道上来。

火车，十七岁时候的火车，连同一句模糊的歌词老出现在脑子里，萦绕不去。那歌词是：火车快来……但却接不了下句了。火车快来，怎么样呢？不知道。我去翻磁带，才发现那些磁带早都被我扔了。一支歌，当时听的时候也许浮想联翩，只剩了残缺如此的无头无尾的半句，掉在半空云里。然后有一列崭新的火车，轰隆隆地从远方开来。这火车就像新发行的邮票，又新又整齐，车厢的每一扇窗子都像邮票一样方方正正。当然，火车是绿的，像邮箱一样涂着油绿的新漆。火车从我的十七岁里鸣着汽笛，滚动轮轴急促地开来。

彼时，我的前程有如雪和泥一样含混不清，全然不知岁月里等待我朋友们终将一一散去。的是什么。但我知道，我将与火车相伴一生。

很多人都认为日常生活平淡乏味，可我不这么认为。事实上你我他——我们每个人的生命都是在这十分具体的一个日子又一个日子里萌生、燃烧和死亡的。我们没有别样的日子。如果说日常生活平淡乏味的话，那么世界上还有什么不平淡乏味？还有什么？我的青春的日子的确是平淡无奇的，我在平凡的日子里穿越青春，没有激荡风云，没有刻骨铭心的爱情，没有花样年华的种种憧憬、幻想和浪漫，但我平凡的感觉告诉我，我们这一代的青春的历程必定要在乏味中度过。

时间过得飞快。春节快到了，街上仿佛洋溢着节日的喜气，电视节目里也充斥着一些发财、贺喜的词语。不过感觉上，过年的气氛已没有以前浓了。记得小时候，穿新衣、新鞋，和玩伴们到附近小卖部买上几棵大白兔奶糖，也乐得跟什么似的。吃年夜饭时，母亲会在饺子里包上几枚硬币，吃到的人据说一整年都会如意。我们小孩子并不在意新的一年里是否会幸运或者倒霉，我们在乎的是那几枚硬币，因为谁吃到就是谁的。随着时光的飞逝，我们长大了，儿时玩伴早已不知去向，平常就有新衣、新鞋穿，糖果、饼干也不再觉得宝贝可口。好玩的年，已在成长中当成代价，消失了。长大，似乎没有想象中那么美，这该说是喜？亦或悲呢？摇摇头，我想不到答案……

职工通勤车，对我来说是不陌生的。老职工都俗称为劳动车，考证起来大概是开行于某年的“五一”劳动节，车内的乘客又都是铁路上的劳动者之故吧。这趟列车仅有七节车厢，并随着时代的发展逐步减少，最后成了三节。车厢内挤满了早晨上班的职工。那些劳动者们手里提着各式各样的饭盒，有的人站着聊天，有的人在座位上看城市早报，有的人在看书籍。晚上看电视晚了的人，可以借此机会小憩一会儿。劳动车成了我十三年上下班旅程的主要交通工具。每天清晨的阳光犹如顽皮的孩子一般顺着车窗扑进了车厢的每一个角落。望着郊野的上空飞翔的鸽群，阳光在它们洁白的羽毛上抹出一层红晕。

那些火车、线路和车站，有十三年时间，我总在那条线上奔走。而那条铁路是我的铁路，是我日日奔走的一条铁路。想起铁路，总会想起垃圾、拥挤的人，寒冷的小站，飘忽而过的旅客。可那条铁路，在我的记忆里却像早晨的雾一样，又清新又干净，像我的青春时期对生活的梦想一样洁净。在我心里，那条铁路和我的青春一样，是一棵切开就会流出汁液的小树。现在，这树已经被许多苍茫的俗务推到看不到的地方，只有偶尔那些汁液会打湿记忆。

9

记得过去有一个关于青鸟的传说。在一片密林里藏着一只青鸟，它能够为人类带来幸福，为此，有许多人千方百计去寻找它，而青鸟总是在林间时隐时现。有一天，一个男子费尽周折捉住了这只青鸟，然后就心满意足地睡去了。不想一觉醒来，青鸟变成了一只黄色的再普通不过的小鸟，那人因此气急败坏，不久就气死了。还有一个人历尽艰险去追寻这只鸟，而鸟儿总是在他收网时扑棱一下子飞走了……这个传说不无悲壮而又充满诱惑。人们代代无穷尽地去追寻那只鸟，宁愿尝尽人生的悲苦，甚至以死来求，不因青鸟随时飞翔而放弃追逐。这就像幸福一样，对人来说总是奢侈品，人总是尽其一生所有去追求，而又常常不能如愿。幸福正像那支青鸟，可望而不可及。

另一个夸父逐日的传说也是如此，但对于现代人来说已经没有多大诱惑了。我们所处的这个时代，不论在人的心里，怎样描绘幸福都是徒劳的，只要能够为了领略那份幸福去付出心血就足够了。因为现代人很懂得自怜，注重体现自我价值，而非追逐可望而不可及的东西。他们有的是孤独，却不会痛苦；他们有的是青春，但不放弃情怀；他们有的是忍耐，但决不经受侮辱。现代人活得很潇洒很随意，很懂得怎样寻求轻松和快乐。在他们看来，只要没有痛苦就是幸福，他们反而很像那只变幻的青鸟而非追鸟人。他们的心态是非常复杂的，可以幼稚也可以成熟，可以是东方的也可以是西方的，可以是具体的也可以是模糊的。

因此，大量的现代人在拒绝痛苦的同时，也拒绝幸福，从而成了既不体会痛苦也不体会幸福的烦躁不安的灵魂。

幸福，其实是一首难以成调的歌。

10

痛苦，容易使人的思绪变得纷乱，使人难以忘记，使人又不愿想起和提及，那种味道只有经历过痛苦的人才会有深深的体会。

痛苦分思忆痛苦和现实痛苦。思忆痛苦会在你的心中留下明显的疤，永远去不掉，在暂时忘却之后还有丝丝隐痛，这是真正的痛苦。真正的痛苦能够震撼我们的心灵，扰乱我们的精神。

我们都怕痛苦，怕的原因就是不想受到伤害。因为它的力量是强大的，它可以摧毁我们的世界。

所有存在于这个世界上的动植物都会有痛苦，只要它还有生命，就要经历痛苦。痛苦是心情，是品味，是体会，甚至是相互的。古人有“为赋新词强说愁”，我们今天读到了，联想自己的痛苦之事，就有了联动，有了通感，也就理解了古人。

有的朋友在经历了痛苦之后，会跟我说说。有的想到了喝酒，有的想到了沉沦，有的甚至想到了死。

痛苦已经成为现代人的通病。爱情之痛、亲情之痛、生活之痛、生命之痛……于是，我们就有了孤独，有了报复之心，有了神经病、精神病，也就有了心理诊所，有了渲泄情感的场所。物质和精神的发展使人们的欲望之火越烧越烈，当我们的欲望与现实不合时或受到欺骗时，我们便有了痛苦。面对痛苦，无良药可治，只能忽略，说白了就是自欺欺人，因为我们还要前行，我们不能背上沉重的包袱。忽略痛苦是为了追寻更值得珍惜的东西。

11

我们在人生疲劳时，往往忽视了一些极尽平凡又极尽辉煌的东西，这就尊严。尊严是需要尊重的，出卖尊严是可耻的。有的人靠诋毁别人来获得名利，有的人为了自己的私利而不惜出卖尊严，有的人自欺欺人地获取假尊严，看似辉煌的背后是人性的泯灭。

在我们生活中存在着有价的物质享受和无价的精神需求，我们可以设法获得舒适安逸，却绝不能丢失那无价的精神，因为它含有我们的情爱和向往。

我们可以耗尽心血去达到成功的境界，但切不可出卖自己的青春和情感。我们的尊严没有价格标签，我们的尊严不是商品。生活在这个世界里，眩目的光环会使我们的生活纷乱无序了乃至不知所措，但我们的生命坐标上有尊严在闪光。我们可以丢弃任何东西，唯有尊严不可丢，它是我们的生命之源，是我们良心的母亲。

追求成功是人之常心，但应该是健康向上的，决不能过度浮躁，需追求淡泊明志、宁静致远。我们每天面对这喧闹的世界，能保持清风徐来的状态真是不易。人生需要清醒和理智，需要深邃境界和高远风范，以及耐得住寂寞的宽容和大度。

能耐住寂寞是人生基本功，是最起码的心理素质。一个人走出浮躁，不赶热闹，有锲而不舍的追求精神，就会事业有成。相反，那些赶浪头出风头的人，越想得到别人认可和赞扬，越是寂寞，离成功的目标越远。

什么是奋斗之美，攀登之美？只有走出浮躁，脚踏实地地去奋斗了，攀登了，才具有超凡脱俗之境界，才能达到至真至善至美。

12

老屋是一座红砖灰瓦的房子，它处在闹市区，据老人讲是津浦铁路局日本局长住宅大院内佣人所居之处。屋前有一棵老榆树，我儿时常常到树下捡树上掉下的榆钱，让母亲用面一和，上锅蒸着吃，咸中透着清香味。还有夏夜的蟋蟀与流萤，但更多的时候是无聊，一个人躺在床上，想着自己的童话。往往就有那么一束光从窗缝里射进来，就像一柄明晃晃的长剑，刺破了老屋的昏暗。透过那束光，我便看到了快速飘移的浮尘，它们挤来挤去，就像一个个飞翔的小精灵，你碰我我碰你，自由自在，无拘无束。我常常想我要是能变成这样一粒尘埃该有多幸福呀。

童年的想法是幼稚可笑的。飘浮的尘埃不是飞翔的精灵，我们无法窥视它的存在，只是因为一束光让隐蔽的尘埃现了原形。想想也挺可怕，我们每天就生活在尘埃中，大口大口地呼吸着它们，却以为是在呼吸新鲜空气。

如果说生命是一个场，那么它的四周也一定漂浮着尘埃，它们肆虐地进出着我们的生命通道，而我们却一无所知。生命如此，我们的灵魂，我们的心灵以及我们的思想也是如此，而我们对于尘埃的放纵，时时刻刻不在吞噬着我们自己。如果有一束光，能够照彻我们的生命、灵魂以及思想，我们生存的空间便会少一些污浊，多一些清新，我们的人生就会经常接受洗礼。那一束光可能只是照亮一小片天地，但它释放的暖暖爱意却照亮了我们整个身心。

一束光的大小并不重要，关键是能够通过现象看到事物的本质区别。就像老屋，它的存在只是一种历史，当历史成为过去了，还有拂不尽的回忆。那束光就是透过回忆的窗缝，对我的童年给予关照和回归。

现在的房屋越来越宽敞明亮，但我们却看不到乱舞的浮尘了，感觉上是舒适的阳光普照，非常惬意而温馨。而那束光并不是我们刻意追求的，只有那么随意地一瞥，才会猛然发现阳光下的罪恶。

13

很多次走过一株茂盛的梧桐，每一次都惊异于它夺眼的绿，我以为永远不变的绿。

然而，秋天，梧桐也渐渐开始显得苍老。我看见它的枝叶慢慢泛黄，又慢慢枯萎。我看见它的每一根筋骨都刻印着衰老的裂痕，带着褐色的悲哀。我还看见它曾经硬挺的身躯开始微微低垂，它已经承不起头顶太重的生命树冠，也无力再阻止青春一丝丝从它颤抖的叶缝间被抽走。岁月在它的脸上布满皱纹，秋风把它垂着的钟敲打得越来越紧。我知道，再过一场萧瑟的秋雨，风便要剥取它最后的盛装——梧桐要落叶了。

终于在一个雨后的清晨，梧桐开始落叶了。当它的第一片金黄金黄的树叶飘飘悠悠地离开枝头，在秋风中优雅地打着转，如浮在碧空里的一叶帆船，慢慢坠下时，我感觉自己关于梧桐美丽的梦，也正慢慢坠下，正如我跌落的心情。

叶儿继续飘落着，飘落在老梧桐的根旁，飘落在我的脚边。这些在空中飘飞的叶儿，一转一转地旋绕着，围绕在我的身旁，组成了一张极美的旷远的图画，而我就仿佛落叶中的一个飘逸的仙子，秋日的落寞中放飞了金色的希冀。我那些跌落的心情，仿佛同我一起在落叶中飞升，并且漫延，直到天外。

我的视线又落在梧桐垂老的身躯上。那离我不过数步之遥的梧桐，那仍旧不停落叶的梧桐，正瑟瑟抖动它的枝干，密密跌落的树叶铺满它的脚下，重重叠叠地跳动金色的流光，将褐色的梧桐照在它回映秋阳的色彩上，随叶儿飘，随叶儿落。梧桐端庄而优雅地伫立着，落尽树叶的枝条简单地向上伸展，投到湛蓝湛蓝的空中，素静得就如蓝天下一幅最完美的剪影。那无与伦比的美呀！我突然领悟到，这样雅淡而平和的风景，不正是梧桐真正独具的风采吗？不正是它给我们的真正辉煌的时刻吗？梧桐叶落，落尽了繁华，落尽了飘泊，落不尽的却是这生命的默然与清明，这因为真实而掩盖不住的美的底蕴。面对这样光彩而真实的生命，我还要去寻怎样的梦呢？

14

人生有限，岁月是握不住的流沙。春夏秋冬，送走了一个个生命的驿使，最终要到达一个驿站。

清凉的春雨，抵耐着最后的春寒，又送走了一个寒冷的冬季，蛰伏于土地许久的心开始萌发新的生命之芽。在这冷暖交替的春夜里，我骤然从昏睡中惊醒。车站的钟声悠悠而起，又一列火车隆隆驶过。

这一切是生命的印痕，那钟声是人的生命的量尺。人，在浑浑噩噩之中，就像那疾驰的列车，在发出振聋发聩的提醒声后，就这样一部分一部分地遗失掉了。

有时，我会觉得生命是一种痛苦的煎熬，它在人生的每一个阶段里，都要上演不同的剧目。其中有快乐的喜剧，有崇高的正剧，也有哀苦的悲剧。生命似乎永远在它们之间周旋，没有磨难和幸福之分。

但是，生命是万物结成的伟大的结晶，它在强暴、苦难、灾害中显示出无限的美好和悲壮。人都有珍惜生命的本能，情感在心灵中增长，因为生命只有一次，来到世上总会有生存的价值。

生命是有限的，但它神秘而美丽，不可捉摸又异常珍贵，有浮躁也有激情，有沉稳也有惆怅。

生命的晨钟一次次敲响，每个午后的阳光折射的亮度不同，天天若即若离，但光是相同的。我想，生命存在是因为有光存在，有光在，生命就会延续下去，就成为了无限的，生命的晨钟就会每天敲响。

15

我曾在四十岁时写下了以下文字：

四十岁的男人，无疑承受着生活太多的负累与责任。来自家庭、社会仿佛不经意间发生的突兀事件，都历练着自己的身心，让你由青年初始的手忙脚乱变得慢慢学会应对，遇事不慌，沉着冷静，从而寻求出解决的办法，慢慢地走向成熟、淡定，这就是人们所说的阅历渐深吧。阅历的累积与年龄是相当的。伴随着年纪的增长，对人与事的看法也日臻厚实，心态渐而沉稳，动作渐而平缓，表情渐而优雅。扪心自问，遇事而无所适从，茫茫然却不知所以然，事情就可解决？索性抱着“天塌下来，尚有高个子顶着”“办法总比困难多”的略显阿 Q 的心态应对，岂不更好？

四十岁的男人，褪去青涩时的鲁莽、轻狂与目空一切，添加的是稳重、平和与沉稳。有过“仰天大笑出门去，我辈岂是蓬蒿人”的壮志豪情，昔日年青时驰骋绿茵、不知疲倦的奔跑已风光不再，取而代之的是闲暇时悠闲地踱着步子，脑子里却是要思索着一系列琐碎杂陈。年迈父母的身体是否安康，孩子成绩的优劣好坏，报呈领导的文件中某个用词是否妥帖，为了生计辛苦在外忙碌的妻是否已安全踏上归家的行程……为人夫为人父的滋味，在日复一日的柴米油盐间，享受着叫做“生活”的辛苦与甘甜。这时，怀旧的心思也会不期而至。夜深人静，沏一杯香茗，读书累了，打开 MP3，戴上耳塞，让一曲曲经典老歌的优美旋律在耳边流淌，似梦非梦中追忆着昨日时光。人大概都是喜欢回忆的吧，昔日的旧事此刻清晰如昨。我想，这该不是衰老的迹象吧？

四十岁的男人，对人世的浮华与衰败看得愈加平淡似水。曾经荣耀后的欣喜与失败后的颓唐只是昙花一现，亦如从低谷到巅峰，再由巅峰至低谷的循环往复。谁又能辉煌一生呢？自然的规律无人逆转，只有顺从。正如那首熟稔的歌曲一样：流水它带走光阴的故事改变着一个人，就在那多愁善感而初次回忆的青春……

四十岁的男人，不再因某个小事与别人争得面红耳赤，学会了在剑拔弩张时的隐忍，因为他明晓“退一步海阔天空”的道理。不再追捧名牌与衣着的光鲜，而深知“适合自己的才是最好的”，但求衣服干净、平整、熨帖。电视、网络上大肆渲染的“超男超女”们，八零后作家放肆的口吐狂言，我这个四十岁的男人只是作为一个冷静的旁观者看待这一切，看淡人间云卷云舒，潮起潮落。因为他知道，即使在生活舞台上某个阶段他们是多么的光彩照人、夺人眼球，乃至招来潮水般的掌声，但这一切总有谢幕的那一刻。由喧嚣回归到平静，是自然嬗变的法则。

四十岁的男人，被岁月的刻刀无情地留下清楚的印记。原有的乌发变得黑白相间、斑驳陆离、日趋稀疏，细密、浅浅的皱纹也悄然凸显于额头与眼角。年少时在青石板铺就的幽静街巷访古探幽的景象仍历历在目，掺杂其中的欢愉的记忆已然被消弭淡忘，倒是经历过的痛苦和折磨，在尘埃落定的午后，会经常涌上心头，慢慢回味。

在这个世界上已经四十年了，不算多也不算少了。能熬上四十个年头，是需要心存感激的。人不会感激，心就会荒芜。我自信，具备一颗感恩的心，就会沿着这四十年继续走下去。感谢母亲，让我来到这个多彩斑斓的世界；感谢父亲，让我在幼年到成人的成长历程中，血液里融入了他坚强、不甘屈服的秉性；感谢妻子，在我人生谷底、颓废之时，用温暖的话语、悉心的照料重树我直面现实的信心；感谢四十载人生里，那些曾经给予我无私帮助的人们，是他们让我在逆境的低潮喘息声中学会坚忍，助推我不言放弃；感谢生活，将我磨砺得勇敢，让自己有足够的耐心和力量面对真实的内心。四十岁是一束从郊外采摘的芦苇，一碗没有放任何杂料的清汤面，平凡质朴的幸福变得清晰且唯一。

北方的二月，乍暖还寒。我已经步入四十岁的门槛，尽管冬日的料峭春寒不时袭来，但心却早已嗅到春的气息。这只是人生的中点，路漫漫且修远。生命里透射进一缕霞光，新鲜、清亮。那是一盏希望之灯，挥洒着灼灼的光。鲜活生命个体的内核，充斥着激情与阳光，这是与年龄无关的。

在奔波于知天命的路上，放胆去追逐梦想，即使行程寂寞无情，前路仍旧坎坷泥泞。我，在尘世间，在思维推进的轨道上依然前行。

16

前几天，女儿的学校举办“我心目中最美的老师”征文，家长也可以参与，这一下子勾起了我的记忆之弦，有了写一写的冲动。

二十世纪八十年代在我的求学历程中，接触过的老师有十几位，而能留下深刻印象的却寥寥无几。当我看到征文标题时，脑海里却立即浮现出李老师的面容，我想这是记忆深刻的原因。

李老师是我上小学四、五年级时的班主任兼语文老师。印象中，她中等身材，面容白皙，平时不苟言笑，但一举一动都显现出大家闺秀的样子，虽然不到五十岁，但两鬓已经开始斑白。她不仅治班严谨，而且关爱有加，是我心目中最美的老师之一。

李老师对待工作认真负责，对待不认真学习的学生也十分严厉，对此，我是深有体会的。有一次，我的语文作业中落下了几个词，想偷一下懒，就没有再写上。第二天上课时，李老师静静地走到我面前，手拿我的作业本，重重地摔到课桌上，两只眼睛严厉地盯着我，足足有十几秒。我羞愧地低下头，从此再也不敢有所怠慢。虽然经历了这一次，但是李老师并没有以此认定我是坏学生，反而更加帮助我。一次，我的作文能参加区里的优秀作文示范展览，就是李老师一字一句帮我修改的结果。

一上五年级，我们的学习就比其他年级都紧张，因为面临着升学考试。那一年几乎是每周一小考，每月一大考，参考书、学习资料摞满了课桌。有一次语文测试，天气异常炎热，同学们不住地擦汗。李老师看在眼里，马上拿来水盆和毛巾，逐一给我们擦脸，过一段时间就擦一次。擦完后，我们顿觉凉爽。她还经常问我们早晨吃得怎么样，都吃的什么，诸如此类。李老师还是个有心人，在教室后面一角设立了一个废品池，我们把废纸物品都集中扔到里头，利用卖废品的钱购买新图书，并建起图书角，我还有幸担任了一段时间的图书管理员呢。

有一天,李老师病了。我们放学后商量着去看她。班长让各组讨论方案，最后每人掏了一角钱,凑起来买了两袋水果。李老师对我们的到来非常感动，抱病热情接待了我们。为了不让老师知道，我们把水果偷偷地藏在一个抽屉里，然后告辞走了。第二天，李老师来到学校，对我们表示了感谢，又把钱还给了我们。她把这件事情报告给了学校,校长在全校大会上表扬了我们。他说，老师爱同学，同学才能爱老师，只有这样，师生之间才能建立深厚的感情。那一个月,我们班级得到了一面流动红旗,以示学校对我们的鼓励。

当升学考试临近时，天气已经很热了。为了确保我们安心复习，李老师向学校建议，让我们搬到背阴的教学楼一楼复习。这里的教室宽大阴凉，窗外有一棵高大的法国泡桐树，阳光斑斑驳驳地从树叶间洒下，清新的绿色与暗红色的教室窗棂形成强烈对比。在小学的最后一天放学后,我走在树下，迎面碰见李老师，她温和地说：“明天就考试了，不要太紧张，晚上早点睡吧！”语气出奇的温柔。那一刻的景象深刻地存留在我的脑海里，我想它会像年年长出又凋零的树叶一样在夏天时绿色浓郁，只是正如今年的树叶已不是去年那一片了一样，它们中间将隔着许许多多的光阴。

此后，世事沧桑，我们每个人都走上了不同的人生道路，我与小学的大部分老师和同学失去了联系。想来李老师如果还健在的话，恐怕已经是快九十岁的老人了。

在我的旧物中，一直存放着一张泛黄的小学四年级的“通知书”，封面印着那时人们非常熟悉的毛主席语录：“我们的教育方针，应该使受教育者在德育、智育、体育方面都得到发展，成为有社会主义觉悟的有文化的劳动者”。内页操行评语是李老师娟秀的笔迹，她写道：“学习较努力，能按时完成作业，遵守纪律，尊敬老师，团结同学。今后上课要用心听讲，要努力动脑筋，要大胆，上课要积极发言。”几句话就点到了我的要害处，不得不使我肃然起敬。

写到这里，忽然有些感动。人的一生能有多少人或事会留存在心里几十年，而且会让你感动的呢？

我心目中最美的李老师，你在哪里？你还好吗？

读的印记

1

当一只干瘪无力的手任你握着，它完全放弃了自己的主动权，仿佛握手只是你单方面的意思，它是不得已而为之。我忽然想到在社会生活中，确有不少的朋友、同事，在经过几次的努力而没有实现自己的愿望后，便放弃了对美好理想的追求，转而随波逐流，任波涛上下颠簸，大有看破红尘之意，仿佛实现自己的理想是别人的事情。同情之余，我也为这样的朋友而惋惜。我想任何时候都不应该放弃自己的主动权，应该尽自己的全力去争取，使自身的价值得到承认。尽管并不是每一个人都能达到理想的彼岸，但在自己人生的旅途上留下一行奋斗的足迹，不也值得我们为之自豪和回味吗?写作与读书不可分。我写作源于对书籍的热爱，源于对书香的痴迷和陶醉。

读书与我形影不离，我曾在一篇文章中把读书比作芳香。芳香，用闻和尝可获得。书香，则要用写、看和用才能感知。我从小就对书痴迷。记得首先接触的是连环画，为后来阅读打下了较好的基础。当时经常看的是《三国演义》《水浒传》《说岳全传》《中国成语故事》，直到现在还可以讲出其中的许多内容。那时家中藏书不多，我的书籍全是凭借自己的力量积累起来的。

我对中国古代历史比较感兴趣，自然藏书中有关历史的居多，而我认识古代史还是从中学历史课本开始的。后来借到了几本范文澜著，人民出版社出版的竖排本《中国通史简编》，对历史兴趣骤然浓厚了起来。上初中时，由于贪看课外书籍，学习成绩不断下降，母亲气极了，就拿烧书相威胁，最终象征性地烧了一本书，这是一本知识性、趣味性都很强的历史地理书，名叫《齐国故都》。后来上了技工学校，学习环境宽松了，母亲也放松了封锁，有限制地让我买书看。于是，我如饥似渴地买书读书，以致于躺在床上看书久了，成为终身近视眼。

青少年时真不知为何而写作读书，或者是为了充实时间，或者仅仅是一种爱好，贪婪之中未免带有较大的盲目性。那时，家中的生活条件较差，屋内只有一个取暖炉，冬天寒冷可想而知。为了读书写作，就趴在被窝儿里，伸不出手来拿书，就用一块硬东西压在书页上，这样就可以缩手而读了。那淡淡的书香不知抵御了多少寒冷和无奈。回首少年读书岁月，真是苦涩之中浸着甜美。

当下人们读书写作的目的和心态不尽相同。有为仕途的，有为消遣的，有为生存的，有为陶冶性情的。通过读书写作心态，可知人之才志品质。

那么我为什么要读书写作？这个问题真还从来没有细想过。这些年的业余文学创作，总感到身后有一种力量不自主地推着你，要把有感而发的东西写出来；总感到读了一些书，要把日积月累的感受表达出来。我养成了夜晚读书写作的“恶习”，每每掀开书页，闻到徐徐飘来的书香，就按捺不住动笔的欲望。当作品发表后，再闻着报刊散发出的油墨香，成功的喜悦油然而生。

写作，是一种智慧的操作，有快感，但绝没有轻松。写作，使我领悟到了生命的不朽和精神的永恒，是使自己发现自己的浅薄，促使自己去读更多、更有效的书的好办法，是整理自己思想，将之升华的好途径。

写作可以源于任何理由。而我的写作源于书籍，源于书香。如今已入知天命之年，也经历了许多春华秋实，其中有幸福美好的记忆，也有人生滋味的苦甘。好在有书香为伴，心灵从未感到空虚。愿在今后的岁月，仍能固守那份心情，久闻那股书香。

2

在岁月的这条跑道上，青春匆匆而过，自己矫健的身影被远远地甩到了后面。人步入中年后，明显感到精力和体力开始下降，味蕾的感觉也在发生变化，比如原来喜欢吃油炸的、咸味的食品，现在开始喜欢吃清淡一点的。而更让人想不到的是，就连阅读的“口味”也悄然发生了变化，青年时期喜欢阅读的主题，再也提不起阅读和浏览的兴趣。有的只是温存的回忆一闪而过，却再也激不起大的涟漪。

书店、书铺甚至小书摊对我来说，是风光无限的胜地。市内几个大型的书店，还有自己经常光顾比较熟络的小书铺子，是定期要去逛的地方。近年来忽然发现，来此做精神畅游的众人中，多是芳华正茂的青年人，阅读的也大多是当下流行的青春、穿越、诡异等等题材，中年人则成了屈指可数的残余。名著书柜前的人数不如畅销书前的人数多，我心中不禁痛慰交织。痛的是，多少当年发愤人，如今初衷已改；慰的是，凡是能够来到书店阅读哪怕是随便翻一翻书页的，不管是青年人还是中年人，都还是值得肯定的，因为在岁月变幻、人事变换繁复的今天，还有人固守书本，没有“半途而废”，算达到了“非曰能，愿学焉”的境地。

中年读书，会离功利越来越远，离品位越来越近，寻找的只是精神境界的安慰。年少时，有为考试而读书；年轻时，有为前途而读书。那一类读书是实用性的书，不能说不好，却实实在在吊不起胃口。恍惚间，人已步入中年，在闲下来的日子，多读一些闲书，有趣的书，反而会得到读书之乐。

闲书其实不闲，是在挑剔眼光中选出的精品。一般来说，中年人对读物的挑剔程度要远大于青少年，主要表现于宁缺勿滥。就我的经历而言，就是不合口味的作品不读，平庸无聊的作品不读，荒诞虚构的作品少读。在文体方面，诗歌和小说的阅读量也会大为减少，对作品的质量也相当在意，而对于散文、随笔、传记和游记，以及回忆录和个人自传等等的阅读量则大为提高，更加愿意看真实事件场景和文字记录，因为这些文字真实记录了历史、社会、人物，是朴素的、平淡的，也是最值得珍藏和传承的。

中年闲读书，享用的是一种率性而读的乐趣，是心灵的自在和灵魂的安宁，这种读书的心境是一种纯自然的、无功利性的、诗化的，是脱离世俗的一种浪漫。看闲书的目的，仅限博览却无实用功利之意，仅是茶余饭后谈资助兴，附庸风雅，为生活平添一些乐趣。中年人不仅能安于现状，并且乐意生活于现实之中，因此阅读这些作品时，也更有可能使内心彻底平静下来，这就更有机会亲近那些需要保持内心的平静才能够充分感受其魅力的伟大作品，比如梭罗的《瓦尔登湖》和蕾切尔·卡逊的《寂静的春天》，比如法布尔的《昆虫记》和奥尔多·利奥波德的《沙乡年鉴》。这些关注人类内心生活与外在生存状态的优秀作品，仅凭一时的激情阅读往往是徒劳无益的。

有人说，人一步入中年，心情也就多多少少变得苍凉了，自然就会影响到对阅读书本的选择。就我的感受而言，苍凉并非那么明显，倒是觉得心情开始变得平和了，特别向往安静，向往安逸，甚至向往或者故意制造出些许寂寞，仿佛秋天的湖水，并不在意岸上纷纷飘落的树叶，只注重在寒凉中不断含蓄自己。因此，对许多人来说，人一到中年，反而更加珍惜难得的阅读生活，并以此通过生活与书本的时常“互证”来领悟人生的真谛。

最近一个周日的早晨，我就是这样缩成一团蜷在柔软的沙发里，用这种本人喜欢的姿态，随意捧一本书，静静地阅读，看似无聊，心灵的触觉却融入了大自然和人生的殿堂；看似寂寞，却如观花赏月乐在其中。在闲书的陪伴下，我怡然过着快乐的日子。

3

读书有两种境界，其一为功名而读，从小学读到大学，被师辈逼着灌输各种知识，为的是将来毕业后踏上社会能有好的仕进之途。为生存计，读书可谓最妙法。古人发奋读书者不少，但达到极致，也就成了一种负担，乃至痛苦了。其二是随缘而读，选了钟意的书，一凳一几一茶而已，随意地读下去，书我两忘，于性情中高声朗诵，只觉满室书香，无比惬意。

迄今为止，读书四十余年，所读之书无外乎是第一种境界，像第二种境界的读书法则心里想的比实际行动多。记得小时候每日挤公共汽车到十里之外的学校上课，风雨无阻。每次放假都如大赦般兴奋，而每次考试后，心里都揣着小兔子似的，七上八下。参加工作后又报上了自学考试，古代文学、现代文学、外国文学，四年下来，整个身心都是倦怠、困顿，而目的则是为了考干、评职称。

刚参加工作那会儿，正是经济大潮兴盛时，读书潮落，寂寞得叫人害怕。

彼时我却迷恋上了文学，每晚伴我而眠的总是书籍。时间久了，就尝试着写作，偶有习作发表顿觉读书有味。但随着时间的推移，读书成了为做文章而读书，又陷入了为功名而读的泥潭，很难进入第二种境界。近日，读丰子恺先生《缘缘堂随笔》，静心品味，整个灵魂进入了他那清幽玄妙、细腻深沉又富有哲学味的散文中，直读得一缕朝晕爬上窗户，感觉有一种清邈的声音由远及近，浸人肺腑，顿时凉爽百倍。记得《韩诗外传》载，春秋时鲁人闵子骞拜孔子为师，初脸色干枯，过了一段时间，开始变得红润起来。孔子觉得奇怪，便问何故，闵子骞说，我生活在偏僻乡下，看到达官贵人坐在华丽的车上，前后龙旗飘舞，很是羡慕，因此寝食不安，脸色干枯。如今，我受恩师的教化，攻读做人治国之书，懂得的道理日多，能辨是非，知道美丑了，那些“龙旗”之类的东西再也打动不了我，因而心情平和，脸色也红润起来。一位哲人说：“高级的精神文化，往往会使我们渐渐达到另一种境界，从此可不必依赖他人以寻求乐趣，书中自有无穷之乐。”

显然，读书的最重要的价值，在于培养起我们对待生活的全新的信念。我似乎悟到了这一点，但愿在以后的读书生活中能够真正做到这一点。

4

眼下的时光，有人称之为“浮躁时代”。在这种时代里，读书人很难静下心来去倾听那些先哲和大师们的唠叨了。你坐在书桌前，总是有这样那样的烦心事来打扰你，将你赶离书桌。比如金钱的灿烂，锅碗瓢盆的世俗，愁肠百结的腰包，风雨飘摇的婚恋，受伤的贞操等等。不管那些先哲和大师们的智慧多么光芒耀眼，在现实社会里却很难解决读书人这许许多多的实际问题，于是读书人对书的真实性和引以为自豪的嗜书癖也产生了怀疑。读书人所谓的精神成了地道的皇帝新衣，只有孤独地等待被生活激流裹挟而去，用一片落叶盖住自己仓惶而又凄凉的面孔。

读书原本是一条求生之道。科举制时代，读书人通过读书应举可入仕途，有的只需草纸上的几株墨迹，便可享受锦衣玉食。读书可以使你获得身份和地位，小则可以饱饥腹，大则可以登堂入室，迎来明媚春光。“知识就是力量”，不读书识字，就要处处被动、受欺，因此三教九流者不得不学做文章，咀嚼“之乎者也”。读书之路还慢慢培养起一个读书阶层来，他们功成名就，吟风弄月，拈花惹草，让贫穷者推崇备至。求生、入仕，简直成了读书人的目的。当然，读书人中也有英雄，他们忧国忧民，超越了时间空间，在人类苦难史上成为永恒。如果没有了他们的存在，天下读书人也许早就摔了书本，把它们烧成粉灰以抵御寒冷难熬的冬天了。

“书中自有黄金屋，书中自有颜如玉”，这种追名逐利的愿望和渴求，现代读书人早已历史性地放弃了，读书传统延至今日已经发生了不大不小的变化，尽管旧的传统仍然潜流在人的血脉里，但读书人已从众多人群中进一步独立出来，成为清高的新生无产者。他们既不把仕途作为读书的动力，也不愿被无穷尽的生计问题纠缠，他们把读书作为一种涵养和智慧，作为在尘世中保护自己敏锐能力的手段，或在一种无为的清淡中寻求到一丝娱乐和满足。

但是，这种相对的平静支持不了多久，各种威胁接踵而来，打破了读书人内心的纯洁。他们所居茅屋已被秋风所破，自己的躯体完全暴露在尘世的喧闹之中，他们成为这个社会最易遭受生活打击的人。智慧的心灵失去了温暖的居所，物质力量的强大无疑成为精神需求的桎梏。读书人与现实生活发生了抵制，书桌开始倾斜，书成为现实生活和读书人反复争夺的对象，交战双方各持己道，胜败难定，读书终于陷入到盲目冲动的混乱之中。

读书该到脱胎换骨的时代了，读书人不能再被称为书迂。“成者王侯败者寇”。面对现代庞大的社会机器，面对信息高速时代，工艺流程的科技化把产品作为一种荣耀遍布在读书人周围。读书人除了灵魂，别无他物，这是读书人的悲哀，更是时代的悲哀、人类的悲哀。

5

古诗云：蝉噪林逾静，鸟鸣山更幽。

深山密林的恬静、安宁，历来为人们所称道。幽雅静谧的环境是读书人的理想。静，是大自然赐予人类的美，也是读书人得以入书入道的境界。久居繁华都市，听惯了车马喧的都市人，多么渴望拥有一片宁静啊！

然而，现实的环境不允许你有片刻的奢侈，再加上生存的匆匆步履，读书的心境已然大打折扣。本来想在时光飘逝的空白处读上几页书，湿润一下干渴的心灵，却因一切喧嚣而无处藏身。

那么，到哪里去寻求“世外桃源”呢？只有适应。只要适合的，就可以用。景静只是外部的读书环境，心静才是真正的入道，才是读书作学问的高层修炼。有了安祥的情绪，空灵的意境，优美的篇章，还怕读书不成。所以，于幽美如诗的意境之外而读书，是真读书。读书需要心静，心不静则摇曳，摇曳则烦乱，此书不可读；心不可功利浮躁，思绪纷纷者不可读书。只有排除内心干扰后，在一种不为他物所动的境地中去读书，心灵才会像新茶一样，丝丝缕缕舒展开来，仿佛树下禅定、庙宇钟声，空灵升华，万物皆无。

为了读好书，要耐住寂寞，不管别人的品头论足，不刻意追求欲望，不计较别人脸上的“晴雨表”，不压抑自己，不忍受世俗……相反，由于心境，就可与古今大师对话，与思想家、哲学家论争，可向史海遨游，可与文学家谈文论诗等等，也可以发表自己的文章，表达自己的观点，成熟自己的身心。

所以，读书需要无私无我、虚静若谷。如果身居闹市也能读好书，那就真正追求到了“静”的境地，如水、如山、如云、如树。如果能修炼到家，读书的环境还分喧与宁么？“静”无处不在，读书就是读心，就能得大道。

6

中国是张爱玲的根，上海是张爱玲的成名地。对于中国，尤其是上海，张爱玲终其一生，都怀着一种深切的爱。那时的张爱玲，陶醉在二十世纪三四十年代上海的市井生活里，并从那里找到了生命的快乐与写作的源泉。

张爱玲散文集《重访边城》，由北京十月文艺出版社于2009年6月出了第一版，是以其中的一篇《重访边城》命名的。这篇在美国写就的长篇散文，是她继《小团圆》之后，唯一直接描写台湾的作品。

《重访边城》前半部描写台湾，后半部写香港。书中介绍了台湾的风土人情、城市乡村、宗教民俗；又以新的视角描写了香港，对比台湾与香港在宗教、寺庙上的不同。透过她的犀利之笔，可以看到现今台湾早已被忘却的文化特质，以及旧时香港色香味俱全的市民生活。

自张爱玲隐居海外，面对发达却又陌生的美国社会，她似乎始终有一种隔阂的痛苦。这种隔阂，包含着东西方文化的巨大差异。张爱玲在美国期间的写作，其实更像是一个深居简出的妇人。而美国社会，仿佛并没有给张爱玲的写作提供出更多的素材。美国之于张爱玲，与其说是家，不如说是一个避难地。

在离开大陆之后，张爱玲对于祖国这片热土的爱有了改变，不是奔放的，是那种无望的恋恋不舍；不是悲戚的，是时代的动荡和生活的艰难带来的惘然；不是欣喜的，是身处其中，却又明知道已经不是自己的，还抱有一丝丝的希冀。

张爱玲有着浓厚的“上海情结”，她怀着过去生活的旧印，去走访大陆周遭的“边城”——台湾和香港，无疑是想寻回那时的感觉。

台湾和香港，在张爱玲眼中是类似于旧上海的“边城”，而与中国大陆一水之隔的台湾又和同大陆接壤的香港风格完全不同。张爱玲漫游两地，描写台湾的庙宇、里弄，香港的建筑、店铺，笔下写来活色生香，满溢着乡愁，颇耐人寻味。

在张爱玲旅行式的笔调中，我们能捕捉到她的失望。无论写台湾的古庙、砖红色的石板路、花园洋房、说书场、日式旅馆，还是在香港买花布、买金首饰等，都充满着对“故国”的怀恋。而这失望来自于她找不到自己梦中的家园，透射出晚年张爱玲生活的孤独感和隔绝感。从那些乡土味极浓的“购买”旅程里，张爱玲且行且回想，仿佛找到了过去生活的热情，可这热情终究缺少一种亮丽，缺少一种激情，更像是一泓顺流而下的山泉，掠过身边姹紫嫣红的花簇，不可逆回地朝生命的另一端流淌而去。

站在边城内，发现着边城里的边边角角的乐趣，可张爱玲明显是醉翁之意不在酒，她遥遥望着的，归根到底，是大陆，是上海。那丝丝缕缕的怀乡情绪，若隐若现地夹在繁芜文字当中，看似不经意，实则是潜流内转，直到张爱玲在文章的最后点明“疑心是跟它诀别了”，我们这才突然觉得人事倥偬，人生苍凉的意味瞬间爬上了心头。

张爱玲永远是一个传奇，她的作品摆脱了历史的拘束与限制，以深入挖掘人性，赢得了现代人的青睐。她的散文都是在写自身的感受，浸透着她的灵性。散文中表现出了浓厚的市民情趣，既不保守也不时髦。说她是现当代世界文坛的一个“另类”，并不为过。

读《重访边城》，张爱玲依旧是原来的张爱玲，属于那个绮丽的、繁复的世界。她的文字仿佛是深秋初晨枯枝上结成的霜华，晶莹而剔透，突兀却惊艳。

“零落成泥碾做尘，只有香如故”，张爱玲以她艳异传奇的一生，诠释了一个时代的沉浮。

7

《看得见风景的房间》，为许多中国人所认识，并不是因为小说本身，而是由此改编上映的同名电影。这部1985年问世的电影曾赢得奥斯卡的荣誉，片中浪漫的意大利风情和质朴的英格兰田园风光，使无数观众为之倾倒。

小说作者爱德华·摩根·福斯特，在写作这部小说时，最感兴趣的是人与人之间的关系，并称之为“唯一的联系”。在他的小说中随处可见不同种族、不同阶级、不同性格的人之间的矛盾和碰撞。露西是一位典型的英国爱德华时代女性，表面文雅沉静、固守传统，但又不时流露出激动的、不合逻辑的素质，一旦置身于意大利热情浪漫的氛围，面对自然率真的艾默森父子时，平静的生活一下子变得乱糟糟，被压抑的热情终于释放出来。露西的未婚夫塞希尔是一个古板乏味的守旧绅士，如同一间封闭的看不到风景的房间；而露西则是属于自然的，是与阳光、树林、流水连在一起的。小说中人物的分歧、碰撞和融合，在不同时空、不同秩序下，以别样的面目上演着，反映了穿越冗长守旧的维多利亚时代刚刚进入摇摆不定的新时代的种种思想，以及厚重的文化底蕴，和英国田园风光的诗意。紧身拖地的长裙，暗示着人性的纠结和爱情交缠。福斯特所要表现的不仅仅是矛盾、冲突，还呈现了突破传统、抛弃偏见、回归自我的过程。无论是道德观念的巨大反差、不同文化间的相互碰撞，还是人在精神与物质间的艰难取舍，福斯特始终相信，唯有人内心的自然情感是至上的，任何的偏见与隔阂必定为真诚与和谐所取代，因而露西最终还是要抛弃伪装，显现出真正的内在自我，走出房间，走进风景。

小说具有的超时代的价值，就在于这种突破传统、抛弃偏见、回归自我的真实意义。露西的身影、她的追求和向往，正在当今社会不同程度地重现着。谁又能说我们的时代没有另一种风景，另一种的房间呢？

8

杨绛有一本散文集叫《将饮茶》，且问饮的什么茶，据作者代序里说，乃是孟婆茶。她说："喝一杯，什么事都忘得一干二净了。"但她又说："我夹带着好些私货呢，得及早清理。"她的这本书，当然还有《干校六记》《杂忆与杂写》等，都是作者要在忘得一干二净之前，给我们讲的往事。

杨绛所作散文，大部分是以忆往为主的叙事散文，她长于叙事重于抒情。她的译著《堂吉诃德》及小说《洗澡》是代表作，但我认识杨绛却缘于她的散文。她的散文是以真实的生活为底子，让事实说话，表达出孔子"辞达而已矣"的文章技巧。她的散文大多是在晚年写成的，书写她的一生并很少抒情。但我在读时，却深深感受到她内心的真情、挚情、温情、友情，读来使人感到深厚、感人，平淡中见突兀，朴拙中见大雅，因为她强调的不是什么观点，而是人生，具体的人生，是通过一个小小的细节，体现出她对历史对社会对人生的把握，及于天地万物。

《将饮茶》包括三类内容，第一类为回忆父亲杨荫杭和三姑杨荫榆的文章；第二类为详述钱钟书创作《围城》的背景及情形的文章；第三类为描写那个特殊时期种种遭遇的文章。我以为这本散文集的"重头戏"是第三类，作者以细腻传神而又幽默风趣之笔记人述事，在纯朴拙讷中富于深刻隽永的人生意蕴。文后有这样一段文字：

"按西方成语'每一朵乌云都有一朵银边'。丙午丁未年同遭大劫的人，如果经过不同程度的摧残和折磨，彼此间加深了一点了解，孳生了一点同情和友情，就该算是那一片乌云的银边或竟是金边吧？——因为乌云愈是厚密，银色会变为金色。"

"常言'彩云易散'，乌云也何尝能永远占领天空。乌云蔽天的岁月是不堪回首的，可是停留在我记忆里不易磨灭的，倒是那一道含蕴着光和热的金边。"

就是这样的语言，没有刻意作文的味道；就是这样的纵观人世，落难时不悲哀，且能看见光明，并饶有兴趣地来描述自己的遭遇，用平淡的意境来昭示读者，启发人们的感想，树立自己的人生坐标，抛却浮躁，心向朴拙，好好地活着。

9

我的书橱里收藏着许多中外家书，而《傅雷家书》最为我所钟爱，是放在床头，经常翻阅的。

《傅雷家书》主要是谈音乐、文学、爱情。傅雷先生的文字真挚，感情率直，字字句句都透出父亲对远在万里之外游子的关怀，尤其是他在谈到文学艺术时的那种学贯中西别具慧眼，更让我辈惊叹佩服。我对西方文艺复兴的认识大部分来源于《家书》，它就像一盏指路灯，引导着我再去寻求五光十色的西方文学艺术名著，是它告诉我什么是真正的美，什么是博大精深。《家书》还体现了傅雷先生对文学翻译事业的无限热爱，对当时“左”的思潮及作法的反感，但他又是幼稚的，没有政治斗争经验，被错划为右派，代表了当时大多数正直知识分子的思想和命运，这就是“宁为玉碎，不为瓦全”的传统文人的思想意识。读《家书》使我深刻全面地认识了傅雷这位著名翻译家的精神风貌，并对人生有所感，有所悟。

10

《顾准日记》初版于 1997 年，而我许多年后才购此书，但并不妨碍它对我心灵上莫大的震动，因为它历史性的文化反思，可称得上是中华民族自我意识的觉醒的重要标尺。

读《顾准日记》，首先感受到的是时代的震撼，正如后记中所言：“对顾准的生平和思想的研究，将不是一个短暂的文化热点。”日记中体现了我们时代所需要的东西，这就是代表着一种深邃的历史性的文化反思，一种中华民族自我意识的觉醒，一种崇高的时代精神和民族气节，一种恒久的学术理念和由此引发出来的更多的真理。

读《顾准日记》，还让我感受到个体对社会的责任，如顾准在日记中写道：“哀鸿遍野，我努力求饱，有些说不过去……，我还要工作，我要保存自己。

我还要战斗。……至少应该记下一个时代的历史，给后来者一个经验教训。”多么强烈的责任感，多么强烈的为社会而生活而战斗的愿望。“记下一个时代的历史”，一句话把整篇日记点出主题。对比顾准，我们当代人是不是缺乏这种社会责任感，是不是与社会与他人的太少，而与己与自家人的太多，是不是把以前那种为社会服务，为社会贡献的奉献精神丢弃了，而津津乐道于“功业”？日常生活中，我们可能见的很多，如整日沉迷于流言传言中，彼此猜忌而又心照不宣，背后捅刀子使绊子，分东西要挑好的，奖金低了有怨言，为了前程削尖脑袋钻营。对于不正之风，则视而不见，对于社会污气则掩鼻躲开。

顾准是一代狷狂之士，是一位有胆量的学者。他敢于面对时代，敢于面对经典，也敢于面对世俗。他的尖锐让人感到泼辣、有力、爽快。他的日记所表现的超学术的广泛的社会意义是深远的，他没有趋炎附势，也没有随波逐流，他的傲然风骨，应当成为我们后来者翘首而识的标榜，成为实现人生价值的崇高理念。

11

我读谌容的中篇小说《人到中年》已是第三遍了。我虽然没有主人公陆文婷那样的人生历程，但她的语言和行动却又一次深深打动了我。她是最平常的一个人，既没有轰轰烈烈的建树和创造，也没有掷地有声的豪言壮语；她头上没有神圣的光环，她连中共党员都不是，但她所追求的，是她的医德，是她的平凡工作，这就是敬业精神。她在生命垂危之际所牵挂的，不过是给儿子买一双白球鞋，不是什么感天动地的临终遗嘱，惟有平平淡淡，惟有平常本色。她之所以能够激起我们的共鸣，是因为她的行为打动了我们最脆弱最敏感的心弦。因为她对自己职业的敬重是真诚的。

我读这篇作品的同时，联想到我们当代人的敬业精神。其实，我们正陷于一个精神的“怪圈”。有的人开口闭口只有钱字；有的人抱怨工作劳累，在一个地方干不到半年就想跳槽；有的人上班混饭吃，不学无术；有的人工作只为捞取功名，过上体面生活等等，表现出精神冷漠。理想与现实，困惑与蜕变，矛盾重重。

挣钱是好事，但一味“钱”字当头，就偏离了人性之本；跳槽本也无可非议，但以此为幸，无所作为，而是为名利计，就有悖于生命原色。寓追求于平凡，寓成绩于进取，扎实敬业，获得单纯与痴情的人性回归，才应是人间正道。

“我愿意是激流，山里的小河，在崎岖的路上，在岩石上经过……只要我的爱人是一条小鱼，在我的浪花中，快乐地游来游去，我愿意是荒林，在河流的两岸，对一阵阵的狂风勇敢地作战……只要我的爱人是一只小鸟，在我稠密的树枝间做窠，鸣叫……”

裴多菲一首《我愿意是激流》，使陆文婷魂牵梦绕，它对于你我是生命的朴素，是正确对待自身价值的诚挚情感。我们的青春不会常在，我们的理想应是多彩的，首先应是实在的。

让我们走出生存的尴尬，挑断那根脆弱的心弦，直面凡事，直面平淡，直面真情。

12

余华有一部随笔集，名叫《灵魂饭》。

原来，我不大看余华的作品，也是在学习汉语言文学专业时才粗略翻了翻他的《许三观卖血记》。最近，随着《文城》的热销，我才看了《活着》，这距离该书 1993 年首版已经过去二十八年了。

文人有了点名气，都会出随笔集，也只有有点名气的文人的随笔集才有人买有人看。这部《灵魂饭》，封面印着“我十岁展望 2000 年时，显然是奢侈了。而现在回忆十岁的情景时，我充满了伤感。这是时间对我的迫害，同样的距离，展望的是那么漫长，回忆时却如此短暂”。还是蛮富有哲理的思考。

对于他的《活着》，当初也是因为电影而不是小说，我知道了还有这么一位“深刻”的作家，他能够描绘平凡人真实的喜怒哀乐。

《灵魂饭》里有关于儿子的童年，折射的却是自己的童年，自己麦田里的童年、医院里的童年、令人恐惧的童年；有关于回忆和回忆录的理解，有的回忆是为了清晰人生，而有的回忆是为了模糊人生；其中有关于写作的经历、写作的快乐，思考到底什么是写作的意义。

其实之前对余华这个人我并没有什么好奇心的，既不想了解他的生平也不想看他过多的作品，看得过于清楚了，神就变成了人，宁可多些朦胧感。

《灵魂饭》说他是与王安忆同期的，因为身处小城海盐故不用当知青上山下乡成了一名牙医，没有传奇经历，也没有令人仰视的教养，为了当作家不用拔牙，恶补国外诺贝尔名家著作，学来名家小说之风范，继而成为国内“先锋派”作家。这样也可解释他的作品如何能够先在墙外开花之后得国内追捧。

他在书里说，没有一部作品的叙述方式是可以实现设计的，写作就像生活那样让我感到未知，感到困难重重。而艺术家只能来自于无知，又回到无知之中。因此，他在《活着》中文版序言里说，一位真正的作家永远只为内心写作，只有内心才会真实地告诉他，他的自私、他的高尚是多么突出。

13

1887 年秋天，梵高因为对巴黎社交生活感到厌倦，以及和弟弟提奥同居导致的关系紧张，打算移居到法国南部。

1888 年 2 月，他来到法国普罗旺斯的阿尔勒镇，这里如画般的风景和形形色色的当地人吸引着他。于是便游说同为艺术家的友人埃米尔·伯纳德和保罗·高更来此与他为伴。乡村生活为他带来了无穷的灵感，进入了创作的高产期。除了几次中断，这种创作状态一直持续到了他去世前。

1889 年春天，他画了一系列开花的树，展示了自己在巴黎学到的更为明亮的色调。

6 月，他去地中海沿岸呆了一段时间，画海景及渔村。

到了夏天，梵高已经表现出对自己绘画风格的自信。不管是构图还是色彩（黄色是那个夏天他钟爱的色彩之一），他一直在追求艺术上的弃繁就简、取其精华，并且对日本画的造型颇为赞赏。米勒的油画《播种者》对他影响很大，最初的构图学习也成就了后来的《星月夜》。

梵高的珍贵手稿，由纽约大都会艺术博物馆的安娜·苏整理。《梵高手稿》里收录了梵高 250 多幅罕见的画作手稿与草图，从早期自学画画的笨拙笔触，到摸索绘画风格，这些画作让我们看到了一个不一样的梵高。他一生中重要的作品，几乎都能在这里找到相应的创作手记。比起欧文・斯通的传记小说《渴望生活——梵高传》和蒋勋的解读,《梵高手稿》用第一人称的视角，更真实地呈现了梵高在困顿的生活里，如何保持对艺术创作的热情。我们可以看到梵高也有自己崇拜的偶像，看到他从临摹画作到强烈自我表达意识的觉醒，还可以看到他用优美诗意的语言描述自己看到的景色和画作。

梵高一生都在漂泊,伦敦、巴黎、海牙、家乡、法国南部,他每到一个地方，立马会被这个地方的自然风光和底层劳动者吸引。“这里的一切都是那么生动鲜活。”“对我而言，比起待在文明社会，我更喜欢跟那些不知道孤立这个词的人在一起，也就是农民和纺织工人们。对我而言，这就是巨大的财富。比如说我一来到这里，这些纺织工人就引起了我的兴趣。”

他常常身穿破旧且涂满颜料的外套，穿行在街道、海边和农田，为了捕捉最美的景和最感人的人。世人对这样一个外表邋遢的人，经常投以鄙夷的眼光。对于世人的嘲笑和讥讽,梵高毫不在乎,“打起精神来,不要害怕。”他只关心他眼前的风景和画笔下的人物，他认为“画家就得工作，像鞋匠一样。”

他用充满热情的眼睛，观察着光线的变化，以及人们的辛勤劳作，心里总是想着如何描绘出他想要的作品。除了绘画,没有什么能占据他的心灵，他在写给弟弟提奥的信中，多次提到只有画画能让他享受自我，“我还是孜孜不倦地在我的画布上耕耘，就像他们在自己的土地上耕耘一样。”他自由自在地画画，没有什么比得上这件事了。

1888 年秋天，他有一段时间过得紧张而疲惫不堪，尽管对创作的狂热有所衰减，但他仍然坚持写生创作。被迫休息的时候，也竭尽所能去画自己的卧室。

10 月底，身体欠佳的高更在梵高和其他人的劝说下，最终来到了阿尔勒。高更在阿尔勒经常与梵高争吵不休,仅仅待了九周。圣诞节前夕的争吵，更是激怒了梵高，导致他割下了自己的一只耳朵。

后来，梵高入院接受治疗，精神受到重创的高更也离开了阿尔勒。

1890 年 7 月 27 日，在麦田里画画的梵高，对着自己的胸口扣下了扳机，他只活了三十七岁。

14

《回归故里》是法国哲学家、社会学家迪迪埃·埃里蓬结合自身经历创作的一部反思性社会学著作。

父亲去世后，作者迪迪埃·埃里蓬决定回到自己的出生地兰斯，重新了解他最初诞生的社会阶层和那群他已经告别三十年的人。他在这本书中回顾了家族的历史，回忆了童年时家庭所处的工人阶级阶层社会处境，也讲述了他如何从工人家庭的穷孩子成为法国著名的知识分子，并重新思考自己对家庭与身份的认识。

小时候，埃里蓬的父母之间的关系不好，他们经常争吵，甚至互相谩骂。埃里蓬这样写道："我之所以想要摆脱我的阶级和家庭（很长时间内，我对家庭、伴侣、稳定关系、共同生活这样的概念唯恐避之不及），无疑在很大程度上是因为我从小就见证了夫妻暴力——日复一日的言语冲突、大喊大叫、疯疯癫癫。"

父亲去世后，他意识到，父亲身上那种他所排斥和厌恶的东西是社会强加于他的。他说："我很伤心。我回忆起自己的父亲，遗憾没能再见他一面。遗憾过去没有试图理解他。遗憾过去没有试图和他沟通。"

步入社会后，埃里蓬不断地激励自己，要尽快改变自我，改变自己的家庭属性，适应新的群体和生活，因为他知道"只有完成它，我才能进入另一个阶级——才能远离我过去的一切。"

埃里蓬通过努力，最终成功地走出了原生家庭的影响，实现了自己的阶级跨越，生活在他的梦想之地巴黎。然而，这个过程十分艰难，努力的程度很高。他说："对于一些优等阶级来说显而易见的人生坦途，我却需要独自在黑暗中探索。甚至，在很多时候，我需要自己开辟道路，因为许多已经存在的道路对于像我一样的人并不开放。"

而作者真正成功了吗？他在最后说："事实上，我遗憾自己任凭这个暴力的世界击败自己，就像他说的曾经击败父亲一样。"

在这场极为隐蔽又颠覆的心灵之旅中，作者思考了社会阶层、学校教育、身份建立等一系列主题，通过梳理集体决定论中不同个体的命运轨迹，剖析了不同社会环境下，人的“个人选择”是如何被影响、被决定的。他说：我会属于哪一个“我们”？我会反对哪一个“他们”？我们和他们是立场的差异，也是认同感的区别，其中有多少来自我的自主选择，又有多少是早已为我准备好的？

这本书虽然不厚，却不是一般的回忆录，它是作者不留情面的自我剖析。作者是一个渴盼丢弃过去的虚荣而伪善的人，他是承认与背叛自己阶级属性的人，他是在受到牵绊与暂时脱离之间始终矛盾着、痛苦着的人，而他愿意放下过去粉饰自身的谎言和修辞，来面对真实的自我，这一点是值得赞许的。

15

有很长一段时间，我迷恋上了网络小说，有文的有武的。所谓文的，诸如《成都，今夜请将我遗忘》《你好，旧时光》《一个人的森林》等，武的诸如《鬼吹灯》《盗墓笔记》等。其实，我不是在网上看，而是等他们出了纸质书后才买来看的。看来，我辈人还是脱不开书香盈袖的传统习俗。

慕容雪村的《成都，今夜请将我遗忘》，是我较早接触的一部网络文学作品。它描绘的是成都现代青年人的生活。小说主人公陈重是从大学里走出来的，虽然不算是中规中矩的学生，总是受过高等教育的。他是一个曾对生活充满了梦想和希望的青年，然而最终却在生活中迷失了自己，包括爱情和事业。我想，陈重这个人物形象，会引起读者复杂感受的原因就是他的及时行乐而又重情重义，满嘴脏话又不失幽默，正符合时代的口味。当然，这其中爱情是他的生命，也是本书的生命所在。当陈重意识到自己真正失去了爱情，而且是因为自己的不会珍惜放走了最爱的人时，他后悔了。他最爱的人再也不可能回到自己身边了，虽然自己心里是那么重视她。而他所经历的友情也好、亲情也罢，都在金钱的剥蚀下垮掉。他问，生活还剩下什么呢？人生的失落，伴随着他自己躺在地上，任血液汩汩地从伤口流出，就这么静静的，直至灵魂空洞。小说中陈重以及陈重的朋友们都是一些病态心理的人，在这个充斥着金钱、美女、享乐，却极少顾及真情的物欲横流的时代，这些人变得扭曲起来。他们的期望是“还是幼儿园最好过”“我怀念我们在大学里的生活”。到最后，能保持本色，保持自我的人是越来越难得了。该书的基调是忧伤的，其现实性最易引起当代人的共鸣。

相比而言，八月长安的《你好，旧时光》《最好的我们》《暗恋·橘生淮南》就简单纯洁的多了。这三部作品，其实是作者的青春回忆录。“岁月的童话”“回不去的小时候”“陪你到青春最后”“那时候的我们是最好的我们”，仅从几部书的封面上凝练的标题文字，就足于说明作者的怀旧是多么浓厚，这也恰恰唤醒了我青春的记忆。我一直怀念我的中学时光，可每次和同学回忆这段时光时，都会“哎，我们都经历了些什么呢”，似乎是模糊的记忆。而当看到这些文字时，那些被淹没在时间之河中的记忆，像是洪水般涌出来，充斥了整个大脑。我辈青春虽然比八月长安早了许多，但青春是相通的，我们或多或少都能在其中找到自己的影子，是那时候我们的真实写照。小时候总有这样那样的梦，后来，我们都长大了，又变成什么样了呢？回头再看，那时的一切都充满美好，而我想对自己说声：“对不起，现在的我，和小时候想象中长大的我，很有距离了。”话虽然这样说，那时我们的臆想，则全都成了现在温暖而美好的回忆。青春是一首不老的歌。作者笔下的这些故事，念给你听的话，就像是朋友间话家常那般，句句听来，都感同身受。

天下霸唱的《鬼吹灯》和南派三叔的《盗墓笔记》相比，我更喜欢《盗墓笔记》。这部《盗墓笔记》最初在网络连载时，我确确实实是一期一期连着看的，后来出了纸质版反而没有去买，却鬼使神差地拥有了《鬼吹灯》。之所以喜欢《盗墓笔记》，是因为作者每一部的主题均有历史依据，就像金庸的作品一样，大背景和人物都能在历史上找到原型，这便驱使这我这个爱好历史的读者，去翻阅相关资料来印证小说中所谓的历史，我也知道文学作品代表不了真实的历史，但这阻挡不了我的好奇的追寻心理。譬如“七星鲁王宫”的鲁王墓，岂不是我家乡山东邹城的明鲁王墓；“秦岭神树”中的青铜树，岂不是三星堆遗址中出土的青铜树；“云顶天宫”中的万奴王，岂不是西王母时代的传说。当然，南派三叔自己说过，写到最后他感觉这些人、这些事好像真的存在一样。这是一种感情，我们跟着故事，随着主人公历经磨难，你会感觉，这些人就站在你身边。村上春树说，“小说家就是创作那些关于生和死，关于爱情，让人战栗和哭泣，以及让人大笑不已的故事，让人们意识到每个灵魂的唯一性。”此言甚好。

16

在我2012年出版的集子《依旧》里，作家朋友刘荣哲这样说：“红星在生活中汲取着营养，努力把经历化成经验，尔后再升华为一种精神，再凝固成一种美的形式——即他的诗文。”而后，他又说了这样一段话：“我倒不希望作为朋友的他四十岁后有多么地脱俗，因为四十岁应该还算青年，这个年纪说淡定往往是无奈的托辞和理想，我只希望他走得更清醒，更智慧，更诗情，走出比前四十年更有意义的人生。”

是的，在《四十不惑》一文里，我感叹“四十岁就是一束从郊外采摘的芦苇，一碗没有放任何杂料的清汤面，平凡质朴的幸福变得清晰且唯一……曾经荣耀后的欣喜与失败后的颓唐只是昙花一现”。谁想，一晃已过知天命之年，再回头看这些文字，的确感到那些所谓无奈、看似脱俗之处，都是那么不经一瞥。

诗歌是抒发内心感受的，诗人是需要激情的。昂扬的诗催人奋进，阴郁的诗伤感哀愁。随着年龄和阅历的增长，我深深感到，只有将个人生命之息放到群体茂密之林中，才能呼吸到充足的氧气。“小我”的境地往往满足于自我内心的封闭，甚至自得其乐，而一旦冲破禁锢，上升到“大我”的境界，人的生命无异于焕发出更新更高的面貌。之所以有这样的感慨，正是我自己一个过程一个过程走来的。

“我不怕痛苦 / 我要在燃烧中感受快乐”（《圣火》）。我的青春源于铁路机务段，参加工作后写的第一篇作品就是一首歌颂火车老司机的诗。记得当年还是用邮票贴的信件投递到《济南铁道报》的。投递完后就再也没去想它。时隔一个多月，我在坐“劳动车”时，突然发现一张被别人丢弃的《济南铁道报》，上面一行字映入我的眼帘，这不是我写的那首诗么，居然发表了，兴奋之情溢于言表，由此我开启了诗歌创作之路。自这篇作品发表之后，我的写作热情更加高涨，作品也频频见诸《大众日报》《齐鲁晚报》《济南日报》《人民铁道报》《济南铁道报》等报刊，我被连年评为优秀通讯员。这期间，我有机会参加一些笔会，认识了许多知名作家，如著名诗人桑恒昌、柳健、谢明洲，著名散文家刘烨园（今年突闻烨园师不幸因病去世，未能再谋一面，深感遗憾）等。在笔会上，他们精彩的文学讲评，使我受益匪浅。可以说，那个时期，青春的活力开始迸发，感到今后的人生道路是无限的遥远，也无限的宽广，大有“仰天大笑出门去，我辈岂是蓬蒿人”的狂傲与激情。

然而，人生就像江海航行，一帆风顺几难遇，逆水行舟更多时。兴奋过后，我开始迷茫，“晚秋的恋情 / 一夜枯黄 / 所有的梦幻都凋落了 / 每夜 / 我都在寻找最有效的制剂 / 使潮湿的心一点点风干”（《晚秋》）；有时甚至感到无助，“思绪飘着雪 / 风中跳动着不眠的情节 / 泪水滴落 / 此刻生命无歌”（《梁祝爱情》）；几次挫折之后，“吐一口热气 / 回收冰冷 / 结霜的心室 / 不在乎再涂一层”（《我彻底地挨了一次冻》）。诗情映心情，现实是波澜的种子，无病呻吟也好，看破红尘也罢，许是青春无以回避的。

之后，我有好几年没再写诗，恰是苦闷和无助的历程。我常想，文学对我们而言，到底有什么用？这是一个大命题，我无法回答，但近几年，我通过读书，读大量的书，似乎找到了答案。文学，可以使生命不朽、精神永恒，也让人发现了自身的浅薄，促使自己去读更多、更好的书，不断整理思想，将之升华。我要感谢书，让我在迷茫时找到了路径，让我在苦恼时看到了光明。

于是，我又重新拿起笔，摒弃卿卿我我的自我抒情，开始深切关注这个伟大火热的时代。我很庆幸正在经历着的这个伟大时代，笔触开始涉及时代的脉搏，眼光追寻铁路现代化发展的内核。“风笛和汽锤以曾经的方式 / 翻阅着我们精选的足迹 / 一片壮绿 / 昂然站成亮丽风景 / 在长出飞鸟翅膀和悬挂沉凝咏叹的红柳丛边 / 我们着装启程”（《五月》）；“我们深入到金属里 / 感受铁器撞击的轰鸣 / 当工业在钢铁的轰轰推进中茁壮成长 / 我们的心脏 / 一起跟着钢铁的波涛兴奋起来”(《走进七月》)。这些正是我二次挥笔的写照。

有人称我为诗人，但我认为我是一名歌者，是用诗唱歌的人。这几年的创作，基本是沿着铁轨，一边行走，一边歌唱，如歌唱京沪高铁的《中国速度》《我在京沪高铁触摸时速》，歌唱济青高铁的《“复兴号”驶来》《胶济脉动》，歌唱川藏铁路建设的《笛声向西》等，同时还有书写一线铁路工人生活情感的，如《与火车有关的青春》《火车司机的儿子》《月夜巡检》等。

在近几年的诗歌创作中，我深深感到，诗歌对于大地、生活、人民的爱中，必然包含着对于未来的追求。眺望远方，感悟诗性铁路，抒发真挚情感，应当成为铁路作家的追求，也应当成为我们这一代人的责任。只有深爱着自己所从事的职业，长期在铁路一线工作生活，同那些形影相随的兄弟姐妹们打交道，与钢轨、汽笛、枕木、站台亲密贴近，跳出“小我”，在遵循“自我”的同时，成就“大我”。相信，诗歌深处不仅是深邃的，而且是广阔的，是风景最美的地方。

“释放的生产力 / 刷亮每一条关乎国计民生的钢铁运输线 / 以无缝对接的姿势 / 把城市、乡村和人民的心连在一起”（《中国速度》）。让我们跟着铁轨奔跑，描写飞速前进的高铁时代，描写铁路改革发展的阳刚姿态，描写为大动脉畅通奋战在一线的铁路工人，为新时代讴歌，为中国铁路、中国高铁讴歌。只有这样，才不枉铁路人生、时代人生。

以上语言，是我为作家班准备讲稿时的亲身感受，放在本篇前后，也许是对我几十年读书生活和创作过程的小结，设有浮夸，没有自我标榜，是发自内心的体悟而形成的理念，并将会继续坚持下去。

父　亲

父亲已经去世多年了，我一直有写一写他的想法。从何写起？我思考了很多种方法。写从父亲出生到终老是一种，这类似传记，但我对他的前半生不是很了解。写父亲一生中的几件事情是一种，但父亲一生低调，也没做出什么伟绩。我想起，父亲去世时，在他常年厮守，一般不让我们染指的书柜最下层，发现了许多零散的纸质资料。这些资料是在我们专门收拾遗物时发现的。当然，父亲在世时，我们子女也知道柜子里有许多资料，那时也不会去多想，反正每个人都会有一些东西需要收藏。说实话，那时父亲身体健康，我们一般不会故意去寻找这些资料，总认为日子还长着呢，这些东西就像家中的锅碗瓢盆一样，再正常不过了，谁会去专门找寻呢？

这次不同了。整理父亲遗物成为再正常不过的事情了。当我从柜中拿出这些资料时，心情是沉重的、悲伤的，其中还夹杂着好奇，毕竟现在要真实地面对这些在过去看不上或者是没有放在心上的资料了。一开始看到的是老年证、老年乘车卡、病历等，还有不少关于养生的剪报（这是父亲离休后养成的爱好），零零散散地堆放着。再看到的是工作证、工会会员证、离休证等。一些他工作时用的笔记本，我翻了翻，上面记的大部分是一些数字、开会的记录、思想体会，要想通读可是得花时间。在最后压柜底的一些资料，有一些是登记用的草表，就是那种为了填写各类登记表，事先起草的草稿，其中还有几份父亲不同时期撰写的个人自传，还有十几封信件，大部分是他和我们兄弟姊妹还有老家亲戚的通信。还有其他一些资料零零碎碎地躺在那里。也许是学文的缘故，这些资料都被我“据为己有”，于是，我就有了机会来研究它们，当然也是为了研究父亲的一生。由于工作繁忙，没有专门时间很深入地研读资料，但写一写父亲的念头一直萦绕在我脑中，近几年工作终于轻松了些，拿起笔写父亲的热情重新燃起，我决定就依据这些资料写，它们是父亲一生最忠实的记录，人一生好也罢坏也罢，原始资料摆在那里。何况对我们来说，这是他一生的秘密，曾是我们不屑触碰的东西。现在，这些秘密就摆在我眼前，让我去探寻。

离 休

在父亲的资料中，离休证书是他引以为傲的。证书上清晰地写着父亲出生年月是 1926 年（古）7 月 8 日，参加革命工作时间填写为 1948 年 7 月 8 日，工资级别是 139 元（行政 15 级）。证书塑料封皮中折叠着一张父亲的离休通知，上面写道：根据劳动人事部劳人〔1983〕20 号文件第一条（一）项规定，经研究同意离休，自 1986 年 10 月 1 日起按本人工资的 100% 发离休费。

父亲是在省经委担任口岸办公室副主任，整六十岁离休的，说得准确点，应当是离职休养，因为他是解放战争参加革命的老同志，国家有政策，凡是 1949 年 10 月 1 日前参加革命工作的，都算老干部，都叫做离职休养，听着就和退休不一样。退休是退职休养，离职和退职含义可不同，退职就不再上班了，而离职听起来就受用一些，好像是离开职位还没有退下来。当然这只是我自己的理解。

我记得父亲离休，是与给他过六十岁生日同步而行的。那天，父亲回家跟我母亲说他马上要退下来了，语气背后的心理比较复杂，感觉像是马上要退下来了，革命工作一辈子，总算是可以轻松轻松了，同时又感觉还意犹未尽。这个比喻似乎不是很贴切。对了，有一个词比较确切，就是壮志未酬，虽然后来想想这个词用在父亲身上还是过于高大。父亲一生到底有什么远大的志向我说不好，但总归还是一个普通的人生，壮志谈不上，有一些还没有来得及或已经不可能实现的想法是有的。未酬的结果就是有点情绪低落，这从那天下午他独自站在阳台向远处眺望的神态上可以看出。他应该没有看远方的风景，说实在的，我们住的这个楼房，最远处不过是一排低矮的平房，也没有风景可看，而且几十年了，已经很熟悉了，从感官上说已经引不起父亲的欣赏兴趣，他的眼神应该是空洞的，脑子已经不在风景上了。是呀，父亲参加革命工作一辈子了（那时参加工作都叫参加革命工作），虽然对于离休有了准备，但真到了那一天，内心不起波澜是不可能的。

父亲办理离休手续不再上班的周日（那时人们一周只休息周日一天），我们一家人给他过生日。那天中午，庆祝生日的家宴就要开始。在此之前，全家人忙忙活活，酒菜准备得十分丰富。我们是一大家子人，老老少少加起来得有十几口，就摆了两桌，男人们是要喝酒的，就在餐桌上，女人和孩子就在沙发桌上，当然母亲要在餐桌上，她本意是和女人孩子在一起，是我们兄弟姊妹硬把她拉过来的。全家人多的时候吃饭，这种就餐结构是我们家不成文的规矩，大家都很自觉。

大家一起举杯为父亲庆寿，祝他生日快乐、身体健康，小孩子们也争着举杯祝爷爷（姥爷）长寿，父亲始终笑眯眯地看着他们，嘴里念叨着你们也快快长大。

接下来，大家开始轮流为父亲敬酒，父亲就爽快地一杯一杯地喝干。酒杯是那种白瓷的小酒杯，一杯有三钱的量度，十几口人敬下来都喝干，父亲就有了酒意。平时，父亲也有喝酒的习惯，遇到高兴的时候或劳累的时候，或者哪天餐桌上有了鱼肉之类的下酒的酒肴，他总会倒上一小盅，自斟自饮。父亲特别喜欢吃五香花生米，由于工作的缘故，他曾几次带回家那种成罐的密封的脱了皮的五香花生，好像是进口货，我的印象中好吃极了，我一颗一颗地往嘴里送，父亲就说少吃点会上火的。

现在由两个儿子三个女婿陪着喝，边说话边喝酒，大家酒量似乎就显得大了起来，国内外大事讨论得热火朝天。我的大姐夫和父亲在一个单位，他们还要讨论单位上的一些人和事，谁谁下一步要到某个厅干厅长了，谁谁和谁谁工作上有矛盾了等等。喝着喝着，父亲就脸红起来，他开始回忆自己的过去，叙述自己的家庭、祖上的故事，说自己小时候受的苦，说的最多的是日军侵华的时候，自己给他们做工的苦难。对于大部分话题，之前父亲经常唠叨，我们都听出了耳茧，但今天是父亲的生日，从尊重的角度，大家还是支应着，除非有了新鲜的内容，大家才会互动一下。就我看来，这种场合更像一种仪式，大家在履行仪式，保持一种隆重的感觉。但今天，父亲说着说着竟然流泪了，他说：“你们都长大了，也有了自己的后代，现在我也离休了，任务算告一段落了，可是怎么就离休了呢，我的身体还好好的，业务上还算精通，现在办公室年轻人越来越多，他们还是很需要我这样的老同志再带一带呀。你们说我退下来干什么？”我们几乎一块儿回答：享清福。他苦笑了一声，谁也没有敬他酒，他自己端起杯子一饮而尽。

一个吃公家饭的人，勤勤恳恳工作了一辈子，忽然不用去上班了，那种滋味我还没有体验过，可是我可以想象到，肯定是不适应的，一开始是无所事事，然后是寂寞孤独，最后甚至会烦躁。

很显然，在父亲六十岁生日这天，他喝醉了，带着感慨，带着苦闷，带着无可奈何，然后就是蒙头大睡。

父亲喜欢打麻将，可是平时大家都忙于工作，休息日也难得到家里看望父母，凑在一起的机会很少。本来大家商量好喝完酒就搓几把，可是这种情景只有我们几个打了。我们家聚会打麻将是在父亲的鼓动下形成的习惯，但我们都是“二把刀”，最精通的是父亲，之所以这样，是因为打麻将最难的是算番，而我们这些人完全是“摸听胡”的水平，只有父亲会算。父亲醉酒酣睡，我们打麻将的热情似乎也不是那么高涨了。

麻将正打到第二圈的时候，谁也没有注意到父亲起来了，他站到大姐身后，指着大姐的牌说打出去这个，这两个再换一下，看看一会儿上不上牌。大姐识时务地说：“爸还是您亲自上手吧，我这臭手不旺香。”大姐明显有哄父亲的意思，父亲也就不退让，坐下来显出很高兴的样子。我知道，父亲也是在哄大家高兴。大家看到父亲主动参与到了牌局中，就故意输上那么几把，而父亲好像看出了大家的意思，也就乐享其成，相互迁就着又到了晚饭的时间。

晚上大家都没喝酒，吃完饭就各自回家。当大家出门的时候，父亲送到了门外，这在以前是没有的。我是最后走的，我看到父亲送走大家后，连忙走到窗前，看着大家走远，他久久没有离开，站了好大一会儿。

幼 年

在资料中的几份个人自传里，有一份是父亲描述自己童年经历的，上面标注的时间是 1956 年 9 月 13 日。至于这份自传是干什么用的，现在已经无从查考了。自传中有这么一段写道：1937 年 12 月日伪期间，因家庭生活困难到了极点，借钱买粮食还拉了账，因全家的生活依靠我兄一人难以撑下去，大哥就转托他同行的人介绍到日本人矢野开的照相馆去洗晒照片，我就当苦力，每天打水、烧洗澡水、晾照片等。记得我当时很小，打水就困难，每天这些活都要干一遍。有一次因为我烧洗澡水，炉子点不着，烧晚了水，矢野的老婆就拿个棍子戳我后背，越戳越重，把皮戳破了，没有药上，衣服后边都是血，回家一揭开衣服生疼。这样干了三四个月，就干得够够的。矢野见我小，干活很困难，又干不了很重的活，还得白吃饭，就把我又介绍给了日本居留民会去当苦力，每天就是打扫卫生、点炉子、送信（给城内的日本人）等零星活，主要的还是担水，一天得担十三、四桶水，一直要担到夜里七八点才让休息，一天下来两个肩膀都是酸的，累得不想动弹，一天就管一顿饭，给的饭也是简单的一个小饭团、一碗菜汤，自己包着不舍得吃，到晚上才吃。给的钱很少，我都给了家里头。就这样我不用家里养活了，也算是给家里减轻了生活负担，养活我下面的两个弟弟（一个四岁，一个二岁左右）。这样干了七八个月，实在干不动了，就自己装得了肺结核病回了家，为了这个，日本人还派人到我家中核实，一看我躺在床上，怕传染，就回去报告了，我就再也没去那里。小时候到日伪机构当苦力是生活所迫没有办法了，那时年龄小不懂事，只是干活，就是为了养活家里。

因为父亲只上到初小就因生活所迫去谋生，材料中语言文字都是一些大白话。在这些资料里，包括父亲二十世纪五十年代的笔记本里，我看到有很多字不会写，就用同音的字来代替。解放后，父亲参加了业余文化补习班，从这份材料看明显有了很大进步，当然材料里依然有不少错别字，为了叙事方便，我都一一改正了。

父亲七岁上的私塾，所以在他以后的人生里，虽然文化程度不高，但写的字是同事们中最好的，在他晚年总结这一“成果”时，将其归功于有私塾底子，颇为自豪。

据父亲平时的叙述，加上我看到父亲的资料，我得知自己祖上也是当地的大户人家，在西关有着三十多间房子，我父亲的父亲，就是我爷爷，他一开始是个商人，开办一个酒店和一个制袜厂，后来因为经营不善，都倒闭了，酒店还欠了债，于是他又和人合资开了一间照相馆，但时间不长又因为账目不清晰欠下钱，连同之前的欠账一并被人告发，进了监狱。由于爷爷平时为人和善，在老家工商界也认识几个朋友，就有人保举他出了狱，但从此家庭也就败落。我爷爷是解放后去世的，我从来没有见过他，父亲说过，虽然他开过照相馆，但没给自己留一张照片，挺遗憾的。

父亲材料里写的事情，后来他也多次给我们兄弟姊妹说过，他说他五岁那年上了私塾，主要学习《百家姓》《千字文》之类的，确实经历过私塾先生拿戒尺打手板的疼痛。七岁那年家里还比较殷实，就上了县城唯一一所小学，开始学习数学、国文。上了一年多，家庭开始败落，整个大宅院卖得没剩多少。父亲很小就到外头谋职业，就像交代材料里写的去干活挣钱，经受人生磨难，受尽了万恶的旧社会的苦。他还在煤窑子里挖过煤，对于这一点，我在他资料里没有找到信息，不知是什么原因。父亲有一次回忆道，他亲眼见日本老板的生活奢侈无比，经常在外面叫上丰盛的酒菜大吃大喝，喝醉了就任意打骂他们这些苦力。有一次老板喝多了，看见父亲在大门外休息，不管三七二十一，用脚踹他，父亲被踹得一阵踉跄没站稳，摔到了台阶下，把脚脖子扭了也不敢休班，仍然一瘸一拐地干活，还得装出没事的样子，真是敢怒不敢言。我想，作为父亲这一代，确实尝尽了旧社会的苦，所以他们对新社会、共产党、毛主席自然而然的拥护和敬畏，就是可以理解的了。

我能通过这些材料和父亲一生中的无数次讲述，感受到他童年的苦难。材料的描述是有限的，父亲肯定还有很多事情没有写进去，或者写了，没有被留下来，就像父亲说过的在煤矿里干过活，他就说过一次，而且具体情况现在也无从查知了。我想，那可能是更为劳苦的活计，也许父亲在煤矿里经历的事情比在日本人机构里经历的事更凶险，是他心中一生的伤疤，一揭会疼痛，因而不想去说。

苦难，对于父亲这一代人来说，是经历过而且必须面对的。一个十岁孩子，承受许多累活计，羸弱的身躯要劳作，在鞭打棍棒下的劳作，甚至那时的日本统治者会像踩死一只蚂蚁一样瞬间消灭一个生命，再像抛却小猫小狗一样把你扔到垃圾堆里，在那样的社会里这种想象不是没有可能的。

在日后父亲担负整个家庭的责任来看，他传承了幼年的磨练，不管是经历国家困难时期，还是他自己下放干校劳动时期，父亲都用他宽厚的肩膀（当然他也有愁眉苦脸的时候）把这个家所遇到的困难扛了起来，特别是听母亲讲过在三年困难时期，家里吃了上顿才能想下顿，根本没有说上午吃了什么，预想中午再做点什么的机会，面对困难，他常说解放前那么苦难的日子都熬过来了，现在遇到的这点困难算什么，再困难也要相信党和组织，早晚会渡过难关的，车到山前必有路，总会有办法的。

我们的童年再幸福不过了，生在新中国，长在红旗下，没有经历过战争、苦难和磨难，我们在父亲面前从来都没有发言权，但父亲平时经常唠叨的这些他的苦难，没有炫耀的意思，也许就是老年人的习惯吧，可是现在再也听不到了。

革　命

父亲的离休证书标注的参加工作时间是 1948 年 7 月 8 日，这是认定他参加革命工作时间的权威信息，也是他享受离职休养待遇的标准线。我经常上网，也听说过许多老同志为了享受离休待遇，反映自己的工作时间认定问题，有关部门大多数都是以档案最早参加工作时间来认定的，但是很多档案随着历史的变迁遗落了，于是他们就为了自己的尊严，锲而不舍、不厌其烦地到各级部门申诉，有的可能因为找到了证明人或证明材料得以实现，而有的可能申诉了一辈子直到死也没有实现愿望。

父亲从日本人机构装病回家后，家里缺少了一个经济来源，像父亲后来说的就揭不开锅了,关键是我的爷爷奶奶得养活父亲和他的两个弟弟。于是，懂事的父亲对爷爷说是他连累了家里，他不该擅自装病回家而失去了在日本人那里的“吃饭家伙”。父亲说当时爷爷就说了两句话，一句是不干就不干吧，另一句是再想办法。从爷爷话里可以看出，父亲继承了爷爷认识世界的思维方法，父亲在面临我们家许多重大决策时有好几次也是这样说的。我直到现在也信奉父亲的方法论：世上就没有过不去的坎儿；有些事情急不得要慢慢来；问题总会解决的。

父亲听完爷爷的两句话后，非但没有受到安慰，反而加强了他要重新谋营生的想法。他发现给谁干活都不如自己干、自己说了算。在这一点上，他又非常像爷爷。爷爷正是自己创业开办了实业，干成了自己的事业，当然后来不景气、破产是有客观原因的，吃人的旧社会是主要原因。

之后，父亲在征得爷爷的同意后，找隔壁宋木匠用边角木料打了一个货担子和两个小货箱，又通过原来的商业老关系找了几个进货渠道，以最便宜的价格定期进点日用百货，有针头线脑、小镜子、小梳子之类的，奶奶也用自己的手艺缝纳了鞋垫、手套，算是支持自己儿子的营生。从那以后，不大的县城多了一个十几岁的“小货郎”。

我们老家所在的地区产煤，日本侵略者就在这里建起了火车站，把作为战略物资的煤炭运送到港口再运回日本。那天，父亲正挑着担子在火车站外叫卖，见到一群人围着一张布告看，父亲也凑过去，他识字不多，但认得“工人”几个字。告示是同时用中日两种文字书写的，父亲在给日本人干苦力时潜移默化认识了不少日本字（记得父亲说过，他的日语水平达到了五等）。经前后对比，父亲知道了这个告示是火车站缺人招工的告示。父亲看懂后心里一阵窃喜，这不就是一个挣钱养家糊口的好机会吗？消息回到家里，爷爷认为给日本人干活苦累不怕，怕的就是受屈辱，父亲说他不怕，屈辱早就受过了，他是指在这之前已经在日本人那里受了罪，现在为了家里再受罪也值。

这一年，父亲已经十四岁，在那个年代算是小伙子了。也许父亲年龄的增长给了他更加清醒的认识世界的能力，他已经不是原来那个十岁的小孩，因为受不了苦而装病回家，现在他要顶起家庭生活的天了。

父亲参加招工的结果可想而知，日本人急需人手干活，所谓招工只是走过场，何况父亲已经凭着年龄和身体占据优势，非常顺利地通过了招工面试和体检，成为火车站的一名清扫夫（即清扫工）。这项工作管着清扫铁路道岔缝隙，定期打油，防止生锈，工作相对简单，给的钱也不多，就仅够自己吃饭。由于个人的努力，半年后父亲就当上了负责扳道岔的扳道手（即扳道工），成了一名正式的铁路工人，收入上虽然多了点，却要下苦力气，还要上夜班，风里来雨里去。父亲说过，有时候夜里在家睡觉，来了一趟临时的货车，也被叫去干活，好在他年轻，也不在乎这些个。父亲还说当时不知道夜里为什么要去扳道岔，后来才知道是运输军运物资的货车，不是枪支弹药，就是煤炭、粮食，有往南方运的，有往北方运的，有往东边运的。往南方运就是去打国民党军队，往北方运就是打“八路”，往东边运就是去港口用船把货运到日本去。

下面的事情，是父亲一生津津乐道的，在多个场合给我们当做传奇故事来讲。

父亲说他登记的最早的参加革命工作记录是 1948 年，而他认为自己参加革命工作时间却要比档案记载的提前了四年，是在他十六岁那年。他说，他和车站几个要好的伙计参加了党领导下的抗日“外围”组织，当时的任务主要是破坏铁路，阻止日本侵略者运送军队和物资。父亲经常参加一些偷粮、送信的工作。在一次偷运车站货场的药品中，他们不慎被日本人抓住了，全都关在车站外头不远的日本宪兵队的地下监号里，一开始是不给吃不给喝，后来就捆在木头立柱上，灌辣椒水，还有老虎凳也上过，轮番严刑拷打，父亲和同志们疼得死去活来，几次都昏死过去。后来，日本人可能看到父亲参加的只是“八路”的外围组织，并没有多少油水可捞，就关押起来，不闻不问了，一日三餐只给些硬梆梆的窝头、烂菜叶子汤吃。过了大约半个月，日本人觉得他们可能就是几个“小偷”，将他们同监号里的其他人一齐押上了火车，准备送往东北去干苦力挖煤窑，然后再送到日本当劳力。幸运的是，拉苦力的火车刚到山海关一带，就被八路军游击队截获了，火车上除了他苦力们外，还有许多武器弹药。游击队把武器弹药拉走以后，就快速组织苦力们逃跑，让他们回各自的老家去，回到家不要再为日本人卖命。父亲说他记得好像当时有几个人跟着游击队走了，后来他想应该是参加了游击队。他说他当时革命立场就不坚定，要是跟着走，现在也成了“老八路”了。他当时只想着赶快回家。为此，父亲还感慨了一段时间。

对于这个事件，父亲也很庆幸。据有关史料记载，那几年日本人把征用的壮劳力以及战俘、犯人等，拉到东北去开矿做苦力，每天凌晨三点就集合，晚上六七点才从石个井上来，两头都不见太阳。日本侵略者采取“要煤不要人”的野蛮政策，中国苦力就像虱子一样，死了没有关系。去的人十有八九死在东北回不来了，如果不是游击队伏击了火车，父亲早就成了异乡人，或早就没了性命。

对于父亲的这段经历，在我们家里颇有一段争议。那是他在办理离休的过程中，他曾经给组织提出过他参加党的外围组织的情况，组织部门要他提供证明人，但父亲捋了捋当时一块儿的伙伴，要么已经去世，要么常年不联系失去音信，要么根本就不知道真实姓名，只知道他叫小五、蛋子之类的绰号，还有那几个参加游击队的，更无处查询去处。唯一知道父亲这段经历的是他的前任主任王超，当时他是这个外围组织的一个小组长，代表党在社会上组织发动群众参加抗日，父亲说他在登记的时候就是王主任办理的，完全可以证明这个事情，可是他已经患肝癌去世，要不，父亲也到不了他的这个位置接替他的工作。

那天，大家对父亲提前参加革命时间的问题讨论得热火朝天，一致认为还是找一找活着的证明人，这样提前几年就可以享受“老八路”的厅局级待遇了。父亲一直静静地听着，大家说完以后，他又回忆了以下经历，当然他说的是大白话，下面的话，有些语句已经经过了我的整理，显得文绉绉的了：

我被日本人抓上火车往东北运，幸亏被八路军救下，回来后怕露了馅儿再被抓，也不敢找工作，为了维持生计，只能再重操旧业，担起货担子做点小买卖来养家糊口，直到抗战胜利了才又回到火车站继续干扳道工。解放前，国民党统治腐败透顶，当时的货币金圆券价值暴跌，造成物价飞涨，尤其是米价有时是一天三涨，老百姓早晨用扛着一麻袋金圆券去买大米，排队到下午只能换来一小袋米面，也就够一家人节省着吃一两天的。1947 年，国民党的铁路管理局进行了大规模的裁员减薪，就把我裁掉了。更为可恨的是，国民党军队到处抓壮丁，闹得老百姓无法安生。为了躲抓壮丁，我就到乡下亲戚家躲上几天。那一段日子真是度日如年呵。

1948 年的夏天，解放我们老家的战役打响了。我亲眼看到解放军部队攻打城池的情景。这天刚过，远方就枪声大作，炮声隆隆。大家神不守舍地守在屋里，听着像鞭炮似的机枪大炮声，你看我、我看你，都不知所措。这枪炮声越来越大，持续了一天一夜，听得屋外叮叮当当的声响，好像是国民党军队在溃逃。枪炮声整整响了三天三夜，老百姓躲在屋中不敢出来。当第二天枪炮声停止后，我壮着胆子，偷偷地打开家门，想看一看情况，悄悄地溜到城关，只见牺牲的分不清是谁的士兵，横七竖八的，不计其数，大多数是年轻的小伙子，有的还稚气未脱，也就十四五岁的模样。城墙上下血流成河，硝烟弥漫，地下打下的子弹壳不计其数。有一幕使我惊呆了，但见穿着灰色军装的解放军手持步枪，身上披着子弹带，一个个面无表情，两眼布满血丝。他们军纪严明，有的把行包铺开，睡在大街上，有的席地而坐在擦拭枪支，有的就静静地坐在那里休息，丝毫没有惊动老百姓。这时虽然正值初夏，但升腾的暑气已经逼得人们只能穿一件汗衫，解放军战士们的脸上滴下一串串汗珠，一名年龄看上去也就十五、六岁的小战士不时舔着干裂的嘴唇。看到这个情景，我赶紧跑回家叫醒家人，端出了热水送到街上解放军战士面前，他们却一个劲儿地谢绝，就是不喝，说是有纪律。这一幕对我触动非常大，虽然过去在车站上参加过一些抗日外围活动，但真正接触共产党、解放军这确是头一次，这使我对共产党的了解和感恩又加深了一层。

父亲的回忆，使我想起在哪部电影里有这样的场景。解放军进入上海后，宋庆龄一早披衣起来开门，但见解放军士兵全都躺卧在街边，丝毫不打扰老百姓的生活，甚是感动。我想父亲讲述的是亲眼所见，是真实的，这可比那部电影里演的早多了。

父亲一直认为，革命工作不分先后，不能为了争得一点名分就把自己的老脸丢尽。虽然父亲这样的认识可能没有什么高度，但我觉得这是他最朴实的认识，也是真实的想法，反而比那些唱高调的人高尚多了。为此，父亲下定决心不再去找，也许他忆起那些为了解放而牺牲的小战士，当年和他年龄相仿，在即将看到美好时节到来的时候却永远闭上了眼睛，他现在能够好好活在这个世上，还成为受人尊重的离休老干部，已经很好很知足了，还有什么可争抢的。

后来，父亲还专门查找到了关于确定建国前干部参加革命工作时间的规定念给我们听：建国前干部的“参加革命工作时间”，是指在中国共产党的领导下，脱离生产以革命工作为职业，或经我党组织决定，接受党的任务，以公开社会身份为掩护，实际从事地下革命工作的时间。对于以务农、做工、上学和从事其他职业为主，兼做些革命工作或参加过某些革命活动的，应肯定他们为革命做的贡献，但不应计算为参加革命工作时间。可见父亲的执着。大家看到父亲如此坚持便不再劝他找了，也就遂他的愿吧。此后，他本人和家里人很少再谈及这个事情。

写到这里，我还想叙述一下我干组织工作时认识的一位老干部，关于他的更改参加革命时间的问题纠缠了我好几年。他本是解放战争参加革命的，已经离休好多年了。记得那年他应该是八十三岁了，突然有一天来到单位，要求把参加革命时间提前到抗日战争时期，原因是当年参加过党领导的地下“外围”组织。根据规定，我们联系他所提供的证明人，因为时间久远，很多原来的组织人事发生变化，没有找到，但他不甘心，就自己找，最后终于找到了一个还健在的证明人写了证明材料拿给我们。当然，这里的组织程序是很复杂的，他所参加的组织是否可以认定为党的地下组织，这位证明人所证明的是否属实等等，这里就不一一复述了。总之，我们没有给予认定。好了，这位老同志就天天来。有一次他就是不走，还用拄着的拐杖敲打我的头，批评我对待老同志不真诚。当然，最后他还是“闹”下来了，享受到了处级离休待遇。我们觉着终于解决完了这个棘手的问题，谁想，不出一年，他又来找，说要认定自己为红军时期的老革命。于是，他拄着拐杖的身影，每年总要在单位出现几次，直到我调离组织部门。有一天，我在路上遇到一位当年一起从事组织工作的同事，说起这段经历，他说你知道吧，那位老同志死了，活了九十五岁，为了红军待遇，找了十几年也没找下来。

我想，这些老同志的诉求有他的道理。也许是为了待遇，但更多的应该是身份的认可，是组织和社会对自己一生的认可，倒也无可厚非。也许有人说是我父亲傻，人家才是聪明人。可是回过头看待这个问题，待遇高低又能说明什么问题呢，自己问心无愧才是最主要的。我是这样认为的，傻就傻吧。我非常理解父亲当年的看法，问心无愧而获得心灵自由，才是最高的人生待遇。

立　功

我在父亲的资料中发现了一份泛黄的立功奖状，奖励事由是该同志因抢救机车防止大破一件，表现突出，评定为壹等功。批准日期是中华民国三十八年（注：1949 年）一月二十三日。

随着老家的解放，父亲又恢复了工作，重回到火车站，进行了集体登记，参加革命工作时间就以此为准了。这时的火车站经过战争破坏，各种设备已经无法使用，机车车辆也被劫走，整个车站基本不能使用了。在人民政府的组织下，车站职工不分昼夜，对线路、站台、候车室、货场进行了抢修，保证了铁路线在短短的几十天内就全线畅通。

参加革命，使父亲焕发了青春。他加入了中国新民主主义青年团（共青团前身），先后担任调车员、调车长、团支部书记、副站长等职，还积极向党靠拢，向党支部递交了入党申请书。

转眼到了 1949 年的初春，当时淮海战役正激烈地进行着，毛主席提出："军队向前进，生产长一寸"。为了支援解放全中国的伟大战略任务，向前线抢运军运物资是当时的重要工作，解放区动员广大人民群众投身支前立功运动。

父亲永远忘记不了，这是他的一次死里逃生的经历。那些日子，解放军和国民党军队在淮海展开了拉锯战，国民党的飞机经常飞到已经解放的地区空投传单，对火车站等重点区域进行扫射和轰炸，一度造成车站不能正常行车。有一天上午，父亲按照常规巡查车站货场，突然听到天上传来轰轰的声音，见一架国民党轰炸机飞过来，俯冲着向车站飞来。一列装有支前货物的货车正停留在那里。他一看不好，紧步快跑上了货车，用车上的驱动盘驱动货车向车棚驶去。说时迟那时快，车刚刚进了车棚，飞机的子弹就射下来。在弹片纷飞的一霎那，父亲立刻跳下车，一头扑倒在地上，只觉得子弹嗖嗖地在头顶上开了花。当时他想，完了，肯定被子弹打中了。过了好长时间，他听不到飞机的声音了，才明白过来，不知自己是死是活，摸一摸头和身子，发觉没事，掸了掸身上的尘土，爬了起来。其他职工赶到后，对父亲的机智勇敢大加赞赏。因为保护军运物资有功，他被评为一等功，被推荐为模范人物，参加了解放区的表彰支前立功庆功大会。

这次的立功，对于父亲来说，是他一生津津乐道的功绩。父亲这辈子，在不同的岗位上工作过，从年轻时的一线工人，到副站长、副科长、副组长、副主任，包括退下来后在单位老干部实体公司干过一段时间的副总经理，担任过各种不同的职务，但无一例外都是副职，大约父亲也就是干副职的材料。作为有着一定职务的干部，这么多年到底有多大的功绩，没有人去给予评判或者是计较。想一想，在国家庞大的运转机器里，他不过是一颗很小很小的螺丝钉，甚至连这个都够不上。

其实，父亲一直对自己的政治荣誉看得很重，退下来后，他经常给人讲他是离休干部，把离休证书拿给别人看，脸上洋溢着自豪的表情，对于立功受奖这件事，他一直铭记在心，有机会就要复述一遍，好像这件事是他一生值得骄傲的重大事情之一，其他所做的大量工作都是正常的，算不上什么，即使在他病重期间，也没有忘记他在政治上的荣誉，专门让母亲把授予他“献给共和国创立者”功勋章拿到医院，时不时放在手上揣摩。

儿 女

父亲在家里，绝对是一把手，不管是承担家庭重大事件的处理，还是我们兄弟姐妹人生关键时期的抉择，都展现了父亲果断不容置疑的威信。但因为众所周知的原因，父亲下放干校劳动的经历，还是给家人带来了一定的影响，特别是对于自己孩子在人生关键时刻带来了不良影响，给他们当时的成长留下了遗憾，甚至“怨恨”。这是我自己猜测的。我想处在当时的环境里，有怨恨是正常的，就是因为这个事情影响了个人前途发展，一般人都会有这种感觉的。不过，随着时间的推移，当你看到父母老了，弓着腰，拄着拐，喘着粗气，亦步亦趋地走着，或者坐在墙角晒着太阳，呆滞的眼神无助地看着某处时，你就会原谅他们，毕竟父母的经历是他们那一代的经历，况且已经过去的事情是无法更改的事情，怨恨会慢慢消逝，融入到岁月中。

父亲对于自己的儿女可以说是操碎了心。大姐、二姐、三姐、我和小弟，每一个人都有不同的经历，比如为了我，父亲想尽了办法。

最后我得以留城工作，但革命情结与日俱增，想参军，可是我的眼睛不争气。我又退而求其次要当交通警察，可母亲不同意，我偷偷找父亲软磨硬泡,父亲答应瞒着母亲帮帮我。焦急等待的我后来等来了父亲一脸的阴沉。父亲似是轻松，又很有深意地跟我谈了一些关于理想与现实的话题，然后苦笑道,我跟你说实话,看来你那个志愿不一定能够实现了。父亲说到这里,很无奈地摇了摇头。

再比如我小弟，待业了好几年，好不容易有一次招工机会但考试分数不够，机缘巧合下他才勉强进厂。二姐是最幸运的，她在师范学校毕业后，直接分配到省城一个中学任教，没有经历上山下乡。这些就不一一赘述了。只有大姐的经历比我们都复杂。

大姐在卫生学校时就向组织递交入党申请书，可因为父亲那时被下放劳动，大姐的入党申请未被批准，毕业时带着遗憾离开，并主动要求到外地工作，父亲其实明白大姐的苦衷，也就没有拦着。

大姐在一个公社卫生所当“赤脚医生”，一干就是十年，期间零星回过几次家，她和父亲的交流始终不冷不热。大姐的转变始于结婚生子，她与在省城的大姐夫两地分居，休完产假就回到公社卫生所，孩子很小就扔给了母亲，平时寄托在托儿所。回家，就成了她的愿望。

父亲对于大姐的工作分配一直很内疚。当初分配时，大姐响应号召，抱着农村广阔天地大有作为的思想到农村支援建设，他连拦都没拦。其实那时的人们大多数都是这样，有其他想法的也是没有办法。但是随着自己外孙的长大，加上大姐夫三天两头的央求，女儿女婿两地分居的阴影在父亲心里的面积越来越大。平时我们在家可以感受到，每当大姐来信，父亲阅读的急切性很明显，看的时间也长，有时要反复阅读好几遍。大姐每次来信都要先为自己当初的行为自责一下，然后就说他们那里几个省城的同事拐弯抹角想着法子往回调，有的已经成功，有的正在办理有了眉目。大姐调动的事情在那几年像是一块石头压得父亲喘不过气来，总是闷闷不乐。

通过大姐的几封信件，我知道她那里的房屋全部是用土坯垒起来的，设施非常简陋。她们外地的住在公社革委会院子后面的宿舍里，大姐自己一间，房屋前种满了柿子、辣椒、茄子、葱、蒜等，自摘自吃，每个周日都要去六里外的一个镇上赶集，购买一周的用品。其中有一封是这样写的：“爸妈，有些话想说却又不敢说，不说总觉得对不起你们。就这样，我每天都在左右为难中生活，有时想着想着就不知不觉地落下了眼泪，什么原因爸妈也一定能想到，本来想当面跟你们谈的，可是我总怕碰钉子，所以也总没开口。当初我选择到农村去工作，是有私心的，最近一段时间回想一下，内心很后悔。长时间的外地生活，使我越来越感觉到在你们身边才是幸福，一人在外地的孤单滋味确实不好受，夫妻天各一方，孩子还得由你们照看，心里更是难受。我多么盼望能回到你们身边，回到丈夫孩子身边啊！回家已经成为我日思夜想的事情了。每当我从家中回来心情都很低落，就想什么时候能不再坐那令我难受的长途汽车了，能在家中享受家庭团聚的快乐。”

父亲不是一个容易感情外露的人，每次看到大姐的来信，他除了反复阅读外，就是陷入沉思，伴随的则是闷闷不乐的情绪。父亲是一个内向的人，在对外交际方面确实是笨拙，这一点上，我们一家都很相似，而命运恰恰安排我们一家人都要从事对外与人打交道的职业，比如我从事组织工作，父亲那时在省里口岸办公室工作，接触的是全省各个厅局的人，工作的性质又是以说为主的协调性工作，也许这就是“平衡理论”吧。

大姐的工作调动持续了得有两年时间，可谓是马拉松，最后终于被省城一家区级医院同意接收。又经过了几个月的时间，调动手续才办理完毕，大姐如愿以偿地回到了父母身边。大姐回家后，最明显的就是隔三差五会回家一趟，频次之高，在我们姊妹里首屈一指！

原 则

在资料中，有口岸办公室的一份工作总结，其中有一段对父亲的评价，写道：该同志的工作总结经办公室全体同志讨论，党支部研究，一致认为是符合实际情况的，在工作劳动方面总结的尚不全面，很多好的事情还没有总结进去。大家一致认为，该同志坚持正义，以身作则，埋头苦干，任劳任怨，特别是王超主任去世后，该同志主持办公室工作以来更为突出。具体表现在……该同志在抵制不正之风方面也很自觉，特别是机关和社会上认为这个办公室“没有买不到的东西”，甚至有些同志有走后门的不好名声，给办公室造成了一定影响，但该同志主持工作以来，在这方面也很注意，经常对大家说：要注意影响，该办的按规定办，不该办的要坚决抵制。所以近两年来，在该同志以身作则良好作风的影响下，办公室的同志们都自觉地克服了这一方面的问题。

在父亲职业生涯中，他接触过不少有“油水”的工作或部门，特别是在省口岸办公室干的时间最长，担任了办公室副主任。这是他从干校“解放”以后进入的一个部门，也是他离休前待过的最后一个部门。之所以说它有“油水”，主要来源于它的特殊构成。省里为了统一协调进出口商品运输，将公路、民航、铁路、港口、商业、建筑、轻重工业等与进出口商品运输有关的系统综合在一起，由省里牵头负责协调组织，上述有关机构派出代表，常驻统一办公，以便于及时沟通信息，安排口岸运输计划，形成“一条龙”管理。由此可见，这个部门非常重要，凡是重要的部门就有“油水”产生，就成了某些人追逐的对象，进而就会产生腐败。

父亲到这个部门的时候，办公室主任是王超。他年龄比父亲大，父亲让我叫他王伯伯。他是一个老革命、地下党，解放前打入敌人内部，经常陪同有关的国民党军官、资本家吃喝玩乐，刺探情报，由此也染上了酒瘾，一顿饭不喝酒就难受，有了酒精依赖症状。由于王超过度喝酒的缘故，病魔缠上了身，刚担任主任没几年就查出得了晚期肝癌，时间不长就去世了。记得他还没去世的时候，我上小学五年级，放学就会到附近父亲的办公室，等到父亲下班后骑着自行车再带着我回家。那天，王伯伯为了逗我玩，突然抠出他的一只眼睛，着实吓了我一跳。原来他的一只眼睛是假眼珠，是抗战时期在部队打仗时让炮弹皮给擦伤了，由于医疗条件的限制，没有及时得到救治就瞎了，后来从事地下工作，为了伪装就装了一只假眼。我在被吓到之后，听了他讲的故事，心中敬佩之情油然而生。

王伯伯去世后，组织上就让父亲主持办公室的日常工作，成了代理主任。记得从那时开始，我家的门在晚上会经常被人敲响。来的人也都会提着大包小包，给父亲说完事后就嚷嚷着说这是当地的土特产，是一点意思，但每次父亲都会再把东西塞回人家手里，有好几次来人说完事开门撒腿就跑，父亲也是眼疾手快，赶紧追出门去，不管那人跑出多远，他都会追上把东西还给人家。对于父亲的举动，很多人不理解，认为不就是一点土特产吗，有什么大惊小怪的，而父亲那时经常挂在嘴边上的一句话就是：“吃人嘴短，拿人手软，不能让自己不安稳了。”看看现在那些动不动就贪污上百万上千万的贪官，我想父亲的举动和感受，虽然是最朴素的，也是最安稳的。那时候，父亲在我心目中是一个非常了不起的人物，掌管着这么大一摊子工作，有这么多人来“求”他，以至于我在同学和邻居面前都感到光荣。反过来我又认为他是“干事的”，还是一个像包公一样耿直无私的人。

来找父亲办事的人里，有不少是老家的亲戚。有一次，我的表叔也就是父亲的叔伯表弟，专程从老家来，带来了父母家乡的煎饼、大葱、花生，还有大塑料桶盛着的小磨香油。表叔是县公安局副局长，在老家也是有头有脸的人物。他来主要是为老家一家化工厂办事，生产的几吨化肥要运到福建去，之前厂里已经把计划报到口岸办公室了，这次来主要是让父亲多批些计划。父亲说：“按照规定，计划报的是多少就只能运多少，之前你们报的计划我已经看过了，本来不想批这么些，我也是存了私心，看到是自己老家的化肥，想着能符合规定的就照报告批吧，也算是为家乡建设出出力。现在要多批，那是绝不可能的，我批了就违反规定了，我要求别人严格办事，对咱亲戚却开了口子，你想会怎样，人家会戳我脊梁骨的，再者说了，计划这么紧张，你多运几批，就会占用其他人的资源，人家会愿意吗？”一席话后，表叔只好回去了。父亲离休后有一次回老家看望亲戚，表叔还酸溜溜地说父亲当年真是死心眼，占着这么一个实权位置不会为人，真是可惜了。父亲笑笑说：“咋样？你我当年都是实权人物，现在不还是一样在家当老头子，也没见你比我多几个胳膊，我也没见自己比你少几条腿啊。”表叔尴尬地呵呵了几声，不说赞成也不说不赞成。

其他找父亲帮忙的人里，还有不少是各级领导，有的甚至是他的顶头上级。记得有一天，父亲下班回家后显得闷闷不乐。母亲看到眼里，吃完饭就问父亲怎么回事。父亲点上一支烟，深深吸了一口，重重吐出烟圈后，瓮声瓮气地说：“我把杨主任给得罪了。作为一名领导干部，要以身作则才对，怎么能打着公家的幌子给自己家属捞好处呢？不符合规定就是不能批给计划，这是原则问题，反正他是我的上司，要批由他自己批好了，还要经过我们干什么，今天为了这个，我给他拍了桌子了。”母亲听后吓了一跳，埋怨父亲使脾气不顾后果，说:“今后可别给咱穿小鞋啊。”父亲微微一笑说：“能怎样？还能撤了我？无非就是不待见我了吧，给个小鞋穿，我不会改造改造弄大了再穿？”父亲的话把母亲给逗乐了，说父亲心宽，但愿以后工作上能顺顺当当的。之后，父亲的领导并没有因此故意为难过父亲，他反而很欣赏父亲。父亲一直在职办公室主任,直至离休也没有放弃自己的原则。

“原则就是不能突破的底线，哪能灵活掌握哩。”这是父亲彻底退下来后在一次家庭聚会上说的，那次他有些酒意，也看不出有多少遗憾，大概就是给我们讲个故事，算是喝酒时的一个再普通不过的话题吧。

爱 情

父亲，作为男人的一生，他和母亲到底有没有爱情呢？作为父母这一代或者说他们的时代，爱情到底是什么？

我的母亲比父亲小 6 岁，解放前一直做家庭妇女，上过高小，当时属于有知识的妇女。1947 年同父亲结婚，解放后担任街道扫盲学校的老师，后来作为家属随父亲迁到省城。母亲属于那种快人快语干事情干脆利索的妇女，正适合从事街道工作，于是她一生大部分事业就寄托在街道工作上了。

母亲平时讲他和父亲的故事，不是关于爱情的故事，而是家庭故事。母亲嫁给父亲才十六岁，父亲二十二岁。在此之前，他们连对方长得什么样都不知道，当然这种人生大事是家里父母替他们定下的，婚姻也是由别人操办的。

母亲是大家闺秀。我姥爷家里的上辈据说是前清的举人，在当地是大户人家，解放前家里收藏的名人字画不少，当然也是逐渐败落，但再败落，家教传承还是受影响。母亲说她年轻的时候有阵子穿过旗袍，在十里八乡被称作“摩登女”，还烫过发，很是前卫。爷爷奶奶也是欢喜得了不得，毕竟亲家再败落也比他们这个早就欠债落魄的家庭好。

母亲嫁给父亲第三年的夏天，正在毒日头下干活的父亲，被站长叫到了办公室，说是他被调到了上级机关干活了，也就是成了领导干部了。当然这源于父亲忠厚老实的性格和勤勤恳恳的工作。这本来是一件好事，可是爷爷奶奶认为自己的儿子跳龙门了，在家里就对儿媳妇挑三拣四地找毛病。母亲是曾经“摩登”过的女人，时不时就和爷爷奶奶碰撞出一些火花，而且解放了，母亲又是扫盲学校的老师，接受的新事物也多，以致爷爷奶奶这样的旧社会过来的说不过，甚至有一次奶奶逼着父亲要休了母亲。父亲执意不肯，他最大的反抗方式就是不回家，三四天住在单位办公室，爷爷奶奶也无计可施。就这样，父母结婚的第五年，那时已经有了大姐，母亲随着父亲调到省城工作，她与爷爷奶奶的摩擦才算告一段落。

那么，父亲爱没爱过其他女人呢？在我少年的眼里，父亲的形象非常高大，后来我知道父亲年轻时身高一米八，当年无论在单位还是在家属院里，人们都习惯称他“大个子”。从父亲年轻时的照片看，他长得英俊潇洒，仪表堂堂，即使年纪大了，身材发福了，依然很有派头。据我大姐说，她十六岁时，曾经几次到父亲工作的地方，看到过几个长得好看的阿姨到父亲办公室说话。我可以任意想象，那时父亲才四十岁冒头，作为一个正当年的男人，他在与女同志交往中会不会有非分之想？父亲对于自己的看法是一生没有犯过错误，政治上一直坚定跟党走，工作上保证了没有出过大的差错，至于小问题都在过程中解决了，没有给国家和单位造成什么损失。至于作风上，父亲说他问心无愧，他说是一个非常忠诚的男人，当年虽然母亲与我爷爷奶奶磕磕绊绊，但他自始至终对母亲专一。他说：“做女人不容易，人家跟定了咱，咱不能做没良心的事。”

母亲也给我们说过：“你们爹这个人最大的好处是朴实忠厚，跟着他过日子心里踏实。”二十世纪六十年代，父亲的工资八十六块钱，属于那个年代比较高的了。父亲每次开工资都交给母亲，他一分钱都不留，完全由母亲支配。父亲的同事曾经提醒过父亲，说作为男人，自己得有个私房钱，父亲却不以为然，他认为一家人过日子别藏着掖着，男人一般不会理账，不如就交给自己的老婆，还省心。自己需要花钱，需要花多少，都计划着来，这样才能显出一家人有“热乎气儿”。“热乎气儿”是父亲常挂在嘴头的话，估计就是幸福的意思。父亲年轻时不好喝酒，年纪稍大些了，反而和酒交上了朋友，每天都要整上点，也就是半两的量，为此，母亲每天晚上做完饭后，都会给父亲热上半两酒。记得我五六岁那会儿，是冬天的一个晚上，母亲做好晚饭发现家里没酒了，就要出去到副食品店打点。副食品店离我家有一里多地的样子，那天又冷，父亲就不让去，而母亲却执意要去，父亲说:“天冷又黑，我去吧。”母亲说:“你刚下班歇着吧，还是我去。”当母亲打来酒后，发现父亲半躺在从他办公室淘汰下来的弹簧旧沙发上睡着了，母亲偷偷拿被子给父亲盖上，把饭菜端到大锅里温着，等着父亲醒来再吃。

母亲自己学的做衣服。父亲一生都喜欢穿中山装。他年轻时的身材瘦而高大，商店里卖的衣服穿上要么短一截，要么晃晃荡荡，始终不合身。于是，母亲就买来布料自己做。毕竟是半路出家，先剪纸样，再比着裁剪，一件衣服往往要做上一个多月。那时母亲已经从街道出来，到一家区办工厂上班了。父亲的衣服都是她利用晚上和周日休息时间做出来的。

父亲年轻时学过一段木匠。记得我刚懂事的时候，还见他打过两个小凳子，离休后他的这一爱好得到延续。我们家住的是一座单位家属老楼，楼的左侧有一块一米宽两米长的小空地，长年被人放置闲杂物，也不知道是谁家的，父亲问谁谁也不承认，于是他就把这个小空地收拾起来，用帆布搭了一个棚子，成为他做木活的场地。

那天，我见父亲在他的“厂房”开工了。他专心地吊着一条细细的线，我问他在搞什么工程？他说:“要给家里添置一张新桌子。”我说:“不是有张吃饭的桌子了吗？”他说:“那个桌子太高了，我们的个头坐正好，可你妈她个子矮，坐着搛菜不舒服，我再打个适合你妈身材的，咱就用这张桌子吃饭。”然而父亲的工作并不顺利，打出的四条桌子腿总是不平，父亲只得一次次地修改。修改的结果是桌腿越来越短，桌子越来越矮。当这张桌子终于完工的时候，它还是不平，无论放在屋子哪个位置，一不小心它就会晃，我们姊妹包括小孩们回家吃饭，总是抱怨桌子不平，汤汤菜菜的会洒到桌子上，唯独母亲仿佛看不到这张桌子的毛病，一直说挺好的。

家庭故事中的一切琐琐碎碎的小事情就构成了有情感的事情。有情感的事情，能不能称之为爱情呢？在长达半个多世纪的婚姻生活里，父母就是这样走过来的。那个时代，这样的夫妻随处可见。

父亲最后生病的那几年，母亲差不多成了半个大夫和护士。父亲得的是糖尿病，已经到了晚期，并发症已经十分明显，脚开始肿烂，走路需要人搀着一点一点地挪。而父亲非常反感坐轮椅，二姐好心买的轮椅一直搁在门后没有用过。这时，母亲只好充当拐杖。父亲年轻时高大，年纪大了，个头虽然缩减，但随着年龄的增长，身体明显发福不少，体重也在九十多公斤，母亲本来个头就不高，七十多岁的人了，再搀扶父亲，那种状态可想而知。

父亲住院后，一直是母亲陪在身边，喂饭喂水，端屎端尿，给父亲擦身体、洗尿裤子。父亲弥留之际，母亲看着他因病痛喘不上气而涨得通红的脸一秒一秒地苍白下去。给父亲发丧期间，母亲说："你爹就像蜡烛一样，一点一点熬尽了，那一霎，我的心也空了。"

父亲走了，母亲一下子真的老了，回忆原来的事情非常清晰，当下发生的则过后就忘，但有一点永远不会忘记，父亲经常坐的椅子，父亲的书桌抽屉里他用过的已经不出水的钢笔、打开声音滋滋啦啦的收音机、早已停转的手表以及老年手机，这些物件依然如故地摆在那里，我们姊妹多次想清理清理，也是为了不让母亲更伤心，但母亲不让，她说："先放在那里吧，慢慢收拾。"其实，母亲是在思念父亲，嘴上不说，心里肯定是在借这些东西纪念，就像父亲还活着一样。

父亲走了十三年后，母亲也去世了，我们姊妹把父母合葬在了一起，他们终于又可以团聚了。

写到这里，父亲的故事也就基本结束了，一些重点内容算是包括其中了，其他的内容与大多数同时代的人也没有多大区别。想写一写父亲的想法算是实现了吧。我想，这些资料在我手上肯定会保存下来，但多少年后会怎样呢？我就不得而知了。这一切终将慢慢被时间沉淀，被岁月化解。父亲这一代如此，我们这一代也是如此。

经纬街轶事

这个城市的北部，有一条街道叫经纬街，街面说大不大、说小不小。往大里说，二十世纪中国处于半封建半殖民地时期，洋人来到这里开发商埠，它是这座城市外拓的街道，是连接古城和新区的纽带，洋人来后，此处逐渐商铺林立，工商业繁华，俨然如上海的浦东。它长不过千步，宽不过五米，是比巷大不了多少的小街道。我童年生活的院子就位于这条经纬街的中段。

几十年后，当我再路过这里时，感觉它更小更窄了。我曾经生活过的这座院子，也今不如昔，抵挡不住社会发展的脚步，大大落伍了。低矮的平房，坑坑洼洼的院中小路，被时代打磨得沧桑无比。然而我印象中的小时候的院子却非常漂亮。从大门进去，一直向南走是一条由青石板铺就的小路，路面历经岁月打磨，光滑照人，又略显斑驳，酷似南方小镇凹凸不平的青石路。路东是一排整齐的平房，全部是尖顶瓦屋、青石砖垒成。路西是一座德国小洋楼。楼前有一棵大槐树，茂密如织，是院中人们夏天乘凉的好去处。沿小路往南走约十五、六米，就可见到一片宽敞地带，略成四方形。院中最有特色的要数德国小洋楼了，楼有三层，地下一层，地上两层，屋内全部是地板，是典型的德国日耳曼样式。在抗日战争时期，这个院子是日本一名高官的住宅，洋楼是高官家人居住之所，四周平房是伙房、澡堂、佣人居室和士兵居住的地方。那个空场地则是士兵日常训练之所。

二十世纪七十年代，经纬街发生了许多事情，悠悠岁月已然逝去，而一些人的影子则经常蹦进我的脑海，一开始有些模糊，似曾相识，于是我就努力地回忆，终于他们慢慢呈现在眼前，一个一个地走进故事。

1

在我们院外头，马路的西面，有一个街道上开办的红旗肉店。店的后面是一堵高大的仓库石墙，临街大门两边各有一扇大窗户，是能够上木门板的那种。窗户下面用黄底红字写满了语录。店内暗淡的光线会使人一时几乎丧失视觉，黑咕隆咚的环境使人感觉好像走入了地下室，夏天倒是挺凉快，就是肉腥味比较浓重。

我一直不大喜欢这个商店，源于它的北面是一座公共厕所。记得有一次晚上我去解大手，里面没有灯光，只能借着从小窗口透进来的街灯凭着记忆摸索找坑，结果一不小心差点踩空了，要不是我的两只手反应迅速，及时按住了地面，后果不堪设想。因此，我每次路过这里，都要屏住呼吸，快步躲过。当时我想，一个肉店竟然和厕所挨在一起，得有多恶心啊。

肉店主要是卖猪肉，有五花肉、肋条肉、猪头肉，也兼卖些其他货品，如白象牌电池、大众牌香烟、红灯牌蜡烛等。

说到肉店，不得不说我们院里资格最老的老红军王大爷。小时候听家人说他的命可苦了，从小就失去了父母，包括家里的兄弟姊妹，甚至亲戚，都被国民党反动派杀害了，唯独他逃了出来，参加了红军。

王大爷个头不高，一口难懂的川陕口音，说话也闷声闷气。他黑黑的满脸横肉，额头偏左的位置有很深的三道伤疤。后来我偶然在图书馆查阅资料时，在一本什么年鉴的“逝世的老红军”一栏里见到过他的生平，彻底知道了他的一生。

他出生于1916年，陕西人，自幼家境贫寒，七岁开始乞讨为生，后给地主当雇工。1936年红军长征到达他家乡时，他毅然参加了红军，成为红四方面军战士。抗战期间是侦察班长、侦察连长，转战延安、太行山、大别山等地，参加淮海战役等战斗三十余次，负伤五次，是三等甲级残废军人。新中国成立后在区公安局担任汽车管理员，二十世纪六十年代因战争创伤复发开始病休，国家实行老红军老干部离休制度后，他被批准离休，先是享受处级待遇，后又核准享受局级待遇。

王大爷的老婆为王大爷养育了两女一男，自己一直也没有工作，后来在红旗肉店当售货员，主要负责卖肉。

工作是不错的，在当时可谓热门岗位。那时的市场上，物资供应紧缺，但物价稳定，经年不变，副食店里卖的酱油一毛五一斤，一大瓶一斤半，两毛三；涿口醋一毛四一斤，白醋一毛三一斤；酱豆腐四分一块，臭豆腐三分五一块；细盐，也叫再制盐，一斤一毛七，粗盐一毛四。粮店里卖的白面叫“标准粉”，一毛八分五一斤；大米分等级，一级的一斤两毛一分三，二级的两毛零五，再次些的一毛九分七，更次的一毛八分三；最次的“早稻二号”只有一毛五分二。那时每户有粮本，每月凭粮本领取粮票，口粮定量为成年男子每月 32 斤，女子 28 斤，粗粮、细粮搭配；小孩的定量略少。在粮店买米买面要凭米票面票，都算细粮；凭粗粮票只能买玉米面和豆子。当然，这里的这些数字，是我后来在资料中查到的。

买猪肉不凭票证，但价格不菲，一斤一块钱。买肉一般一次只买两三毛钱的，而且那时喜欢买肥肉，买了带回家去炼油。为此，王大娘手中的权力陡然大了起来，肥瘦多少全在她的“屠刀”之下。但接下来发生的事情不是她利用手中的权力卖给人家多少肥肉还是瘦肉，而是把肉卖到了自己家里去了，这性质就变了。

王大娘监守自盗，我是听大人们在大院里闲聊知道的。那天，王大娘照常卖肉，有一位来买肉的，买完后就往外走，王大娘卖给他以后眼睛就四处飘，见到店内没有人了，突然割下一块瘦肉，用纸一包，迅速塞进一个布袋内，没成想那个买肉的又返了回来，实打实地看到了这一幕。那时的人觉悟多高啊！这明摆着就是现场的贪污盗窃。这人立马吆喝起来，把里屋办公室的主任、会计喊了出来，把王大娘抓了一个典型。

我这个人从小就属于心地比较善良的那种，别人有错误，总是先从客观原因思考。王大爷虽然是老红军，家里也不比别人富裕，甚至正因为是老资格的，更要以身作则，严格要求自己。孩子都处于青春年壮，谁不想多吃点肉？王大娘出此下策也出于无奈。

但毕竟是犯了错，现行贪污盗窃的罪名就这样落到王大娘头上，街道的主任来了，公安派出所来人了，居委会主任、治保主任来了，在肉店对王大娘进行了批评，组织上看王大娘是初犯，没有从重处罚，处理结果是写出深刻检查，辞退回家。自此，王大娘短暂的工作经历告一段落，重新成为家庭妇女，直到终老。

王大爷活了八十岁，王大娘活了七十多岁，他们去世前后相隔时间不长，去世时只有两个女儿在身边。

2

我们大院进门西面是德国小洋楼，在楼的后面还有几间房子是后来新盖的，住的也都是年轻人，基本是刚结婚不久的。记忆中最深刻的要数新娘子一家，其他几家已经模糊起来。

新娘子是那个年代人们对刚结婚又不是很熟悉的女人的叫法。我说的这位新娘子，印象中个头较高，皮肤白皙，眉眼长得清丽，不是天生丽质，也是说得过去的那种，我一直想用一个词汇来形容她，后来觉着用“知性”比较合适。

他们夫妻都是知识分子，男的好像在一个小学当老师，文绉绉的，个子也挺高，说起话来略有点口吃，每次见他都是低着头走路。新娘子在地质设计院从事晒图的工作。在外人眼里，他们两个人的结合，简直就是门当户对，幸福至极。

我在院里疯玩，在哪里疯都行，唯独路过他们家门口，就有了不一样的感觉。他们家门口非常整洁，窗户擦得没有灰尘，不像其他家，门口堆着蜂窝煤，还用大塑料布罩上，生活垃圾放在一个个大油漆桶里，夏天散发着恶臭。

每次路过他们家，看到的都是静静的，心里不自觉地就舒服，虽说也是小市民生活，可感觉就是不一样，甚至为了不打搅这种“静”，我都是蹑手蹑脚地走过。

有一次，我透过洁白的窗帘看到了新娘子的身影，当我准备继续观察时，身影忽然晃了一下，吓得我刺溜窜走了。

我的这种美好印象被大人们给破坏了。有一天，我听大人们讲，新娘子是个“破鞋”。那时我也不懂得“破鞋”的含义，只是从人们的言谈话语中感觉到不是什么好词，大一点了，才明白它的真正含义，“破鞋”原指出卖肉体者，是不正常男女关系的代称，即当时所说的男女关系上、生活上作风上存在不检点行为。其实“破鞋”用现在的眼光来看，根本算不上什么，她们大多数也许就是性格开朗了一点，活泼了一点，对美的追求多了一点，甚至也就是比大多数人长得好看了一点，多为周边人常平头事论罢了。

现如今，不管是都市还是乡村，未婚恋人勾肩搭背，牵着出入公共场合，已成为社会一景，人们都习以为常。

那个时候，人们对生活作风问题看得非常重。人一旦有了作风问题，所在单位绝不等闲视之，一定要在大庭广众之下，着本人作深刻检查，并给予纪律处分。

有作风问题的人，周围的群众是看他不起的，指指点点，议论纷纷，他们整天处在人们口水中抬不起头来，无人同情，无人可怜。尽管作风问题并不是政治问题，也不涉嫌刑事犯罪、经济犯罪，但人们对其鄙视、痛恨的程度，却远远大于前者。所以，人一旦在这方面有了问题，这一辈子就算完蛋了。

新娘子就是犯了作风错误。她被人看见下班后没走，晚上和小伙子在研究室里。据门卫交代，研究室的灯像鬼火一样，一会儿灭一会儿亮，这样连续了几次，终于灯没有再亮。

其实，她完全可以不必承认，她可以一口咬定没有发生任何事情，或者一口咬定，她是受害者。但她没有任何辩解，而且在保卫科很痛快地承认了，承认他们是两厢情愿。

消息很快在大院扩散，新娘子因此声名狼藉，人们相信一切都是她的错，开始同情起男人来。

“破鞋”事件发生后，新娘子的房间沉寂了下来，很长一段时间都没有动静，甚至晚上也是黑灯瞎火。这样子过了大约一个多月，新娘子的丈夫来了，脸色灰蒙蒙的，没有了往昔文静的感觉。没过几天，他们的房间就更换了主人。

我想他们是不是搬走了，至于他们后来的结局，无非就是离婚或者将就着过下去。

这次事件，大院的人们表现出出奇的冷静，茶余饭后也极少提及，是大人们的同情心起了作用，还是这件事件本身大家都不愿碰及。总之，新娘子夫妻的故事仅此一件，也到此为止了。

3

入夜，各家各户把矮桌子小凳子搬进屋去，各家门前又摆上了躺椅、折叠床，中央空地仅有的一盏电线杆子灯，昏暗地照着各色人等，蚊香散发着呛人的味道，随处可以听到大蒲扇呼扇呼扇的声音。

我们喜欢玩“抓特务”“打游击”“杠拐”，吆喝着尖叫着，在院子中间跑来跑去，真痛快。当然，这一切也不都是随心所欲的。声音大了，尹大娘就会拿着扫帚疙瘩，从门口跳出来，恶声恶气地骂我们，赶我们。于是我们各自跑回家。

尹大娘可以说是我们大院的领袖人物，她的丈夫是锅炉工，自己是家庭妇女，没有工作，东家长西家短的事情尽在她的掌握之中，谁家有了困难或者是两口子打架了，不过一会儿，她的身影就会出现在那里；谁家门口的垃圾桶里的垃圾满了，她也会提醒人们抓紧去倒掉，所以得了一个“热心人”的美称，人们也就乐得找她解决一些家庭矛盾，居委会也会主动找到她帮着办理一些街道事务，诸如敛户口本、查水电、收水电费等。

蒋大娘是个小脚，年轻时苦大仇深，丈夫是一个工厂的仓库管理员，她也没有工作。起先，居委会在我们大院开办了一个幼儿园，就是租的她家的一间屋，于是蒋大娘自然就成了保育员。

两位大娘年轻时没有矛盾，随着历史潮流的汹涌澎湃，两个人却结下了梁子，原因不得而知，但从两个人的言谈话语中可窥一二。有时候尹大娘最挂在嘴头上的是：“我是苦大仇深的贫农，十几岁上就没了爹，他是被旧社会活活饿死的，娘后来改嫁了，带着我到了新主儿家，后爹根本不把我当人看，时不时还打我，多亏自己是个大脚板，走起路来有力气，干起活来有劲儿，不然早就在解放前被虐待死了，还是要感谢新社会、感谢共产党。”每每说到这里时她就会往上撸一撸裤腿，露出自己的两只大脚，以显示自己是纯纯正正的劳动人民。

蒋大娘深受自己小脚的罪，仔细看脚心有很深一个窝，脚背隆得老高，十分难看，据说她不敢当人面洗脚。从 20 多岁开始去掉了裹脚布，但必须穿两层袜子，不然走起路来脚像要被掰断一样疼痛。

听母亲说，院里开忆苦思甜会，蒋大娘就控诉万恶的旧社会造成了她身心的残疾，因为小脚变形，不仅走路疼，而且总发臭。后来不裹脚了，脚趾头张开一些还像个样子，但走路依然困难。

我后来长大了，查阅有关资料得知，缠足这一摧残身体的陋习，在辛亥革命之前就曾受到不同程度的抵制和抨击。明代宫中女子是不许缠足的，清朝统一中国后，康熙皇帝下诏禁止女子缠足，但因阻力过大，几年后被迫撤销了禁令。1853年太平天国也曾下令禁止妇女缠足，不仅强制她们放足，而且不顾妇女放足后出现的浮肿，强制她们当苦役，大量妇女因忍受不了而自杀，所以也没有全面推广开。戊戌维新时期，康有为强烈要求朝廷下诏严禁妇女缠足，康有为、梁启超、谭嗣同等人还创办不缠足会。1898年6月，光绪皇帝在维新派影响下，颁布禁止妇女缠足上谕。由于传统观念作怪，许多人一时接受不了，反缠足运动因此曾出现过激做法。脚已经定型的大龄妇女，离不开裹脚布了。民国时期，有的将不愿放足妇女的裹脚布扯下来，写上妇女的姓名，用长竿挑上沿街示众，使妇女深受羞辱。蒋大娘说，她裹脚几个月后，就有人抬着筐收缴裹布，只要看到有裹小脚的，就强行解开裹布，把裹布收走。她像其他裹脚姑娘一样，听到来人收裹布了，就躲藏起来。解放后，裹脚才被彻底杜绝，而蒋大娘却因是小脚成了我们“向阳院”的另类。

蒋大娘出身一个前清的老秀才家，多少识点字，丈夫又是管理人员，对她耳濡目染也受一定影响，文化水平还是有些的，同时她又是个爱干活也能干的人，能裁剪会缝纫，但因小脚处处受限制。二十世纪五十年代丈夫在上班，居委会要人，丈夫对她说：“你是小脚，咋让你去？你这个脚害你一辈子，咋能裹小脚。”因不能正常工作，家里经济紧张，大儿子营养不良。丈夫一个人在单位，生活也没有人能照顾。后来，形势略有舒缓，居委会也需要有一定文化的人，于是蒋大娘就担任了我们院的居民小组长。

其实，两个人的矛盾还是因为担任居民小组长的事。两位大娘都没有工作，在那个火热的年代，谁不想出出头露露面，争当革命的排头兵？于是，没有文化的尹大娘就把革命目标定在了居民小组长上。

怎么样才能让群众相信自己而摒弃她？我现在猜想尹大娘肯定是颇费了一番脑筋的，从这之后的实际行动中可以看出也是很有效果的。为此，她专门晚上到居委会主任家里去了一趟……

一天，尹大娘来到蒋大娘家门口，跳着脚地骂，把蒋大娘的陈芝麻烂谷子的事都抖了出来，惹得邻居们围观，而蒋大娘的小脚是尹大娘的主要攻击对象。说她尚未改掉旧社会残余陋习，怎么能担当居民小组长这样责任重大的职务？

没想到尹大娘的行动得到了部分群众的支持，当场就有人提出要免掉蒋大娘的职务。起关键作用的是蒋大娘的邻居“南蛮子”（两口子都是南方人，说话几里哇啦，我们都戏称他们为“南蛮子”），缘由就是蒋大娘作为大院托儿所的保育员，对孩子管教不严，中午大吵大闹，不单单是影响了邻居午休，还影响他丈夫休息，其目的是破坏工厂安全生产（她丈夫在工厂倒三班需要休息）。尹大娘听着，背着手暗暗自喜。

如果是只有尹大娘一个人跳脚骂还没有什么，加上群众的反映，蒋大娘就有些受不住了。

尹大娘的行动传到了居委会，主任亲自出面找到蒋大娘做了一番思想工作，什么不要因为群众有一些意见就心灰意冷，还要干劲往前冲，在实际工作中改正错误，弄得蒋大娘哑巴吃黄连有口说不出，时间不长就主动找到主任，声称自己觉悟不高，加上水平能力有限，就辞职不干了。

之后的日子里，尹大娘虽然还没有被正式任命为组长，俨然以组长自居了，大院的方方面面事情都操起心来。

尹大娘确实比蒋大娘有工作魄力，办事风风火火、雷厉风行，嗓门也大，特别是对于处理家庭矛盾、两口子打架劝和最在行，经尹大娘一顿劝说，基本都能平息“战事”。记得那段日子，大院少不了尹大娘的高嗓门，这成了一道很特别的风景。

我的初中构想

我的初中生活就像存放着的电影胶片，随意地抽取一个片断，都有着或让人忍俊不禁或让人掩面深思的场景，丰富得就像初冬时满街的落叶。许多往事都已经随着时光的流逝一起飘走了，留下的深深浅浅的烙印，总在某一个安静的时刻不邀自来地叩响我的记忆之门；那些故事丝丝缕地缕飘散出来，被不自觉地带入往日的某个场景中去，所有的一切竟然如此清晰。此时，我居然能在如此繁多的往事中轻易地捕捉到任何一个细节，一个静穆的夜晚对苍穹里一颗忽明忽暗的星星的凝望，一个黄昏里树荫下一次怦然心动的牵挂，一个晨曦未明的日子倚在教室门口的梦，一次冬日里寒风萧瑟中的心痛和泪滴，一切的一切就像是画布上的痕迹，鲜艳而执著地留在那里。

关于初中，虽然每一个版本都不尽相同，但开场白向来无一例外。初一开学那天，我像出笼的小鸟一样嚎叫着冲向五里外的学校。那天，我穿着一件当时非常时髦的绿军装，专门花了几分钟的时间洗了个头。那天，我母亲特意煮了两个鸡蛋，以示隆重。走在路上，我还想象着自己是陈真，手舞足蹈，口中念念有词。那时香港武打电视连续剧《霍元甲》正演得火爆，每天晚上我都看，一集也没落下。电视剧的武打动作，吸引得我整天屁颠屁颠的。

到了中学，校园里很多人，大部分都是新生，也有家长。猛然有人喊我，见到同院要好的朋友小路、小斌，有种他乡遇故知的亲切感。陆陆续续又发现小学的几名同学，大家聚到一起，既兴奋又紧张地讨论着即将开始的未知的新生活。“你认为上初中比上小学会怎么样？”“这有什么，初中就是初中呗。”“初中吧，和小学肯定不同了，更高级了。”“学的课程也肯定比以前深多了，我觉得大家要互相帮助好好学。”大家深以为是，纷纷点头，七嘴八舌地探讨起来。

我站在教学楼上极目前望，想着在这里将开启我人生的新里程，热血再次沸腾。有风吹过，看见头顶摇曳的树枝，忍不住跳起来捋了一把树叶。

我们这一级共五个班，据班主任讲是学校有史以来人数最多的。我被分配到五班，在一进校的第一座教学楼的最西端，共有五十六名学生。班主任是一位姓宋的女老师。她看上去性情温和、脾气很好，这是她第一次担任班主任职务。接下来班主任讲话、分班、排座、交学费、领新书，大家既好奇，又兴奋紧张，乱糟糟的。在分配座位时，我分在了后排。

“喂，我叫小晖，你呢？”同桌的女孩主动给我打招呼。

在我十三岁的时候，在我踌躇满志要创世纪的时候，我是不屑于搭理异性的。我那时认为女孩子除了抹鼻涕掉眼泪外，实在没什么作用。当然，后来我知道这种偏见错得厉害。

多年后我又碰见小晖，她正在一家商店的柜台里站着，我去买东西，都愣了一下，认出来了，她爽朗地打招呼：“哟，老同学，难得难得，要买点什么？”我本是要买东西的，可没想到会碰到她，更没想到就打个招呼这么简单，说：“随便看看。”她说：“老同学现在哪高就啊？发财了吧？”我说：“哪儿呀，小工人一个。”小晖已胖了许多，穿着时髦的紧身牛仔，一副疯癫的模样。像她这样站在那里，居然有人会上当买她的东西。当年，她可是一身淑女打扮，就突然想起那时非常流行的一首叫做《同班同学》的校园歌曲：“那一天我们街上打个照面，想起来我们是同学还是同班，时光不知少年的梦，糊里糊涂已经过了这么多年。”

在班里乱哄哄的时候，班主任告诉我们新生刚到，互相不了解，先根据各人小学的情况介绍指定班干部，过段时间再选。班主任又把全班分为四个小组，小晖是我这一组的小组长。我的初中便这样在迷茫与期待中展开了。

小磊是我初中时代最亲密的伙伴之一，也是我每一个初中版本里的重要角色，我猛然发现我可能找到了我初中最原始的版本。我又一次兴奋不已。小磊长得非常瘦，尖嘴猴腮，一看就不像是一个正而八经的孩子。他经常捣乱，不听讲，到后来，班主任就用强制包围的方法，把经常捣乱的同学放到老实人当中去，老师认为老实者不与他说话，也就乱不起来了。宋老师首先想到了我，于是，我和小磊成了同桌。

后来，我才知道，他小小年纪就与社会上的三教九流有联系和往来。但我始终不明白，小磊是怎么入伙的，并且形成了自己的一套独特风格，作为一名社会渣滓，竟然使许多同学都受到了他的传染，其中最严重的就是我。一开始，我只是认为他是一个非常调皮的孩子，心地还算善良。但从这一点上就能看出我缺乏人生经验，真正把他当成了朋友，我真是思想单纯到了极点，竟然没有看出他是一个十足的骗子、流氓，虽然在某些方面，他比较偏袒我。

我在班里比较老实，从来不惹是生非。但有的人却总爱找点事情干，还专门欺负老实人，小锋就是这样的一个人。他满脸横肉，五大三粗，蛮不讲理，三天两头地找茬欺负老实同学，同学们都躲着他。终于有一次，他欺负到我的头上了。那天，我坐公共汽车去上学，正好小锋也在车上并且为了省几个小钱逃了票，售票员查票时，他要用我的月票，我没有给他，于是他被售票员罚了款，还被数落了一顿。为此，小锋非常气急败坏，来到班里后，他不分青红皂白就照着我前胸一拳，由于我老实，当时没有和他计较。还有一次，我正坐在课桌前看书，他又过来找事儿似的敲我的头，我气极了，正要起来还他几拳，小磊挡住了我，说：“你别管，让我教训他。”说着举拳就朝小锋打去，打得他直告饶。从此以后，他见了我，一边赔笑脸，一边问好。我在写这些事情的时候，只觉着心跳加快。这暴力和不公平的第一次感受深深地铭刻在心，以致凡是与之相关的一切景象都会使我如当初那样愤懑，而且，源于我的这种感受，只要看到或听到任何不平之事，不管受害者是谁，也不管发生在何地，我便立刻火冒三丈，感同身受。

第一次遭受不公平对待的深刻记忆与我的天性交织得太久太密了。就这样，我对小磊有了充足的好感，把他当作最亲密的好朋友，经常在一块，形影不离。也就是这样，我和他在一起的日子里，开始厌恶起学习来，学习的热情不断下滑。

这种痛苦的变化，大概在初中二年级完成，其间，我的学生手册上增加了许多不光彩的记录，我从来没有想到我竟会有那么多不及格。母亲对我的教育令我难忘，我记得以前，母亲总是说，学习不好只有去扫大街，殊不知，后来连扫大街都需要竞争，学习不好的结果已经变成了下岗失业。

我总是很认真地做作业，能在同样的时间里完成相当数量的习题，但效果相当有限。通常我还会用相当的时间去练习习题,但效果仍然有限。于是，我的学生手册上不再出现让人惊讶的成绩，让人眼睛一亮的或者令人刺激的也没有。

这年的十二月份，宋老师在上课的时候，差点晕倒在讲台上，后来就得了一场大病。为此，由英语郑老师代理班主任。五班的混乱从此开始。由于小磊在班上捣乱出了名，老师的包围策略没有奏效，反而把我这个老实人也拽进去了，上课我们经常说话打闹，于是，老师把我和他调开了。但是此举也没有奏效，混乱依然。郑老师又想出了个办法，就是任命了一大批所谓的老实学生担任“纪律骨干”,其中也有我,这是我初中担任的唯一的“官职”。其实这个办法也没有什么效果，五班的混乱更加严重。小磊因为偷学校总务处的粮票，被派出所抓住教育了一番，并在全校大会上给予留校察看的处分。经常同小磊在一起的还有小勇、小军等人，他们和社会上的那一帮三教九流合伙，同另一帮三教九流在大街上公开打架斗殴，成群结队的学生围住观看，造成交通堵塞，交警出面才维护住治安。这件事情还惊动了有关报社的记者，不但加以采访报道，还惊动了教育局，只是因为这些人里边哪方面的人都有，乱七八糟的，分不清头绪，最后也就不了了之了。

时间总是过得很快，似乎眨眼间，已是桃红柳绿，田野青青。我们在饱尝了嫩嫩的榆钱儿、香香的槐花后，已脱去臃肿的棉衣，换上清爽的单衫。初中的课程虽比小学多，但老师要求并不严，少年的我们毕竟还没到自觉的年龄，也就乐于玩耍。

这天上午,有两个女同学正在嗷嗷地互相吼叫。本来她们就是一路货色，平时酸酸得直让人倒牙，同学们给她两个起了外号：一个叫“粘粘胶”晓宁，一个叫“叨唠唠”晓云，这外号都是源于她们平时的具体表现。也不知她们两个为什么吵了起来，一个不甘示弱、一个大显身手。以嘴代手，这是她们的特质。两个人争吵着，就有人在旁边起哄、捣乱。我一上来是坐在前面看热闹的，后来她们吵得越来越厉害，弄得我头晕脑胀，迷迷糊糊，最后不知所云了。但这只是前奏，下午上课之前，班内又发生了一件比更加轰动的事件。

这时，我正走进教室。突然，一阵骚动，同学们吱吱呀呀的，好像在传看着什么东西。一会儿，这件东西传到了小磊的手中，我侧头一看，上面写着：

亲爱的晓娟：

我知道我实在不该给你写这封信，或许我还会遭到你的鄙视。但是，我实在止不住内心的激动，实在是想告诉你：我很欣赏你。我被体校老师看中，体校老师说我身体健康、发育正常、体形优美。希望能和你成为朋友。

你的小桐 × 月 × 日

纸条很小，好像是用一张废纸写的，从一开始我就怀疑这件事的来历，有可能是有人造谣。因为，晓娟和小桐都是我的小学同学，那时他们是同桌，经常在一块探讨问题，当时班内的调皮同学就编造他们谈恋爱的谣言。小磊知道我们是小学同学，就故意问我是不是真的。我很反感地说："我从来不关心这样的事。"小磊碰了一鼻子灰后，似乎没有了兴趣，就不再追问了。

情书的当事者晓娟此时一点都不知道这时班内发生的事情，也不知道十三四岁的中学生们此刻正在教室迎风吐蕊。当她走进教室时，班里的另一个差生小军正在低声向全班同学念着情书内容。晓娟简直不敢相信自己的耳朵，她的额头上沁出了汗珠，泪水已经在眼眶里打转，但是她强忍着不让它滴落。她不敢抬起头，不敢看那么多嘲笑起哄的鬼脸。她把头深深地埋进臂弯里，哆哆嗦嗦地伏在桌子上，身体一直不住地抖动，她强烈的自尊心从此天塌地陷了。

后来，我在小军的嘴里知道了这件事情的底细。这是小磊和另一个叫小勇的同学制造的案件，小军参与其中，充当了极不光彩的朗读者的角色。

其实晓娟在这个季节正陷入某种危险，所有的事情都发生在她的背后，在她纯洁爱情的反面结出了初恋的涩果。当初，她的忧郁的目光软着陆在小桐的身上是一种偶然也是必然。中国正在涌起的足球热，培养了足球新人的同时，也培养出自告奋勇充当啦啦队员的晓娟的感情，在尘土飞扬的操场上，按耐不住青春跳动的心脏，产生迷离的情感是十分必然的。

情书事件打乱了晓娟的方寸，在休学一段时间后，从此一蹶不振，在经过一年的学习后，早早地踏上社会，到公交车公司担任售票员。小桐怀着几分惆怅和懵懂的心情结束了两人之间的恋情，也结束了一段命定的青春历程。

初中二年级，来了一个教语文的李老师开始担任我们班主任。我对数学始终提不起兴趣，另外当时正热衷于语文，对此也没太在意。常言道新官上任三把火，李老师要在全班重新选举班干部。说这次评选不以学习为唯一标准，要全面衡量，唯贤是举，只要自认能紧密配合班主任管理好全班，敦促大家德智体全面发展的，都可以积极参选。经过大家选举，评出了三名候选人。在所有的职务中，班长无疑是最吸引人的，而在候选人中，最被大家看好的是小祥，他性情温和，学习也较好，在同学间很有人缘。其他候选人也并不是没有想问鼎班长者，小组长小楚就是一个，因此初期他跃跃欲试，大有非其莫属之势。

小祥的班长当得还算可以，有副班长晓君和学习委员小武帮衬着。小楚也明显和他熟络起来，班里秩序一片良好。有时我想，小楚实在是一个人物，能上能下，比我辈高明许多。

但事与愿违，小祥突然得了急性肝炎，休学回家休息去了。这就又掀起了新一轮的班长竞争风波。

李老师是一个聪明的人，他首先让平时调皮捣蛋惯了的小勇担任体育委员并代理班长。小勇此人，乍一看就知道他的血液里流淌的是一股反叛的浓血，加上在社会沾染上的不良习气以及和社会渣滓鬼混熏陶出来的心狠手辣的性格，我想李老师毕竟年龄大、心眼多，利用他可以一箭双雕：在他的威严下一方面震慑住一批人，另一方面，把他那一帮的人也管好了。小勇确实是个地痞无赖，在管人上，既威逼谩骂、动拳头，又似以情感人，好言劝阻；有时故意网开一面，取得同学的好感。在小勇统治的几个月里，同学们既迫于他的淫威，又感谢他的不斤斤计较，确实相当安稳了一段时间。

三个月后，小祥出院了，老师为了安慰他，同时继续重用小勇，就让小祥也担任体育委员，这样，班里就有了两个班长和两个体育委员，恐怕这也是改革的产物了。小祥表面上无动于衷，内心却极不服气，暗地里组织了一帮学习好、平时依附于他的同学为他所用。

李老师在利用小勇的同时，也决不会让这样一个差生当真正的班长的。不久，他就提出对班委会再进行改选，指定了四个候选人：副班长晓君、学习委员晓嫜、一组组长小武、三组组长小楚。候选刚一开始，晓君就主动退出了竞选，她向老师提出的理由是身体不好、威信差、管不住同学、不想耽误自己学习等等。晓嫜也提出退出竞选，甚至提出不再担任学习委员，想一心一意考取重点高中。老师在佩服她们的同时，同意了她们的退出。

这天下午，老师组织我们讨论人选。我们组的同学一致认为小武比较老实，能够主持公道，大家愿意推举他当班长，于是名单报了上去。讨论后，同学们私下之间又展开了民间讨论，大体知道提名小武的占大多数。第二天一早还没上课之前，李老师拿着一张纸，当众宣布了昨天的选举结果：小楚当选班长，小武当选副班长。结果一公布，全班哗然，议论之声一片。

小楚竞选班长的成功，使他获得了一系列职务，如学校学生会副主席、团委宣传委员、班团支部书记等，他成了老师绝对的亲信。同时，作为刚刚担任代理班长不几个月的小勇，心中暗暗难过，小楚的当选，使他失去了班长一职，他的包括小磊的朋友，也是决不会轻易罢休的。而原班长小祥，更是咬牙切齿，欲先报仇为快，但是他的阵营太软弱。一个小小的初中班，就浓缩了这样的种种争斗，在无意中埋下了件件矛盾，本为主业的学习反而成了学生们的副业，这难道说是一种正常现象吗？

矛盾的积累一般都有先兆性，一旦到了临界点，一点火苗就能使矛盾如熊熊火焰般爆发出来。有一天下午上自习课时，小楚和小勇终于发生了冲突。在自习时，同学们像往常一样，有的是在真正学习，有的依然小声叽叽喳喳，作为班长，小楚坐在讲台上进行监督，如果同学稍有错误举动，他就把名字记下来，课后报告老师。

这一天，小勇好像是故意找茬，多次同前后位同学说话，被小楚当场点名，小勇火了："你凭什么当着全班的面说我，你看你坐在讲台上耀武扬威的样子，我当年坐在上面时候，你还在下面受我的管教。”一句呛话，激起了小楚的愤怒:“我不管，你违反纪律就得记下来，这是规定。”说着说着，小勇就破口大骂，一边骂，一边拿起书本砸向小楚，两只眼睛突着血丝直勾勾地盯着他。小楚也不示弱，也盯着他，发胖的脸明显在颤抖。过了一会儿，毕竟小楚修养好一些，就慢慢地垂下了眼帘，只剩下喘着粗气了。但小勇上来了泼气，仍然直勾勾地盯着小楚，眼睛都红了，看样子还没有平静下来。“老师不在的时候，狂得要命，老师一来就都没本事了，和猫似的，”小楚似乎不甘示弱，低声地说。小勇又找到了理由继续反击道:“咱看谁厉害。老师来了，我当着她的面骂你。我告诉你，小楚，你这个混蛋，以后小心着点。”

这件事过后，李老师确实要弄了花招，他又宣布了一个决定，鉴于小楚担任学校和班级职务太多，学校的工作比较繁忙，班级的日常管理由小楚和小勇共同进行，没有主次之分，自习课也由他俩轮流监督管理。同时，为了安慰小祥，让他继续担任体育委员。还给小勇安排了军体干事这样一个古怪的职务，于是，同学们更加迷茫了，听谁的也不是，只好看人下菜碟了。同学们的表面混乱看似在这一政策下平稳了，但内心的混乱更加狂躁。后来我才知道，李老师是在利用他们两个人，许诺小楚在中考的时候多加分数，也许诺小勇初中毕业时不用考试就发毕业证。

年轻的生命也毕竟是快乐的，不久大家也都恢复了平静，又在一块有说有笑了。人们常用光阴荏苒来形容时间的飞逝，那是过后的感慨，当时并不觉得，还会显得漫不经心。至于少年的我们，是不会白白放过那一季的花锦繁簇。五月的天气已是很热了，我们蛰伏已久的愿望，再次蠢蠢欲动。

这是一个星期六的下午，学校安排一些文体活动，教职工也不例外。一群男老师在踢足球，球到哪里，女孩们便一拥而上尖叫起来。左盘、右带、铲球、倒钩……真奇怪，足球怎么有这般吸引力。球赛对男人来说是一种比赛，女孩子则更多视其为游戏。

这一年学校举办教职工的球类比赛，这天下午轮到初中年级组和高中年级组比赛。我天生不喜欢运动，体育项目在我这里基本是盲区，但学校的集体活动又不得不参加，只好木然地坐在看台上想着自己的心事。这时，正在化学课严老师脚下的足球，从足球场滚到了我的初中第一个同桌小晖脚下，他冲小晖喊道：“哎，帮忙捡一下球！”小晖第一个捡起球，跑到足球场，脸色桃红、略有羞涩同时又带着兴奋地把球递过去：“严老师，给你球！”说完转身回到看台。此时那帮男生劈头盖脸地喊：“你好野！”

“我，我就是去捡了个球，有什么？”“是，你是捡了一个球，还捡得很准，”小勇奸笑道：“为了严老师，值得！”小军也在一旁怪里怪气地帮衬着说：“这叫爱情至上。”小晖冲着他骂了两句，小军一缩头不说话了，他知道小晖是有点母夜叉的脾气，发作起来可是不好惹的。

突然，小勇煞有其事地发问：“你们说，如果我们和女生玩篮球，谁会赢？”“这还用问吗，当然是我们赢！”“错。你敢和一个小姑娘抢球吗？不敢吧，不敢就输！”“这又是你的谬论。”“这不是谬论，有科学根据，异性相吸嘛，美国就利用这种心理，每样工作都让男女合作，以此来提高效率。”“得，踢球吧！”

那天上化学课，小晖戴着金项链，没人发觉，她便故意翻出来，露在外面，心里还在寻思着如何炫耀。小军看见了，轻蔑地笑笑，故意逗她：“你的链子挺好的，哪个小摊上买的？”“去你的、纯金，24K 的。我二姐从国外给我带的。”小晖顾不得课堂纪律了，提高了嗓门，恨不得把她的事一股脑儿说出来，让全班都听见。这时严老师对着全班同学笑道：“社会主义松一松，资本主义攻一攻，这是历史教训。”

这时，严老师对小晖说：“小晖，等会儿我们和高中组的老师比赛，你们给我们当啦啦队好吗？”“我们巴不得呢！”这回可让小晖逮着个机会“表示”一下了。其实是她自己巴不得。

有女生当啦啦队就是不同，严老师踢得十分带劲，满身是汗。有窈窕淑女助威，绝对的新感觉，挥霍活力。小晖的眼睛一刻也没离开严老师，简直像追光灯似的跟踪着。

“你们说我们老师哪个最出色？你们说什么样的老师好？”小祥突然问这么个问题。“我不知道哪个老师好，但我知道小晖觉得严老师好。”小军一刻也不忘“复仇”。“小军，我就玩你一次，你可玩我两次了，咱们扯平，你要再针对我，我就对你不容气了！”小军一看小晖架势不对，赶紧告饶：“我不敢了！”

事后，小磊侧着头，像要套话地问我："你觉得小晖是不是对严老师有意思？"我想说又不敢说，说出来会很让人猜忌的，话到嘴边又吞下去，笑道："你的问题怎么像少女日记里的独白呀！"小磊又问另一个同学小金："你觉得呢？"小金没说，也不好说，就摇摇头。"虚伪，太虚伪！"小军又叫起来，"说出来有什么，又不代表什么。我还觉得雷锋好，怎么了！不就是说明尊敬他吗。瞧你们一个两个紧张的。"

第二天比赛时，小勇突然一脸真诚地对小晖说："我觉得严老师有一种潜在的爆发力，挺厉害的。""严老师？"小晖瞪大眼睛疑惑道："我不是说好，只不过我觉得他身上有一种冲劲，爆发力。""严老师很厉害的。""他现在已经很厉害！""好球！太棒了，严老师！"小晖突然叫了起来，女孩子一哄而笑。

"赢了，我们赢了！"我们立刻跑到足球场，递了张面巾纸给严老师的是小晖，严老师毫不客气，面巾纸上立刻印上个又黑又湿的人中。

蝉在这一年的夏天依然抒情地鸣唱。

我想象着我在这一年，选择了这个有风的午后开始记录当年的流水账，似乎相信这样的气候有益于我的回忆。日子一天天从我家南窗穿梭而过，我的心情平静如水。在潮汐般的闹市之声和轰轰烈烈的城市改造中打夯机敲击城市的每一片废墟的合奏中，我竟然分辨出另外一种声音，那是不知哪一年小孩子上楼顶玩耍时遗落在上面的一只彩色风车，在楼顶平台上旋转的声音。好久没有风了，好久没想起那只风车了，现在我意识到风车旋转声对于现实的意义，所以我说，平静如水。

时间过得真快，我们已经上初中三年级了，又一次面临着人生转折的选择。开学的第一节课就是令我头疼的数学课。上课铃声响过之后，还沉浸在暑假兴奋中、吵吵嚷嚷的同学们不再吵闹，老老实实地回到座位上。数学课赵老师在黑板上写下了几道题。

"这是暑假里我出的题，我想你们已经思考过了。好好想想，下节课我就要提问。"同学们呈现重新思索之状。赵老师转身往黑板上再写什么，突然停住，问到："小军来了没有？""没到。"小楚干脆地回答道，说完后一脸严肃地看着老师，好像在等待着对小军的宣判似的。

“又迟到！上学期考试得分最低，又是榜上有名。”赵老师用命令式的口气说，“小楚，他一来就叫他找我！”小楚答应完后，洋洋自得起来。

我想此时小军可能就站在校门口外。我知道小军不能在这时刻进校，他要等自习课完了再进校门。原来，学校有个规定，凡是迟到的都要记名字记班级，超过三次就全校通报。校长、教导主任人人专在自习课时候在校门口恭候迟到生。小军是老客了。教导主任一见小军，就说：“又迟到了！”后来小军给我说，他摸索出一条经验：迟到一会儿不如大大地迟到甚至缺席，若过了这个早自习，等校长、主任回办公室，就没人管你了，可以大摇大摆地进去。

后来我知道，小军就躲在楼道里等早自习下课。反正作业没做，进教室门老师也不会放过他的。“为什么不完成作业？”赵老师一定会问。

铃声响过后，小军进了教室，就听到小楚叫他到办公室找赵老师。小军怪叫了一声，跑向办公室，偏在路上就碰着了赵老师。对小军来说，赵老师满脸都是方程式。

“小军，你这回考试怎么回事？几乎是空白卷！”还没等小军找词来回答，上课铃声就响了。

听赵老师的课要全神贯注，她讲课不像有些老师那样眉飞色舞。别的不说，单是那口因年龄漏风撒气的嘴，已让一些学生抗拒了。所以课堂上做小动作、交头接耳的时有人在。

课正上着。一个纸团突然打在小勇的脚上。这个凭空飞来的“炮弹”使这位正在出神的军体干事吓了一跳，捡起来一看，是幅赵老师的漫画。画很夸张：眼睛是三角形的，鼻子是个大蒜头。还特别突出额头那条寸把长皱纹，把它画得又粗又浓。小勇拿着纸团，心里纳闷，这是谁画的？他觉得怪无聊的，想了想，一定是后边小军扔给他的，转身还给他，偏巧小军正在打瞌睡，毫无防备，被小勇这么一碰，手一哆嗦，铅笔盒咣当掉在地上。他忙低头去捡，全班都笑了。老师上课最恼火的就是有人捣乱，她很不高兴地说：“还上不上课了？”同学们立刻静下来。赵老师接着讲课，“啊，这个……”刚才那么一折腾，她记不起讲到哪儿了，把讲过的东西又重复一遍，有同学提醒道：“已经讲过了。”

赵老师也觉察到了，有些不好意思，嘴上却说："你们再听一遍也不是多余的。"提醒他的同学吐了吐舌头不出声了。

再说小军打开纸团一看，暗自叫绝，心想，小勇绘画有点天才！画得如此形象！平时，小勇可以说是他们的领头人，今天，小勇会把自己画的画给他，小军有点"受宠若惊"，于是顺手写上"赵老师像"，扔回给小勇。可这一扔，扔过头了，扔到讲台前。

赵老师赶下台来，心里还正为刚才刘守军的捣乱不痛快呢。她捡起纸团一看，脸色骤然大变，抖动着那张漫画，吼叫道："你好本事！"小军见状，立刻支起书，头缩了下去。

"你站起来！"小军老老实实站起来，嘀咕一句："又不是我画的！""那是谁画的？"小军眼睛来回瞟小勇，等着他站起来。终于他失望了，但是他仍然没说出"小勇"两个字。

"不是你画的？"赵老师冷笑两声，"这是谁的字？"小军的嘴角动了两下，没发出声，好一会儿才说："是别人递给我的。"小勇这时站起来，对小军说："是你扔给我的。"小军怔住了，张开了嘴，没合上，看看小勇，再看看赵老师，眉头皱起来，目光是愤怒的，他重重一摔数学书，骂骂咧咧地坐下了。这一举动，再次激怒赵老师："你……你……"气极了的赵老师说不出话来。

"好了，我也不想再说什么，你到办公室去，带上你的书包！"赵老师今天不知哪来那么大的劲儿，能把小军连拉带推地揪到办公室，把漫画丢在办公桌上，气急败坏地说："这叫学生吗？敢恶意丑化老师！"赵老师把前前后后事一说，老师们颇有同感地感叹：现在的学生真难教。也有老师过来，劝道："别生这么大气。"小军大大咧咧地站在老师跟前，脚打着拍子，仰着头，两眼看着天花板，一副满不在乎的样子，这个神态再次激怒了老师。

"站好！给我站好了！"这个命令没有生效，小军还是那么大大咧咧地站着，眼睛眯起来，用一种毫不掩饰的轻蔑的目光看着老师。于是，老师们挨个训他。

"李老师呢？"老师们开始找我们的班主任。"等你班主任回来再说！"小军仍然大大咧咧，一副没事似的仿佛在马路上看热闹的派头。这时，政治老师问了一句话，引起老师们的注意:“小军到底画了多少张老师的漫画?丑化了多少位园丁?”小军突然恼了起来:“我再说一遍，不是我画的，不是我画的!”说完，拎起书包就跑出办公室，重重地关门。

我之所以对小军在老师办公室的表现如此清楚，是因为事后小军把他的表现当着我们的面进行了详细的描述。

第二天，小军没来上学，这次弄成这样，后果难料。同学们议论纷纷，揣测着他的将来，有同学说他会被开除的，有同学说他已经不准备读了。果然，这个事件后的一个星期，李老师就宣布小军退学了。

我为小军鸣不平——他是冤枉的。只有我知道事情的全部真相，那幅漫画是小磊画的，也只有他有这能耐。他本想扔给小军，让他欣赏他的杰作，却扔到了小勇身上，小勇又传给小军，再后来……

赵老师一口咬定是小军画的。小军和小勇两个又互相怀疑。却没人猜到是小磊，他真让人失望，他自己做的事却让别人替他背黑锅，平时他与小军还是很要好的。有些人就是这样，平时说话一套一套的，动真格时却胆怯，真是人不可貌相。写到这里，猛然发现，我不仅对小磊失望，也对自己失望，我不是和他一样胆怯、怕事、逃避吗?我知道事情真相，可我也不敢说。我永远是个矛盾体，一方面追求正义，一方面却明哲保身。

测验在一次次地进行，而我的信心在一点点地消失。我因为我的成绩而不自信起来，我觉得我是一台旧机器，每天吞吐着数量可怕的习题，所有的感觉就在这最强力的感觉的阴影下渐渐麻木。大多数同学都是这样，我看到，教室里的生命气息真的是气若游丝了。

上课了，教英语的郑老师进来，手里拿了一叠考卷说:“今天进行一次单元考，桌面除了笔以外。其他东西都收起来!”“又搞突然袭击!完了完了!”有人习惯性地嘟囔着，但是卷子一接到手，便只有埋头答题了。郑老师出的卷子总是满满当当，不抓紧时间很难做完，埋头做题是正道。

不过，半个小时后，有些人像化学反应中不安分的原子，开始活动了。老师望着窗外，好像在欣赏什么。有的同学放心了，将问题写在小纸条上，揉成一团扔给最后一排的同学。就在这时老师转过身来，巧的是纸团不偏不倚正好落在后面的垃圾桶里。老师皱了一下眉，没有言语，低头改作业。有的连忙又扔了团纸过去，老师走下去拾起来，一看是张白纸，警告大家上课不要乱扔垃圾，又回到讲台。

以上是我初中学习的实际情景，那是我一生中最伤感的时光。我始终认为，一个人短短数十年，真正能无忧无虑、快快乐乐、痛痛快快地去玩儿的时间毕竟有限，有的人可能还没顾得上，生命却已走到了尽头。因此，有的人暮年回首，除了一路沉沉零乱的足迹，竟没有其他了，一定会有一种伤感吧。而在后来我见过一些十字架下的“人造天才”，少年的眼中呈现的却是一层老人的灰霭。

我爬上山顶是在黄昏时分，城市在夕阳的残照中显出一种温暖的橘色。城市很大，我很小，我站在山顶上时觉得自己小得可怜，世上有好多对比让你鼻子发酸。我看见那只断臂的树孤独地站在夕阳残照中，我头一次闻见木头的腐味。

我的初中时代就如此突兀地结束了，几乎就在一夜之间，来不及伤感。

有了这样的一段生活让我可以重新反省岁月本身的魅力，它可以令往昔的记忆都不断后退，成为一个模糊的背景，然后突出它的鲜明，它的别致。很多在课堂里老师们面授的课程都已淡忘，可是校园里那种雨季里特有的清新、宁静和一朵开了又谢的丁香花的芬芳却是那样明晰地印在我的记忆里。我知道时光难再，旧景不复，我只是一颗小小的珠子，在一个巨大的檀木盒子里熏染了一回，所有的不同也就是那样不经意地透过了。

在经历了亲密、碰撞后，三年初中的同学们各奔东西，大多数不知去向，甚至几十年后有的连姓名都忘却了，可是那一段岁月的伤感、迷惑、惶恐，经常会深深浅浅地浮现于心底，偶尔潮湿一下，在人生记忆长河中刻下一道令人回味的痕迹。

泸州来信

某日，翻检旧物，发现一些书信，那段远程交友的记忆被检索出来。

二十世纪九十年代初，电脑还没有普及，上互联网似乎是很高贵的事情，写信依然是最普遍的联系方式。南方有某机构以文学名义创办交友沙龙平台，使得各地文友自由交往，遂有我的泸州来信。

文友是一名中专女学生，二十年华，我们通信两年有余，后因各种原因戛然而止。三十多年过去了，早已不知来信人的踪迹。现撷取几篇关于她感情的信笺，原汁原味不作修订，隐去姓名，权当故事来听。

敬爱的远方朋友：

你好

今天中午偶得一篇《忧伤的美》，是写关于爱情的痛苦和忧伤。我比较赞同那种如同“月缺是诗”的观点。我还有两个多月便进入双十年华了，也同样有着自己的爱情故事，确切地说是一个单相思的凄美的故事。

他是我的同学，初中小学同在一个子弟校，同在一个班。他和我都是老师的宠儿，成绩优秀便是可以遮百丑的优点，但他对于我而言绝不只是个书呆子。他的书法是我自小偷偷模仿的佳作；他的作文是老师惯例要念的范文；他的业余爱好，诸如绘画、听音乐、钓鱼、爬山等也更让我觉得他的儒雅，以致欣赏不已；还有他自然而然现出的孤高、沉默和少而有趣的幽默语言，这一切更让我暗暗倾慕于他。

高中他读了泸州六中，我读了泸州二中，不在一个学校，但每天早上、晚上放学乘车却时常见面。我自己也常故作淡然地向与他同校的同学打听一些他的情况，每有一则，便暗自欣喜一阵。

高三预考前夕，我鼓足勇气敲响了他家的门，借着问问题的机会，我们在一起天南海北地闲聊。那些日子，我静静地坐在他身旁，以听他谈论为快乐，也从他的言语中愈发感到他思想的成熟和深邃。然而这段接触是那么短暂。预考后不久，他的父亲出差回来了。对他的高大、魁梧、显得威严的父亲，我是一向从心里感到害怕的。于是那段交往便宣告结束了。高考，他以594分的高分上了天津大学，而我却名落孙山，只好又进泸州二中去补习，从此两地遥遥。我想着与他在一起已是难以成真的梦了，便轻轻放下对他的爱恋。

我在高四虽有些进步，但对着千军挤破的独木桥失去了信心，加上家里的暗示，我只惨惨地走进技校的大门。这样，那个梦是更加渺茫了。可就在这次寒假，他却重新向我渐已平静的心湖投下了巨石，掀起了滔滔的浪潮。那是一个和往常无异的夜晚，但因了他的来临，便变成了难忘的一夜。那晚，我、他、还有一位要好的男同学，我们从九点一直聊到十二点多，还不想罢休，但考虑到家里和邻居的休息，也只好暂止了。以后连着又是几个夜晚的长谈，还共同筹办了一个同学聚会，搞得热热闹闹、有声有色。这所有的一切，使我深深地感到一年半的大学生活又将他改变了不少，他从过去寡言、不喜与人（各类的人）接触，变得那么畅谈且善交际，从外形上也变得潇洒而有风度了，思想也日渐丰富。可以说，他不乏学识，不乏活力，不乏才干，不乏热情，因而也就让我陷了进去。

寒假很快又过去了，他再一次远离了我。回到学校，寒假中的情景，他所有的音容笑貌，一次次地重映在我眼前，对他的思念那么挚切，我终于鼓足勇气向他寄去了一页写满思慕的信笺，苦苦等待了近半月，个中的煎熬让我痛苦不已。终于，等来了他的信。我的希望破灭了。虽然他也爱我，然而天各一方的思念是无法熬过的，他怕现在我们任感情的洪水决堤，会为此后造成无法弥补的痛苦，以致影响终身，趁着现在大家还只有友情没有发展为爱情，便将它转换成为友谊。经过审慎的思虑，我答应了。如今我们就只是做着普通朋友，通信交往，但我知道这只不过是欺骗自己欺骗他罢了。这么长长的相思岂能如此轻易地转换为友谊，我没有信心。或许几年后，当我重新遇到一位可以让我心折的人时，这大约是可以加速对他的忘却吧。

我常对自己说，忘记他，振作自己，但常又在夜深、梦醒之时想起他。有时真恨他的理智，恨他将自己的心牢牢束缚住。可却也知道他的确是为我好，因为到时受伤害最深的只可能是我，是我一个对感情看得很重、很纯的尚天真的女孩儿。

算了，不说那些了。你是否看过钱钟书的《围城》。以前我在杂志上读过它的部分章节，还以为这部书定很晦涩难读，可那日看了之后却牵挂起来，于是找到同学借到了这部书，没翻上几页就放不下手了。书中幽默的文字让我折服不已，还有那些形象的类比，中肯的哲理，所有这些使我深深叹服作者学识的渊博、阅历的丰富和见解、说理的独特魅力。可毕竟是借别人的书，匆忙看过后，不得不归还，但寻遍了泸州市的书店，没有它的踪影，于是我很唐突地向你求助，不知你是否可以看看你那里有没有，代我买到并将它邮来，我定然感激不尽。

好了，怎么样，我啰里啰嗦说了这一大堆，让你见笑了。

祝工作愉快 学习顺心

1991年5月29日夜

亲爱的朋友：

你好

现在我已坐在家中的写字台前给你写信了。

收到你信的那时，我正在奔命于期末考试。因为平时没有刻苦学习，全靠临时抱佛脚，因而也不敢大意，便将回信给耽搁了，请你原谅。

首先谢谢你不辞舟车之苦为我觅得《围城》，上封信寄出后与好友谈及托请之事，她责我太过唐突，细虑之下，也觉自己是有些突兀，然幸好你的坦诚一如我的率直，没让我过分感觉冒昧，随这封信寄上书钱，请不要辞却，你的辛苦我已是无法当面致谢，再不要让我于心难安。

回到家中已有几日，和亲人在一起的时光，总是十分珍惜。四川的这个夏季颇不宁静，或燥热难当，或大雨如注。在校的那些日子是颇为难过的，夏夜独有的沁凉爽人，在我们高高的五楼上是没法体会到的。那些值夜老师总让我们女生端个小凳背靠墙壁，在走廊上逃避寝室中的闷热，呼吸自由清新些的气体，还让我们差点顶礼膜拜了。也因了这些，我们便对伴着响雷闪电，携着狂风的瓢泼大雨倍加青睐。或躺在床上或坐在走廊里，虽有些顾忌闪电，却也是那般神喜。有时甚至想跑到足球场的旷地上去接受这自然的赐予。

我时常有这种感觉，自己似乎生活在一种无形的抑郁之中，不知道如何去开始一些事，又结束一些事。当坐下来静静地思虑它们时，或茫然无绪，或难以决绝。

本来对于那段感情，我随着时间的推移，藏到了心里更深的地方，在一个人安静的时候，或夜晚走在寂静的街道上，或躺在床上时的一闪念间，会想起他的模样、他的话语、他的动作。就在前天，我突然接到了他的来信，在一刹那间，这封薄薄的信笺，重又激起我内心深处最脆弱的情感。信里说他大学生活的丰富多彩，说他的学习、生活，说他对我的思念。思念，正是这个词组，让我不知所措，甚至让我开始幻想是不是有重新开始的可能，然而，理智占据了上风，我还是在给他的回信中很婉言地再次强调我们的友谊，希望把这份感情藏在心底。当写到这里时，我流泪了，止不住地抽泣，这也是我们分手两个月后我第一次感情迸发，我这才知道，我不想把他忘掉，甚至可以说就是忘不掉。

写到这里，真是让你见笑了，让你看到了我脆弱的一面，倘若有时心智清醒些，我都为我的举动感到可笑，甚至可悲。现在，我只想抱着顺其自然的态度去期许意外的惊喜，我真的深恐这种态度是我以后成为悲剧的主因。

是不是很老套的故事？它却真真切切发生在我的身上。

对了，新近搬了新家，邮局就在我家旁边，你来信我自会去取的。

好了，笔不前驰。

祝：工作顺利！

1991年7月2日

敬爱的朋友：

昨日收到你的来信，便欣喜不已，而现在我刚刚看完了《傲慢与偏见》这样一部美丽的作品，心境的畅快便可想而知了。

还记得你信中的祝语“希望能听到你的更多的故事”吗？实在无法让我平静地读过，真是笑坏了我。或许我错解了你的意思，因为我们这儿在如此语言环境中用“故事”一词，便是指爱情方面的。然而学校中对这类事情尤其敏感，是绝对禁止的，哪怕男女生并肩走在一起，也要怀疑，我们为了免惹麻烦，也就“照章”办事。说实在的，这对于我们这个年龄的同学来说，简直荒唐。不过对我班大多数女同学来说倒没什么，因为不可能有时发生，周围的男生合意的几乎没有，倒不是眼光高，实在有种“曾经沧海”的感慨。

你喜欢一个人独处，安静地欣赏音乐，这正如我一样。在家时，我有一间小屋，常常把自己关在屋中，放一盘音乐带，静静地坐在写字台前，或躺在床上，任思绪飞扬，去欢喜或悲伤。这似乎成了我们这一代青年的共同爱好。

离放假只剩五十余天了，既期盼，又含着一丝担忧。曾经与你提过的我的同学，寒假是必定要回来的。虽我不会去主动接触他，但以他的为人，他定会来找我，这正是我所担心的。我不忍避他，可却怕再次陷入痛苦，真的很矛盾。如果我是一个潇潇洒洒的人该多好。

好了，下次再叙

1991 年 11 月 28 日

亲爱的朋友：

终于盼来了你的信，心里一阵激动，急切打开，原来是你出了趟长差，请不要对我上次信中的怨意介怀。

我很喜欢既忧伤又美丽的诗，那种薄雾般的朦胧的感觉，令我心中渗出淡淡苦涩。说至此我就会难过，我常常有感却无言，即便是有言，也难言深、言尽。这次元旦，我给天津那位同学的贺卡上写下了《纪念》，抄如下：

不再唱的
是那只不朽的歌
不再来的
是那些已冰封的日子
不再有的
是那份已深锁的激情
只是
心痕依旧
心痛依旧

自己读后便觉得很直很浅，但我却绞尽脑汁也无法再用好些的言语来表述我这番情感。如果是你，你会怎样表达呢？

你信中的言语让我感动。在现在的时代，即便我还没走出校园，一直在纯纯的粉色中生活了二十载，但就已感到了许多的伪善和虚假。面对那些，常令我义愤填膺，切齿痛恨却又无可奈何，可是你，我未曾谋面的远友，则又让我拥有了一份纯真的情谊。真心的付出，得到真情的回报，这不能不让我在这彻骨的寒冬也倍觉温馨。如果说，有的人将我们的交往看成幼稚，那我会微笑着对他（她）说："我唯愿自己永远年轻。"我相信，你定也会同意我的观点，是吗？

不知你印象中的四川气候是怎样的，可就在我们骄傲地向人炫耀："穿一条单裤，两件毛衣便可过冬"的时候，27日清晨的天空便开始飞舞起轻盈的雪花了。说来你会说我见识浅，我生命之船已驶过二十个港湾，却从没亲邻过一场冬雪，没有神采飞扬地接过一片雪花。所以，你可以想见当我确知天上那越飞越多、越飞越急的絮状小片是雪花时，那难言的激动和兴奋了。那天，我们所有的人都被这热情环绕着，尽管搓着手、跺着脚，依然忍不住久久地伫立雪中或窗前观雪景。晚上，雪稍稍积了一层，同学们便迫不及待地提上桶，端上碗，去抢雪，待丰收后便嘻嘻哈哈地开起了雪仗，平日里所有的面具都摘了下来，还了幼小本真的自己。第二日清晨，忍着痛从被窝里出来便忘情地欣赏起远远近近一片片白色、苍茫的美景继续扫雪打玩，好轻松。

好了，下了课我便要背上行囊回家过元旦了，好激动，好高兴，无以言表，加上寒冷的冬天，手都在抖，字字颤乱，勿怪。

祝来年快乐！

1991年12月30日

亲爱的朋友：

混混沌沌，两个多月的时间又过去了。

记忆越来越遥远，越来越模糊，常痛切地感到似乎头脑中留住的东西所剩无几了。慌慌地去翻日记本，又觉得那些文字中隐露的情感都已不再动人心扉，不再使人心热耳热。有人说："人不应沉迷于过去的岁月，不论它是辉煌的还是暗淡的。"但是我的悲哀便恰是常喜欢那些已成旧迹的日子。

回校三日，过得匆忙而悲哀。有个平日里玩得很开心的男同学，在临走前一天晚上竟喝醉了，来给我讲他寒假盼了我很久，他家里的人也非常希望我到他家去，弄得我很难过很烦心。虽然我在班上的男生中最喜与他玩闹聊天，也曾心动过，但最终我还是拒绝了他。因为他无法让我感到安全，无法让我信任他。他交过两个女朋友，喜欢他的女孩子也很多。他聪明却不踏实，常给人油滑的感觉。所以虽曾感到过他对我的真诚、关心，却依旧不敢把自己交给这样的人。况且我们不在一起实习，分配也很难在一起，虽他说不考虑这些，到时他及家人自会解决这个问题，然而让自己陷入或许永远无法解脱的痛苦中，却不是我所期盼的。

而我曾欢喜的那位男同学的身影却时时会浮现在我眼前，而且不时地要拿他同别的男生相比，看来，我还是走不出感情的阴影。

写了这些，想到这层，我对自己将来的感情以及婚姻真的悲观极了。我怕我会怀疑任何人对我的感情，即便相信它的存在，也不相信它会持久。真的不知自己是怎么了。

你呢？如今你如何？这么久不来信，莫非交了女朋友，抽不出时间了？

盼你的来信

祝一切好！

1992 年 3 月 2 日

亲爱的朋友：

我现在是正在奔赴实习之前给你写信，自然免不了要写写心里话。看来我已经把你当成知心朋友了。

许久没有接到天津前男友的来信了，据别的在天津的同学说他们这一批正在商量着自费出国深造，一边打工（这也是新词）一边学习。在之前的来信中，他曾经说过要远渡重洋不好联系的话语，现在想想是不是一种推却。想到这里心里一阵难过。

今夜无眠。当等待成为痛苦，当爱已成往事，我背负着失望的心伤，消失在茫茫人海的时候，蓦然发觉，原来，没有他的我是如此孤单，如此失魂落魄。原来，我真的很在乎他。

坐在桌前，没有了他熟悉的书信，没有他问候的文字（哪怕是应付的），那钟表的嘀嗒声，无情地将冷冷的黑夜撕碎。这时我才感觉到，一旦终止，一股冰冷的失落侵袭入我的内心，一种从未有过的牵挂撕扯着我的伤痛。

有时我还傻傻地想，他还会在偶尔的不经意间想起我吗？今天过后，我希望他还是把我忘了吧，我怕他在偶尔想起我的时候会有一点点的心痛（也许是我的痴心妄想）。

日后各自在人生中行走。但这些，都不再重要了。因为，明晚的月色，不再是当年的了。所以在这封信里，再次给你絮叨我曾认识的男友，而今的朋友（难道不是在欺骗自己吗）。也许，多少年后，我寄信给他，邮差会说查无此人。

一些原本不愿这么快说出来的话，被我一倾而注，怕是收不回来了，也无意收回了。我也要学着忘记你，也许日子久了，突然就把你忘了。我没有后悔当初的选择，也不会后悔今日的决定。

关于我们的故事,就到此为止吧,就让我们的故事都留在曾经吧。

写到此，才发现，心里有很多括号里的附加语，那也许才是我的真实想法。

当自己恢复理智的时候，才发现写了很多痴话妄语，本想另写一封，但作为朋友，向你倾诉一下心情，我想你是不会见怪的。让你见笑了。

马上就要实习了，地点还没有确定。据说今年的计划有川西北、川西南、甘肃、宁夏，还有新疆。也据说上面准备让大家在哪里实习就要分到哪里工作。看来，想留在泸州的希望渺小。四海为家，怎会成为我人生的宿命？

还不知会到哪里实习、工作，新的信箱地址会及时告知的。

祝：一切安好！

1992 年 5 月 21 日

本节出现的人物名称均为化名。

飞来一只鸟

我非常怀念在检修班那几年的生活。班组，一个工厂的最基本的生产单元，是最接地气的地方。我在检修班的奋斗岁月，就像悬挂在心弦上的某一个音符，在之后未来的日子里，时不时会蹦跳几下，弹奏出一小段音乐，可能音节不长、音色不够动听，却能泛起小小的波澜，短暂地刺激一下神经，提醒你，在你的人生中还有这么一段经历，遇见这么一群人。

我是改职来到检修班的。我之前呆的那个班的活儿又脏又累，真是干够了才调到这里。我刚调来的第一天，在车间书记刘子明的办公室里，就见到了班长高志强。他是专门来接收我的。

高志强还没有结婚，长得白白胖胖，脸盘像个老太太，一双吊角眼，配上嘟噜的嘴唇，神态还透着一股子傲慢。他的父亲是厂技术处的工程师，原来也在检修班干过，刘子明就是他的大徒弟，所以他在我面前趾高气扬是可以理解的了。

这个班全部是年轻人，其中大部分是毕业和我一同分来的那一帮年轻职工，其中有同班的也有同校不同班的，高志强、张北华算是原有的中年职工。

我同高志强的第一次谈话就是在刘子明办公室进行的，当然刘子明不在场。那是一个星期五的下午，他问我改职是通过车间还是人事科直接下的命令，又说车间说了考察三个月后才能做出决定，不行还回原班里。

我看着他，十分虔诚地问他，到底是车间下命令好还是人事科下命令好？

他也看着我，表情有些复杂，不知道是我脑子笨还是他的问话笨。其实我早看出来了，他这只是一个幌子而已，目的是想套我的话，看我有没有背景，我才不傻呢。我的同班同学赵好好在这之前已经在我布置的酒桌上，就着廉价的煮花生，喝着五元一瓶的小二锅头，把班里的一些事情说得清清楚楚。

看到我面无表情，高志强话头一转，对班里的情况进行了评论："赵好好此人比较懒，学技术不快，小心眼挺重。"高志强两只眼睛看着我，似乎要继续在我的脸上找出点什么来。"张兆华虽然技术好，但干活太大意，人缘不怎么样。"我对他的话无动于衷，我想，我刚到班里，什么情况还不熟悉，不便评论。

我来到检修班半个月后，班里召开选举会，议题就是选举一直空着的副班长职位。原来的副班长退休都三个月了，一直没有人替补。

要说副班长，官不大也不小，但掌管着全班的工时记录，谁干活多少都是他来记，然后每月上报给车间记工员，按照工时拿奖金，所以也算一个不大不小的肥差，一般都是由班长的亲信担任，好上下沟通、掌握实权。

会上，通过无记名投票，我的同校同学孙元当选了。但我看到张兆华在选票上胡划。从这一点上就可以看出某些问题的端倪。

要说起孙元这个人，就是有些老好人的意思，谁也不得罪，还有那么一点媚上的习气，当然得票是最多的。

这次会上，高志强还宣布张兆华担任安全员。

张兆华略微发福的身体多少看着笨些，但他脑子却一点也不笨，还有些上进心，曾经背着厂里去考一个小学的教师，虽然没有考上，但在班里却是一个十足的不甘寂寞的人。让他担任安全员，从这一点上看，高志强明着就是想让他得到点好处，不要和已经当选副班长的孙元有过节。

经过一段时间的观察后，我对全班的了解程度加深了。高志强、张兆华技术比较好，骨干是徐向辉和柳明祥（他们也是我的同校同学），但高志强与张兆华之间有矛盾，其他人也都貌和神离。其实，高志强与张兆华之间的矛盾由来已久，他们在学徒的时候，就开始互相倾轧，谁也不服谁。后来也是为了争夺班长闹得不可开交，矛盾愈积愈深。这次选举副班长，本来张兆华想拉选票自己当，就十分卖力地表现，结果高志强暗地里团结了孙元、徐向辉、柳明祥几个人，把张兆华晾到了一边。

来之前我请赵好好喝酒，赵好好分析得头头是道："说实在的，高志强和张兆华争斗了那么多年，张兆华还真没怎么占过上风，高志强一直压他一头，两人每每一有矛盾，就要闹到车间，刘子明就要调解，大多数是各打五十大板，但事后高志强的想法总能贯彻下去，没有人暗里支持他，会这样吗？而张兆华智商就是不如高志强，高志强同刘子明的关系，明眼人都能看出来，怎么张兆华就看不出来呢？"

今天是发月奖的日子，高志强宣布下午开会，就着发月奖抛出了准备已久的奖惩办法，主要解决目前管理混乱、干活不仔细、责任心不强的问题，矛头直指某些人擅自借出差办私事的问题，大家知道这是专门针对张兆华的。原来上月张兆华请假到上海去看他二舅，按照正常请假就没有工分，于是他收买了车间记工员小王，打着到上海办公事的幌子去了一趟。

会上，高志强专门说到这个事情，并明确表态像这种情况不能算出勤，结果张兆华的眼睛就鼓了起来："凭什么出差不算考勤，你这是哪家的章法？"

高志强说："你出差，车间也没通知，就让车间的小王来说了一声，这样不行。"

张兆华拽着高志强要去找车间主任理论，高志强坐在那里稳如泰山，只有张兆华一个人去了，可是并没有回来。

第二天，张兆华没来上班。第三天他来了后，公然在班内动用了存放的材料干起了私活，又受到了高志强的质问。

张兆华反问高志强："既然是班里的材料为什么不能用？"高志强气急败坏地说："有用的东西就是不能用。"张兆华虽然没有再说话，但还是用了。材料已经用了，高志强拿他也没办法。

后来，高志强终于抓住张兆华的一个把柄。那天，我和张兆华、赵好好干活，张兆华将卸下的超温器放在了库房地上，干完活后就忘了拿回来。按规定应当及时拿回，高志强为此扣了张兆华两个工分，实现了一次小小的报复。

库房内，五十吨天车轰轰隆隆地开了过来，它像一片黑云一样从我的头上经过，然后停在了一堆高压油泵的上空。天车惊动了一群小麻雀，扑棱棱飞起来，四散而逃。我很早就注意到，在库房接近三十米的顶棚一角，不知什么时候搭起了一个鸟窝，没有人去理会，小麻雀们也就自顾自地过起了日子。

两个搬运工在地面上吹着哨，打着手势，指挥着它。看样子他们在找一个高压油泵，大概要送它去清洗。在时长时短的尖锐的哨声里，五十吨天车不断来回移动着。每当它短促地移动的时候，高跨的车身就一阵晃动。特别是当五十吨车的主钩吊起重物的时候，它的小车一动，车间库房的那一排排的混凝土立柱就要随风轻轻摇摆。连库房那钢窗上的玻璃，同整个钢制的窗框一起，像一面大帆一样，一会凸出来。一会儿凹进去。不习惯的人，看着这景象多半都吓得够呛，以为厂房要塌下来。

对于班内的斗争，一上来我是不屑于介入的，至少对于我是无关紧要的。其实斗争本来就存在，我到班里后正巧碰上其爆发期，最后由于我对班里管理和高志强的不满，导致我最终也卷入了这场斗争，并和一些人形成了利益共同体。

那天，我和同班同学武丁，还有张兆华在干电机线进行试运车时，电机线有烧损现象，按照责任扣了张兆华奖金30%，我和武丁各扣了20%。过了几天，高志强单独对我说："把你和武丁扣的钱从别的地方再补回来。"这件事情幸亏没让张兆华知道，如果知道了，张兆华肯定又要闹。当然，通过这件事，高志强和张兆华之间的矛盾更加深化了。

接下来的几件事，使我对高志强的做法也有了一些看法。

我和张兆华、赵好好正在干活，天车突然坏了，我们就到库房外头的墙角晒太阳，暖洋洋的阳光洒在我们身上，就像条条小虫子在爬，痒痒中感到非常惬意。我们正在享受的工夫，高志强过来了，一句刺痒的话摔了过来："你们倒挺自在呀，在这里晒起太阳来了。"我们以天车坏了当理由，他却说天车早就修好了。我们没有与他计较，为了不让他拿住我们耽误生产的把柄，利用中午时间把活干完了。

我为了提高自己的学历水平，业余参加了自修大学的课程学习。快要考试了，按照规定，在考试前允许给予公假以便在家中集中进行复习。我向高志强提出了申请，结果他猛不丁来了一句：“哪有这个规定呀。”我当时就和他急了，直接找到了刘子明那里，刘子明翻了半天文件，终于找到了相关规定并告诉高志强，在参加业余考试复习期间按正常出勤记录，这样我才顺利地进行了复习。但通过这件事，我对高志强彻底改变了看法，决定也参与到反高队伍中去。

中午，我和张兆华、赵好好、武丁一块到食堂吃饭，坐在一起不免又议论起眼前发生的事情。

“高志强根本看不起我们，拿平时干活来说，就光让他们的人干，钱全让他们挣了。”张兆华和我坐在一起并气愤地说。

“我们干活干不多，奖金自然就少了，始终排在后头。”赵好好也随声附和。

“记工分也不公平，有的多加，有的少加。”张兆华继续说道。

“我们要给他提意见，让大家都知道。”武丁情绪有点亢奋起来。

“我们都不干了，看他怎么样。”这时，我也有点激动。

“弄急了，揍他一顿。”在这种群起义愤填膺的催动下，张兆华显然愤怒了。

最后赵好好说道：“一个人玩不过他，我们几个联合起来，力量就大了。”我们频频点头，张兆华还冲他笑道：“还是你有策略。”

要说这一天是我们联合起来的日子，那么过后的几天则是我们正式进攻的日子。

这个星期五，我参加自学考试没有上班。星期一参加早点名后，张兆华故意和我走在一块，小声对我说：“星期五，我们都和高志强闹翻了，列举了班内管理、记分、奖金等多方面的制度问题，并认为高志强不适合干班长，事情已经闹到车间了。徐向辉、柳明祥、孙元看到这个阵势，也提了一些不痛不痒的问题，武丁始终没有发言。现在就看你的了。”我听后，感到事态已经发展到了严重的地步。

我们回到班后，高志强既没有分活也没有发话，一声不吭地出了房门。虽然没有安排干活，大家还是按照平时的老规矩，个人就自己分管的工作去干了。由于我星期五没来上班，也就没有活可干。这时，张兆华说：“你跟我们干吧，少不了你的工分。”我想也是，闲着也是闲着，就跟着张兆华去了库房。等我们干完活回到班里后，只见高志强阴着脸埋怨我：“你怎么跟张兆华干去了，我还想找你一块做试验去呢。”我反驳道：“你也没分活就走了，我不知道我干什么，就和张兆华去了，再说了，我熟悉业务有什么不好的。”一句话呛得高志强不吱声了，非常不高兴地出了房间。当天中午，刘子明突然叫我到车间办公室，专门询问了解班里的一些事情，我就借这个机会，拿我所掌握的事情，向他列举了班内存在的一些问题。刘子明最后说，看来问题不少啊。下午，高志强叫张兆华到刘子明那里去。大约得一个多小时后，张兆华回来了，一脸不屑地说：“呵呵，刘子明做我的思想工作了。”

偶尔到中午的时候，我喜欢顺着天车架子爬到驾驶室。其实，我也可以开天车，因为我在原来的班组专门学习过开车，而且有专门的本子，那可是五级工才能考的。

我现在是站在库房的天车上，是全库房最高的一个地方。从这里俯瞰下去，库房的景象和站在地面时看到的完全不同。站在地面上，你看什么都得仰视。眼前的无论什么东西，都是那样庞大，而且威严。横七竖八地堆在一起、还没有来得及送去清洗的机体；散发着灼人的热气的、刚刚从水箱里做完压力试验的水泵；哐当当来回作响的轨道运输车；像乌云一样在空中行走的天车；日夜轰隆作响、钢丝直冒的旋轮机……这一切，无论是冰冷的，还是灼热的，都是钢铁的，都是庞大的、威严的。人站在它们脚下，不能不觉得自己渺小，像蚂蚁、像虫子。可是现在，从我站立的这个高跨天车上望下去，不仅库房里的一切都变小了，连库房本身都不再显得那样巍峨，这有点像把望远镜倒过来所看到的景物，其效果不是放大，而是缩小。

我专门观察了一下那个鸟窝，里面什么动静都没有，可能它们出去觅食了。当初几只小鸟早已长大，现在正在外面寻欢作乐，有一只还停在下面的工具挂架上叽叽喳喳、摇头晃脑了几下。

站在天车这样一个庞然大物上面，你如果没有十足的信心，或者你有一点点恐高症，都会产生那种怎么也压制不下去的恐惧心理，不管你怎样强迫自己靠在那牢固程度有些可疑的栏杆上，也不管你怎样强迫自己镇定下来，不管你怎样强迫自己的眼睛努力去适应那令人头晕目眩的高度，还是不能把自己害怕的心理赶走，这就是我现在站在这个高处的感觉。我想，人类还是有不如其他动物的地方，比如小鸟，它们就不恐高就可以自由飞翔。

由于班里的事情闹得满城风雨，车间开始进行“工作”了。

一早，高志强就把我叫到车间办公室，刘子明不在，只有孙元、张兆华在屋里。我进去后，他们谁也没说话。高志强开始问我对班里工作以及他个人的意见，我如实地提出了几个问题，如奖金分配、工分等问题。高志强听完后，非常不服气地大谈特谈起来，说什么老人带新人，奖金能一样么。又讲技术业务和他的工作方法问题。在工作方法上，他也承认自己有缺点。就这样，他侃侃而谈了一上午。为此，我怀疑这是高志强和刘子明串通好的，为什么要在刘子明办公室谈话而刘子明始终不在现场，让高志强一个人表演呢。

中午，高志强和张兆华又吵了起来，是为了前天干电机线计分少的事，最后吵到了车间主任那里，主任各打五十大板了事。但车间给高志强以压力，让他尽快解决班里的目前现状和混乱。

高志强非常着急，说车间要直接来人解决问题，并要拿走几个人。那天中午，高志强非常神秘地把孙元、柳明祥、徐向辉叫了出去，过了好大一会儿，他们又神秘地进来了，不知在搞什么名堂。下午张兆华对我们说，车间准备把他调出去，他让我们抱成团，等他再回来给我们干班长，他走后，我们都说他是异想天开。看来，联盟就要在车间的威慑下土崩瓦解了。

这次，高志强突然提出要家访，在没办法中拿出了老师对付小学生的那套办法。第一个就定了赵好好家，结果被赵好好找理由“婉言”谢绝了。

又过了几天，刘子明来到班里，开始解决检修班的问题。会议开始后，刘子明说同志们提出的意见很好，但不要为了那些鸡毛蒜皮的事纠缠，他认为高志强工作还是有成绩的，但要注意工作方式方法。会上，高志强、张兆华都发了言、表了态，从表面上看问题是解决了，但实际上双方的矛盾更加隐蔽和尖锐。

这件事后，班里进行了小组划分，我参加了徐向辉这个组，还有柳明祥。武丁到了孙元这个组。赵好好和张兆华在一个组，力量明显薄弱。其实高志强是把我们反对派的几个人分了开来，明显看出高志强的别有用心。我想这样的分组法，在他背后肯定是有高人指点的，这个人我猜十有八九就是刘子明。然而，高志强和张兆华的再次争吵，使斗争达到了白热化的地步。

由于我们车间生产进度快，提前完成了季度的任务，厂里特批了一笔款项，对职工进行一次性奖励，以此鼓励大家的积极性。

高志强在这项奖金分配中，明显有了不公正。本来一次性奖励是按照人头核算的，高志强却要按照平时工分分配，孙元最多，高志强自己其次，我和武丁最少，张兆华比我多一些，其他人又都比他多。在会上，高志强和张兆华又大吵了一次。高志强的主张是按照劳动多少分配，张兆华的主张是平时干活都差不多，分不出主次，应当按照上级的政策平均分。高志强突然抬高声调，冲着张兆华吼道："既然你认为不公平，你可以不要，但绝不能平均分。"

接下来，谁也没有想到张兆华的举动会达到极端的地步，他当着众人的面，用手指着高志强的鼻子喊道："高志强，如果你不给我们分，我们今天装上的配件就再拆下来，你信不信，反正我不要今天的工分了。""你敢，"高志强从牙缝里恶狠狠地挤出两个字。"你看我敢不敢。"说完，张兆华就气冲冲到库房去了。没有一刻钟的功夫，大家看到张兆华果然把装上的配件又重新拆了下来。高志强彻底崩溃了，跳着脚，双手恨不能要掐到张兆华的喉咙，他吼道："你到底想干什么，我扣你奖金，我不让你干活了，这事没完！"吼完后，就拿着工具，带着柳明祥又把配件重新装上了。他知道就是扣了张兆华奖金，也不顶当天的交班。每一天的任务都是按计划走的，定的计划是要必须完成的。

这件事过去几天后，高志强果然扣了张兆华的钱。那天，高志强恰巧有事晚来了一会，他让孙元代他派活。张兆华低沉着语气对孙元说："我今天挺难受，不干活了。"孙元转而让我和赵好好干，赵好好来了一句："我要干就和张兆华干。"孙元听后没有说什么就出了班。过了一会儿，高志强进来了，一边走一边凶神恶煞般地问道："谁不愿干活了？"这时，张兆华不紧不慢地走到了高志强面前，瞪着眼："把扣我的钱给我改过来去。"高志强也不示弱："凭什么改。""你这样做不合理。"说完，张兆华一把抓住高志强的领子，差点把他推倒在地。于是两个人扭打起来，不分你我。班内有拉张兆华的，有拉高志强的，打声喊声混做一团。后来不知是谁把刘子明叫来了，在刘子明的调和下，两个人才平静下来。由于打仗一事，车间的领导全都动起来，全车间都知道了。

在班会上，刘子明发了火，当众训斥了高志强和张兆华，但很明显他支持高志强，高志强也显得硬气起来。最后结局是张兆华完全承认了错误。

第二天，车间又发了一个奖励，高志强当然还是按照三六九等分配，张兆华自然没有。武丁问高志强这个钱是根据什么发的，高志强说还是按照工分。武丁接着说："平时工分就是奖金，已经在每月的奖金中体现出来了，一次性奖励就不能再按工分分配，这样不合理。"事情又闹到了刘子明那里，刘子明找武丁说这样分配还是比较合理的，武丁接着说道："行不行，开会表决。"一句话把刘子明噎了回去。

眼看快到年底了，厂上开始评选先进生产者。张兆华一年中窝的火无处发泄，他对我和武丁、赵好好说，你们都选我，发的奖励咱们平均分，非得治治高志强不可。结果张兆华得了四票，高志强得了三票，孙元得了一票。我猜想张兆华这四票可能是赵好好、武丁，加上我三票，另外一票肯定是张兆华自己选自己了，这种事他是能干出来的。这是民主的意见，高志强也没有办法，照实报了上去。名单到了刘子明那里却被挡了下来，理由是犯过错误的人不能评先进。第二次评选，高志强要了个花招，让当面提名，结果我和武丁、赵好好一看形势不对，都提了平时没有争议的孙元，大多数人既不得罪张兆华又不得罪高志强，也都跟着提他的名字。

后来发生的失火事件，确确实实给高志强以当头一棒。机体装新后需要打油压来试验证明它不漏水，然后才能装备运用，我们几个人正在干这个活。油压打完后，张兆华到配电盘去拉电线接头，由于静电作用，突然打起电火花，蓝色的火花四处飞溅。平时干活工人手上的柴油抹在配电盘上，常年没有擦去，这时的火花迸到上面，引起火来。火势借着柴油的力量很快蔓延开来，眼看就要接近附近的废油桶了，一旦接近，发生的将是爆炸，火势必定会更加巨大，从而伤及到人员。张兆华还算机灵，迅速来到大门旁，拿起灭火器跑向火堆。此时高志强听到报告立即赶来，而赵好好跑向维修车间叫电力工人去了，明着是叫人来抢救，实际是躲到安全的地方避难。

最后火被扑灭了，众人都出了一把汗。按说这样一件大事定会向车间报告进行处理的，但被高志强一人独断地隐瞒了下来，只是上报了一个极小的原因搪塞了过去。在班会上，高志强明确告诉大家，此事坚决不能够往外传。这次，张兆华出人意外地表示了赞同，他是怕担责任，一旦上面知道了，不单单是为了几个奖金的问题了，弄不好是会下岗的。而高志强隐瞒上报，是为了他的事业发展。在这件事情上，两个人出奇地高度一致。

由于我爱好文学，毕业时喜欢舞文弄墨学点小文章，而且获了奖，在厂办挂上了名。厂里重视人才，把我调到科室帮忙，自此检修班的事情我仅限于听说了。

有一天，突然传出高志强要高升为车间副主任的消息，是从人事部门传来的，我想应该错不了。

高志强开始在班里选拔接班人，对他以前信任的几个人进行了考察，孙元是当然人选，但车间比较侧重于徐向辉，最后选定的却是人们意想不到的赵好好。据说在高志强传出即将升迁的消息后，赵好好专门到他家里去了一趟，出来时眼圈都是红的。

后来赵好好在高志强的直接操纵之下，对班里的工作进行了调整，孙元依然是副班长，张兆华依然时不时地对班组管理提出意见，伙计们依然对他不服气，张兆华自不必说，就是一块儿来的也都耿耿于怀，都认为自己才是当班长的料，名不见经传的他为什么能当上。对于赵好好重新分组大家也怀有意见，特别是把平时有矛盾的人放在一个组里势必造成更大的矛盾。以上种种是赵好好所头疼的更是高志强所头疼的。

一天，赵好好单独请我坐坐，依然少不了小二锅头和一盘煮花生米。酒过三巡，赵好好给我说了这样一句话："人哪，该低头时就得低头，圆滑一些好，圆滑一些好啊。"

我想着他说的话，同时联想到人们说他从高志强家中出来时的红眼圈，也就理解了。

师哥爱情

我的工厂生活平庸而懒散。我向往的生活是美好的，而我经历的生活是平凡的，但美好与平凡之间并不冲突。平凡的生活没有把我对美好的向往掩盖。我常常对它视而不见，因为我相信美好生活终究会到来的，平凡的任何事情很难对我构成重大的影响。我与任何一个人的交往也从来不以平凡和高贵来区分，我只凭我的感觉取舍好恶。我知道，各种事物都有兴旺和衰败的过程，既有开始，又有结束;既有高潮，又有低谷，往往顺其自然是最明智的，而顺其自然和安于现状又是人的惰性所在。多少年来，我一直沿着这条人生的轨迹向前行进，虽然也有额外的非分之想，但总体上能把握对美好向往的实际感受。为此，我很宿命:是你的终归是你的，不是你的你绝对不能勉强，谁能和命相抗衡呢?

这一天是星期五，早晨出门的时候，天上浓雾弥漫。这个季节，我所生活的城市极少有这样的天气。按照报纸上的说法，都是那个什么梅呀、什么奇呀、什么马呀的台风闹的，包括南方多少年不遇的洪水，差不多持续了两个月，滔滔浊流淹没了大地，碧绿的田野一派汪洋。

我的师哥头发蓬乱着，一副苦恼不堪的样子，刚一进班组的休息室，便坐在凳子上唉声叹气。我莫名其妙，询问他发生了什么事，没料到他忽然抓住我的手，说了一大堆昏头昏脑的话。他说这些日子邻近班组的小芳一直令他魂牵梦萦，但由于某些理由，他只能苦苦地克制思念。每天夜里，他躺在床上，双手枕在脑后，反反复复浮想小芳那甜蜜的笑，便控制不住冲动。我相信，任何一个女人都会为一个男子的这样一番剖白所感动。没成想小芳在他心目中的位置原来如此重要。我知道，他失恋了。

小芳是我的高中同学，进厂后就分配开叉车，这在工厂女同志里面是比较苦累的工作了。我没成想师哥能爱上小芳，我一直以为这是师哥的一厢情愿，恐怕小芳还没有感觉。

库房边有一片干草坡，在阳光底下荒凉又安静，掉光了叶子的树枝向天空无奈地伸长手臂。这景色很像一幅十九世纪的印象画，只是颜色要比作品黯淡许多。每到中午休息的时候，师哥就拉了我坐在那里。女叉车工们也经常在那里打毛衣、打扑克、闲聊。这时，小芳就会靠着一截树干看书，琼瑶的情爱小说一类的。师哥则坐在她的对面，抱着双膝，有话没话地谈着。从表面上看他俩似乎没有人们说的那种事情。

午后的草地是被安静浸透了的，只有阳光的金色的鳞光在那树影横斜的草地上跳跃着。从疏叶间漏过来的蓝青色的澄空，掠过颊的和暖的气流，和这气流里的不知从何处带来的各种草的甜的芳香，都使我沉浸在一种兴奋的快乐中。因此，我每次被师哥拉到这里来也没有感觉到他和小芳在实质性的过程中有没有行动，我认为那只是他的一种暗恋而已。

我们所生活的时代，实在是蜂飞蝶舞的时代，有太多的引诱、太多的烦恼、太多的幻想，时时有故事在发生，每个故事都很曲折。如果碰到一个自作多情的人，你不能去嘲笑他，因为他可能就是一个有故事的人。

有一天我到师哥家玩，他告诉我他那天在小芳家的楼下等待着小芳的出现，忽然看见一个二十多岁的男子站在她的下一层楼道口，探出身望她的窗户。他上楼敲开门，小芳让他进去连忙关上门。第二天，师哥闷声闷气地问小芳那个人是谁，为什么在朝你的窗户看。她告诉了他详情，他勉强地笑了起来，还开了她几句玩笑，说既然是个年轻的学员，看模样长得也挺洒脱，认识一下也无妨。他不知道他的话实际上在加重着她一向对他的失望和疑虑心情。那晚师哥差不多没有快活起来，于是发生了开始的那一幕。

不多久，小芳果然和那个新分来的小伙子结婚了，师哥痛苦的心情可想而知，一场所谓的恋情不得不到此为止。

后来，师哥又谈了几个对象，邂逅，心动，甜蜜，纠缠，受伤，分手，恐惧，是的，经过几次不成功的恋情后，师哥剩下的是对谈恋爱的恐惧，我想，这会不会影响他今后的生活，影响他今后对于婚姻的态度，以致人生的态度。

有一次，他甚至动了结婚的念头。那是一个会撒娇也会威胁的女子，提出的唯一条件就是要师哥帮她落实城市户口，这对于一个二十来岁的城市穷工人来说，过于奢侈，过于高看他的能力了。于是，为了一些小事，他们就经常争吵，争的时候，他总要吼出“不要再逼我了”，否则争吵不会停止。而每次争吵都是以师哥的妥协作为结局，他觉着这样活得太累，再谈下去没有意思，可一想自己的条件，心就软下来，自尊其实是自卑的思想占了上风，服软、屈服、低头、唯诺，就像几次恋爱一样，都是女方甩他，他从来都是被开者，他的自尊心很强大，不会第一个开口说“解散”，然而到最后却是最没有尊严的。

师哥与我说这些，他也只有与我说，因为我是一个比较好的忠实的听众。不过，师哥每次失败后心里都不会有仇恨，无论她们怎样伤害他，他也不恨她们。相反，他还很同情她们，无端地包容她们，觉得她们是天生可怜的动物，她们是和眼泪、柔弱、无助相连的，当然，也是和矫情、虚浮、自私、爱计较、感情用事相连的。可话又说回来了，男人就没有这些虚假的内心世界吗?我曾劝导过他，我说男人和女人一样，都是脆弱的动物，在这方面，可以说，所有的生命都是一样的。

他说有一次别人给他介绍的对象，一见面竟然是高中同学，而且是上学时“不来电”的那种，要多尴尬有多尴尬，但碍于介绍人的面子，两个人来来回回见了两次，就找个理由回复介绍人说不合适。还有一个是他与前面那个即将结婚的结束恋情半年后，见了一个比较心仪的，师哥付出较多，女孩家条件比较好，分手是女孩提出的，理由是跟他在一起看不到她想要的未来，在师哥挽留两次无果后，最终分手了。

后来我就调走了，听说师哥在三十而立的年龄，终于结婚了。女孩出生于一个普通的工人家庭，长相一般，据说背有点弓，不知是先天长成的，还是后天有什么变故造成的，也许这是另一个故事。婚后师哥过得还算幸福，说不上好也说不上坏，就像白开水那样的日子。也许这就是日子，激情过后平凡的日子。

没什么大事儿

一整个冬天，雾霾笼罩着城市上空。阴暗的天气对于人的精神产生了致命的打击。紧接着的又一场浓雾把寒冬真正地带到了这个城市。在浓雾的笼罩和浸润之中，早已变黄的树叶无声地、悄悄地、大片地飘落，飘落在街道、各种楼房的屋顶或者阳台上。

新年，丝毫没有给这个城市带来欢快和轻松。人们依然像往常那样，提着包出了家门，习惯性地裹一裹身上的棉衣，缩着膀子，急匆匆地走进灰蒙蒙的雾气中。

当我离开校园进入社会后，我才发觉这实在是一个实质性的转变。在学校的时候，人就像一泓水，没有任何形状，而一旦成为工作中的人你就有了定位，于是人开始觉得有束缚有疲惫。我感觉，现代人劳作很大一部分是为了换取别人心目中的称羡，能干为的是得到叹服，勤勉为的是得到名誉或者酬劳，有了这一些，似乎所谓的锦衣玉食、人间风光就会拥有。有了这一切之后，好像人也就不枉此生，实现了自身价值。

人的价值观的扭曲，造就了人与人之间的互相不信任，而为了掩饰这种不信任，大家干脆就披上一件信任的外衣，像是互相对对方说，我是值得你信赖的，你不要对我不信任。当然，在争取获得这一切时需要一个漫长的过程，在这个过程中人往往就忽略了自我，到末了，即便你幸运地拥有了这一切，有可能只剩下一颗疲倦得再也不能复原的心。当然，你未必会有那么幸运，可以争取到你想得到的繁华。同样，当一个人带着一颗凋零的心和满是伤痕的往昔去面对这种繁华时，也许除了虚幻以外还会有恐惧的感觉。

对于那些顺其自然、随遇而安的人，我总是会从心底里升腾出敬佩之情，进而将其作为学习的榜样。人活一世，能够做到没有太多的抱怨，也无需过多的责难，其实是很难的。如果某一个下午或黄昏，在阳光细碎或是天气阴郁的时候，你能够突然惦念起一个人，这世上需要你付出最大的爱心的人，那就是你自己，这样，你也就实现了做一个高尚的人的理想。

我发出上述诸多感慨，就是在这个元旦第二天的下午，无聊的办公室环境，使我的精神呈现虚无的状态，对整个下午和办公室的一切都感到厌倦。

常常有这种情况，一个人到了新的环境里工作，开始是热情的，然而时间一长，什么都熟悉了，情况就发生了变化。比如我刚参加工作时很满足，后来到现在这个年纪，虽然是在其下属的工厂上班，但这个行业是属于市场经济环境下前景被看好、蓬勃发展的行业，然后我又一步步到了机关，在同学、家人面前，几乎是一步登天，每天出入令很多人羡慕的办公大楼，我觉得自己的后腰都硬实。大楼里的伙食也好，每个办公室配有饮水机，不像在厂子时要自己拎着好几个水壶到一百米外的锅炉房集中打水。所以，我每天都第一个到单位，乐呵呵地打扫卫生，工作十分积极。由此可见，那时我是一个现实主义者。

时间慢慢地从我的额头溜走了。不知不觉之间，我已经在这个大机关里呆了七年了。七年后的我与刚进这个机关时绝对不一样了。我变得懒了，疲塌了，和同事、朋友在一起时，互相调侃甚至某些时候出些怨气成了日常情绪。有时我就想，变化是从什么时候开始的呢？想来想去也想不明白到底是从哪个时间节点开始的。后来我发觉，这是一个潜移默化的过程，也许原来的老同事走的走，退的退，风水轮流转，明朝到他家，我原地不动，就成了“老人”。

有的时候，我会产生这样的错觉，当老同事调走或者退休了，在新来的人面前，我会觉得自己是这个房间的主人，于是就有了居高临下的感觉。而新来的同事多少会对你敬重一些，你也就有了摆摆架子的资本。刚到机关时，我想，能在这个楼里工作一辈子，自己就满足了。但随着自己资历和资本的增加，欲望也会水涨船高。

到下班时间，人们都匆匆提上包各自打着招呼走了，谁也没有发现我的心事。

今天，我走的比较晚，因为孩子上初中择校的事约了校长，非常关键的晚上，一定要利用好，争取把事情办成。最后一个同事走时还专门嘱咐了我一句，你走的时候别忘了关电脑、关电源，一定要注意防火安全啊。

好的好的，我一边应付着他，一边装着还要再加一会儿班的样子，点燃了一支烟，猛吸一口，吐出烟圈，在电脑前的键盘上敲敲打打了一番，其实电脑上打出的都是乱码，就像我下决心一定要把孩子择校的事情办成却心里没底的样子。

所有人都走了，办公室又陷入了寂静。我匆忙关掉电脑．匆忙出了机关大楼，匆忙上了公交车。

晚上少不了喝酒，推杯换盏之间，酒劲就上来了，和校长一阵称兄唤弟后，他终于答应可以帮这个忙，不过要和其他校领导商量。不管怎么说这事算是有了眉目，于是，兴奋占据了我的大脑，我一路喜气洋洋地回了家。

进家门，老婆问怎样？我充血的脑子让我说道，万事大吉。我晃晃悠悠来到客厅，瞟了一眼电视，打了一个酒嗝。我对宫廷剧不屑一顾，认为那都是戏说，现实中哪有剧里说的那么邪乎。老婆说你知道吗，今天咱小区一户人家失火了，说是这家男的抽烟把烟灰弹到垃圾桶里后就出门了，里面有废纸，火星慢慢就着起来了，幸亏他媳妇回家，屋里已经熏得进不去人了，你回家的时候，消防车刚走。

老婆的一句话，像针扎一样，猛地刺痛了我的神经。我突然想起，自己是匆忙离开办公室的，窗户肯定没关，灯肯定也没关，但这些都不是什么大不了的事儿，关键是最后临走时吸的那支烟，我把烟灰弹到了桌子下面的字纸篓里，最后的烟蒂也扔到了里面。这个问题的严重性，让我的情绪从刚才的兴奋中迅速跌落。那里面有很多纸屑。当时,我注意到了这一点，不过自己在那个字纸篓的旁边，就不会产生不安全的感觉了。可是，现在我没在办公室里，没在字纸篓旁边，就不会产生安全感了。如果烟蒂没有完全熄灭，看似炭黑的烟蒂，会不会因为氧气的原因，慢慢重新燃起火星，然后再一点点燃烧纸屑。新闻报道的某森林火灾不就是因为一个人抽烟灭掉烟蒂扔进草丛引起的吗。字纸篓就在办公桌旁边，纸屑烧起来后会不会燃烧桌子？桌子下面的电脑主机，还有上面的电脑屏，桌子上的文件，等等，也会燃烧起来。当然，窗户肯定是敞开着的，加上通风良好，势必会助燃火势。办公室燃烧起来，就有可能使整个大楼都燃烧起来，冬季干燥的天气里，整个大楼燃烧起来也不是没有可能的。

我所在的办公室在办公大楼的北侧，离中间楼梯的距离很远，一楼倒有门卫，不过，他们七点半就下班了。而机关大门的门卫离我们办公楼有很大距离，假如起火了，那也是已经到了好几间办公室燃烧起来的地步。如果大门的门卫发现起火了，那火势起码燃烧了整个大楼的一半，也就是说，门卫绝对没有机会将火灾消灭在初期。保卫科倒有定点巡视的制度，可谁知道他们多长时间巡视一次，即便巡视，就我平时观察来看，他们也是走马观花溜一圈。我回想，我走的时候是六点左右，从烟蒂死灰复燃恐怕需要半个小时的时间，再燃烧纸屑恐怕也需要半个小时，等办公室燃烧起来，能从楼外看到火势，大约的时间也就是现在的十点到十一点之间。况且，保卫科不一定就在这个时间段巡视到我所在的办公楼，如果错过了这个时间下一次巡视也许就在零点以后了。可以想象，火一旦着起来，门卫也好、保卫科的也好，肯定是控制不了，他们只好打119找消防队，当消防队大张旗鼓地开进办公大楼的门前，大火已经酿成，一切为时晚矣。

这样一想，我后怕起来，心也随之一阵阵地紧缩，好像已经被烈火烧得千疮百孔。

都市新闻频道“速来围观”是一栏专门播报本市最新突发事件的栏目，每晚十点准时播出。如果真的失火了，街边群众会有人及时爆料给“速来围观”栏目的，在现在两个人街上吵架都会报道的记者，会第一时间直播报道的。我强行拿起遥控器，把电视调到这个栏目，惹得老婆一阵嚷嚷。

新闻正在播放一名十二岁男孩因与父母吵架离家出走的事，可以看出这是第一条新闻。电视依次又播了四条消息：向阳街与经纬街口发生一起车祸，一女子在网上有了婚外情被丈夫告上法庭，大学生疑因奖学金被打伤住院。最后一条就是刚才老婆说的本小区人家失火冒烟的事。没有我们办公楼失火的新闻，也许我们办公楼就没有失火；也许失火的面积比较小，群众看不到；也许失火了，通过疏通媒体给压下了。我在想。

这时的我想返回单位去看看，同时我也知道，等我返回单位，该发生的事情已经发生，回去也没用了。我还是寄希望于没有发生火灾，新闻也没有播报，也没有人通知我。一旦有这样的事情，单位肯定要通知我们赶到的。看来就是没有发生火灾。人真是个奇怪的动物，想问题总是朝着最好的方面去想，虽然大部分人秉承往坏处想往好里努力的信条，最后总是侥幸心理占上风。想到这，我决定不管了，该死该活随便吧。

我又把刚才酒桌上与校长的谈话在脑子里细细过了一遍，觉得还是不放心，反复想万一校长是拿话搪塞我呢？但一想到这，火灾的场景就浮现出来。现在，我已经由更多地想火灾的问题转移到火灾发生后的后果上了。我想，如果由于自己的一点疏忽而影响了大家，那也太得不偿失了。如果自己真的去做坏事受到惩罚还不冤枉，仅仅是一个马虎大意而受到惩罚，就太窝囊了。如果发生火灾，我就是责任人，背个处分是肯定的，恐怕还会被开除，更进一步很有可能就成了纵火犯，就触犯法律了。想到这里，我真有点不知所措。虽然现在遇到了前进的瓶颈，发牢骚归发牢骚，可一旦产生严重的后果，还真有点后悔加后怕。当然，我也想过逃避责任的事情，问题是谁能证明我不在现场，就我一个人留在办公室最后一个走的，也无法证明我走之前又来了一个人。即使自己可以开脱不一定就是我的字纸篓被烧着了，可现代发达的侦破技术，也不会冤枉好人的，况且现在每个楼道里都有监控，给破案工作提供了最直接的证据，无处躲藏。

如果事情真的发生了，能不能把损失降低到最小，我想，火情哪怕小一点，只烧掉了一间办公室，最好是只把电脑、桌子烧了，我赔就是了，哪怕双倍赔偿。当然，如果只烧了字纸篓或就几片碎纸是最好不过了，这都没什么，总之损失越小越好。我知道，同样的行为造成的结果是不一样的。就这件事而言，哪怕把办公室烧了，也许就是无意造成的，不属于故意纵火，不至于蹲“班房”。看在我多年努力工作的分儿上，还不至于被开除，不至于丢掉工作。处分肯定是有的，只要工作不丢掉，给我什么处分都行，我认了。我还年轻，还可以重新再奋斗，经过自己的努力，我想保持现在这样的水平还是有希望的。

尽管我一直希望生活中有新鲜的感觉，可现在我才明白，其实我内心里是一直墨守成规的。那时，我态度谦恭、埋头苦干，生怕别人说我不好，内心的虚荣十分强大。比如，火灾出现以后，即使没造成什么重大损失，对我也是很大的打击，我的颜面扫地，将会无地自容，窝囊憋闷，郁郁寡欢。

我又这样想，如果没有择校这个事，就没有发生火灾，或者再往前推上那么几年，没有什么非分之想，我就这样踏踏实实干好本职工作一直干到正常退休，那样的话，现在会是一个什么样的结果呢？我想自己内心一定非常强大了，内心非常自由了，已经参透人生的真谛了，也就不会有这些烦恼了，为什么非得逼迫自己才有作为呢？当时，我还这么想过，如果这次火灾没有发生，自己会不会就这样甘愿浑浑噩噩地生活下去？

第二天很早，我急匆匆地出门，惹得老婆一个劲地追问，我只好撒谎说昨天还有个材料想趁早再改一改。我是第一个进入机关的人，大门门卫还在睡梦中，很不耐烦地打开了门。这时我悬着的心放下了一半，看来昨天晚上机关没有发生突发事件。我来到办公室，走廊静悄悄的，大楼没有着火是肯定的了。打开办公室的门，我用鼻子专门闻了闻，除了办公室特有的味道之外，没有任何被烧焦的味道。我望了一眼桌子，桌子没有任何变化。我来到字纸篓前，里面的纸屑一点都没少，昨天弹得烟灰依稀可见，那支烟蒂静静地躺在那里，就像死亡已久发干了的尸体。我坐下来，长长地舒了一口气。

我从没有过这样舒坦的感觉，就像世界上再也没有任何灾难比这个深重，之前所经历的任何事情都不足挂齿，我甚至有点幸灾乐祸，要感谢昨天晚上这一场臆测的火灾，让我对人生起落有了新的认识。

我来得太早了，我有时间思考这一切。当我思考到临近上班时间时，办公室的同事们陆续进来，他们似乎觉得奇怪，我今天来得挺早，就问：昨天有事没？我依然保持着往日懒散的姿态，含糊地说：没什么大事儿！

台 阶

我是个什么样的人？……我对此一无所知

——司汤达

我每次走楼梯时最喜欢数台阶，一方面是为了消磨时间，一方面是好奇心驱使。自从来到机关后，则又多了一层不言而喻的含义。

经过这么多年的机关历练，我发现台阶在机关这个大舞台上无处不在，提拔使用也好，评定职称也好，表彰奖励也好，甚至许多年前还有福利分房的时候，也要按资历排积分。等等。人们的眼睛每时每刻盯着一级一级台阶，把每上一级台阶做为职业生涯的重要一步。然而，上台阶，对有的人来说非常容易，会用矫健的步子一步就迈了上去；有的人可能是比较艰难地向上迈才能迈上去；有的人则可能非常努力地迈，但局限于自己腿脚软弱无力，怎么也迈不上去。

我的“台阶理论”曾和许多机关的人交流过，大部分人还是认同的。我也曾经给新进入机关的年轻人们讲过，他们一般会一脸迷茫，或者陷入沉思，但大体可以看出，他们心里是在质疑我的理论。对此，我不置可否。

我的办公室是在机关大院二号办公楼的第五层。每天上下班，为了锻炼身体，我一般就走楼梯，于是就有了数台阶的时间。从一楼第一级台阶开始，到第五楼最后一级台阶，我虽然每天都数，但台阶的总数有好几次对不起来，总是差那么两三级，我怀疑是其中有走神儿的时候，也可能是对自己第一级台阶的认定有出入，但不管怎样，我每天都要站在五楼也是最顶端这一层靠南的一间办公室窗前，眺望一下远处的人来车往。

刚刚进入三月份，倒春寒在这个北方城市依然赖着不走。这个月份，一天的温度反差还是挺大的。早晚五、六度，中午十几度。俗话说：“三九月，乱穿衣”，一点不假。这个季节的人，穿什么衣服的都有，年纪稍大点的还架着厚棉衣，年轻人有抗冻的已经穿起了薄外套。他们始终显出朝气蓬勃的样子，宁愿哆哆嗦嗦挨冻，也要展示青春的活力。有的小姑娘已经迫不及待地穿起了长裙，走起来飘逸成仙的样子，总让人们侧着头得多看几眼。

天气虽然寒冷，但我们机关大院却是一片生机盎然，办公室大部分敞着窗户，好让烧得足足的暖气热量散发出去。

机关大院二号楼只有五层，是二十世纪五十年代建造的，是那个时代的风格。楼虽然老旧了，但在机关大院几座后来建造的新楼中，却显得沉稳而不失典雅，有着一股历史沧桑感，外人不了解的总以为这应该是局领导的办公重地。而恰恰相反，局领导的三号楼才是整个大院的枢密重地，原因是那里设备先进，比如电梯、会议室、各种网络线路等。同时，由于三号楼是现代化的大楼，有十几层高，所有的行政处室都在这里，给人的感觉还是嘈杂，不像是领导办公所在。

由于二号楼并非办公重地，相对来说就显得安静许多，党办、组织处、人事处、宣传处、纪检组、团委、机关工委等党群处室都在这里。

我在前边说过，二号楼的台阶数到底多少到现在也没有数清楚。二号楼的楼梯很有特点。一进楼的大厅，楼梯分成左右，向上走，拐个弯汇集到中间又分为左右，才上到第二层楼。我想，差别会不会就在这几个拐弯的地方。我们组织处在最顶层的五楼，虽然高些，但是相对僻静。我曾非常细心地观察过，我们处罗处长每次上楼和下楼走的是不同的台阶。上楼从右手上，下楼从左手下，从没改变过。我一直糊涂，但又不敢问，怕处长有什么忌讳，也显得自己孤陋寡闻。在机关，就是这样，该问的别问，知道的也轻易别说。这是规矩。

机关的事情都有其规矩。这种规矩的书面语言叫做机关作风，凡是进入机关的都会自觉不自觉地向这上面靠拢。机关作风将中国没有规矩不成方圆的传统哲学体现得充分而又具体，达到了一种完美无缺的境界。比如说开会的安排，主席台座次是有严格规定的。先确定主位一号，距离主位越近的席次和席位越高，距主位越远的席次和席位越低。座次按左右依次排列。按照面向代表席的方向，如果人数为单数，中间为一，左为二，右为三，左右顺排；如果人数是双数，则以中为准，其左为一，右为二，左右顺排，有时为了突出一号，特别将其排在中间，右边的最后空一位。主席台必须排座次放名签，以便领导同志对号入座，避免上台之后互相谦让。

每周五的上午，是法定的机关“大课堂”学习会，如果没有特殊情况，按惯例一定会举行，全体机关人员没有特殊情况必须全部到会。所谓“大课堂”学习会，是机关工委贯彻落实局党委书记加强政治理论和业务学习要求而主办的学习活动，每周会邀请知名大学专家学者或者局领导按照专业给机关干部上课，讲解形势发展、行业趋势等，其实就是个讲座，为了好听些，让人感觉是一项很有创意的活动，党委书记将其命名为“大课堂”学习会，为此还得到过前来检查工作的部长的赞许，并在部一年一度的工作会议上做重点经验介绍，让党委书记好不风光。

我们党委书记是一名老政工，从团委干事干起，支部书记、组织、宣传、纪委、工会，都有经历，可谓阅历丰富。由于书记直接抓，大从局长、局副职，中到各个处长，小到科员干事们，谁也不敢缺席，特别是局长，年龄比书记小，资历比书记浅，关键是局长是书记一手栽培的，从一名科员，到厂车间主任、副厂长、厂长、副局长，直到老局长调到部里，他能干到局长，没有书记的鼎力相助和提携，恐怕还一直呆在副局长这个职位上，所以，书记支持的，局长一定支持。

“大课堂”学习会，书记、局长每期必定参加，还有谁敢借理由不参加，你再忙还有书记、局长忙吗?

这一天的星期五上午八点三十分，照例各处室组织人员集体到三号楼第一会议室参加“大课堂”。这个会议室是机关大院最大的会议室，规模在200人左右，完全可以把所有机关人员容纳下。

拖拖拉拉不是我的一贯作风，可我却因为昨天多喝了两杯，头晕脑胀的，就迟到了。当我跑下楼梯的时候，大院里已经没有人了。我来到会议室门口，轻轻把门推开，发现主席台上领导们已经坐下，关键是主讲人已经开始讲课。

这时候整个会场鸦雀无声，我的出现无疑成为会场的第二个焦点，我猛然低下头，想就近找个座位坐下，减少注意力。可是已经晚了。主席台上主持会议的局长说:“怎么搞的，拖拖拉拉。”我有些心慌。他说:“我三令五申，你们开会还迟到，还有组织纪律吗？”

批评组织处的科员，无疑等同于批评组织处处长。罗处长五十多岁，已经在机关正处位置上干了六七年了，在处长队伍里算是资历老的了，按照领导干部培养程序，早该放到局下属工厂担任党委书记了，如果没有这个经历，下一步想再上台阶，基本没戏，可阴差阳错没有调，他就耽误在处长这个职位上了。五十岁以上，在领导干部队伍里是个比较尴尬的年龄，虽说经验丰富，但因年龄原因，一般就进入不被培养的行列，有许多就被安排到比较清闲的岗位上度过职业余生，因此今年是他能否上岸的关键一年，工作上小心翼翼，生怕出什么纰漏，错失自己仕途发展最后的机会。他不能让处里的同志有半点不好的表现暴露在局领导面前。他坐在组织处这一排的第一个，这时扭回头来边看着我边向局领导解释，说我昨晚加班了，给书记赶写讲话稿。书记便望着局长的脸。局长若有所思地噢一声，就没再说什么。

一段小插曲就此而过。其实，我昨晚并没有给书记写讲话稿。书记的讲话稿一周前我就交给罗处长了。我昨晚下基层车间调查研究回来，走下小车就被刘定云拉去蹲扎啤摊子了。

那时的刘定云刚刚调到技术处，原来是局下属厂技术科工程师，全行业专业大比武时，部里的总工程师随便拿出一张图纸，每说出一个配件，一个连接件，他立刻能标准地说出名称、型号、位置，在大比武中夺魁，给局里争得了荣誉，回来后就被局总工调到技术处，总工还把女儿嫁给了他，可惜一结婚，总工就光荣退休了。我对刘定云说，扎啤这玩意儿，不敢多喝。他说，咱虽然都在机关，可都在忙活自己的事，也是难得一聚的，今天没什么事就多喝点，好好聊聊天。期间，我们谈论的最多的肯定是机关的是是非非。说着说着，刘定云就骂起来，骂技术处的处长狗眼看人低，骂周边的人势利眼，当年老岳父在位的时候怎么怎么样巴结他，老岳父一退就都躲得远远的了。我也跟着骂，骂着骂着就喝多了。

我回到宿舍里已是下夜两点，没开灯便上床睡觉了，更不用说刷牙、洗脸什么的。我有个毛病，酒喝多了愈发清醒，刺激得兴奋，就睡不着。躺在床上，翻来覆去，我想，你堂堂的局组织处大员，局机关公认的秀才，再熬一个年头也该晋级正科了，是不是在这关键一年多走走上层路线，该拜的菩萨拜拜，可不能到关键时候再走动就晚了。咱没有什么后台靠山的，感情都是平时积攒下的，有事了临时抱佛脚不顶用。要趁着年轻，好好把自己的前途谋划谋划。

那时候屋里暗黑一团，我自我批评着入了梦乡。于是，我就在学习会上迟到了。

这时，罗处长看着局长的脸已经由刚才的愠怒渐渐恢复了往常的威严，双眼只盯着会场前方某个地方时，他知道领导大概已经开始淡忘刚才这支在他大半生领导生涯中无足挂心的小插曲，于是半旋过身子悄声问我：你怎么起晚了？我说昨晚我把下基层调查的情况归类整理了。他说正好，书记让把他的讲话稿再充实一些内容。

还缺什么？我心里忽然茫然起来。写材料的人一般有三个关口，一是刚接收任务的迷茫关，不知怎样下手；二是呈报关，虽然材料写就时会有突然的释负感，但紧接着而来的是能否过关的煎熬；三是修改关，最怕自己的材料被领导否定，哪怕是大面积的修改也比被枪毙来得痛快，最起码知道怎样修改。可是有的领导不会直接修改，只提出修改意见，意见明晰还好，意见宏观反而不知如何把握了。此时，我正在过关，心里仿佛冬季的一场大雪飘落下来，天地间一片荒凉。

处长说的是《新时期市场经济与企业党建工作的辩证关系新论》，我为准备这份讲话稿不知查阅了多少资料，历时半月，五易其稿，前期，组织处专门召集会议，请党办、宣传处等部门的文字专家们研讨，大家一致认为此稿文字流畅、观点明确、旁征博引、资料详实，堪称当前如何在深化企业改革中加强党建工作的一篇学术交流论文式的讲话稿，没料到书记让再改一稿。处长没有回头。处长说："书记让再补充进去一个咱们局的实例。"我问："什么时间要？"处长说："今天下午两点半书记就要作报告。"

我愣了愣，心里由刚才的茫然，瞬间变成紧张，还有一股急迫。我说：

“来得及吗？”处长说：“你不是下基层搞了调查研究，拿一个例子装上就行了。”我不言语，会上书记的讲话犹如天外来音，嗡嗡的，却一句也没听进去，我的脑海里正在极力想搜出一个例子来。事情就是这样，平时闲谈扯淡的会扯出许多人和事好像记忆力超强，一旦需要急用时却像树上的麻雀，一声炮响，都不知躲到哪里去了。这时我的感觉就像是树上的麻雀，平时叽叽喳喳乱死人，可你想找到它们，连一个影也找不到。我熟识的厂长书记、车间主任书记，多是从基层一线干上来的，日常工作忙得团团转，每天总忧虑今天工作干不完，明天的事情又是一箩筐，累加任务就像长篇评书，晚上睡觉前总是“且听下回分解”这一句，从他们中间找出一个典型的例子，现在却是这么难。

学习会已近结尾。书记做完学习报告的话音刚落，主持学习的局长又提了三点要求。主席台上定力深厚的领导们，刚才还凝重的表情略有松缓，有的已经摘下老花镜，有的开始拧上笔帽，而更多的声响来自于台下，哗啦啦合上笔记本的声音此起彼伏。

坐在我身边的是宣传处的吴永功，他是我的大学同学。吴永功是部报的特约记者，比我进步快，已经是正科级了。说实话，吴永功没上过几篇像样的稿子，最长篇幅的是五个人合写的一篇通讯，四千多字，小半个版面,吴永功的名字排在第三。可他是部报特约记者。特约记者就不是普通人。他家是西北的，他老婆孩子一家人都在西北生活，两地分居十多年了，他连年要求调到西北去，局里总也不放。因为不放，吴永功就连年要求，就要求出了一个即将来到的副处级。据说，吴永功过几天就要下厂当党委副书记去了。

“晚上坐坐呀，我请客，”吴永功侧着头对我说。“你吃了上顿不操心下顿，我不行，上有老下有小，得顾家啊。”我知道，吴永功晚上的饭局少不了，今天指不定又是哪个厂的宣传科长请他。吴永功想了想，说：“倒也是，当地人有当地人的苦，哎，不勉强你了。”

处长扭回头对着我们小声说：“别说了，书记朝这看呢。”

在会场中说悄悄话的并不限于我们，但处长的话，告诫了本处科员们，也提醒了党、组、人、宣、工、团这支抓上层建筑的队伍。党群这一大片说话声旋即平息。这就是大机关的长处，动与静可在瞬间转换完成。

我在局机关虽然时间不长，但也算是老机关了。当年我在下面的厂子任厂办干事，一份班组支部建设的调研报告，被局内部政工专报全文刊用，据说是其中涉及进一步加强班组思想政治工作那一部分，被局党委副书记认为很有些想法，过后不足三个月，我就被调到了局组织处，细算至今，已在堂堂局级机关干了五个年头，对机关的招招式式，明显带有机关特点的言行，不能说练到了炉火纯青，也可以说达到了心领神会的地步。

实事求是讲，书记是个好的思想工作者，我挺佩服他。他对整个行业的情况把握精准到位，对整个局的思想状况和行政工作情况了如指掌，基层厂党委书记来汇报工作，大都是成绩讲的足，问题蹭蹭皮，措施宏观点，最后书记总能笑眯眯地剑走偏锋，点出汇报内容之外的这个厂几个具体事例，追问具体解决方案，往往让来汇报的基层“大佬”们毫无准备，支吾半天回答不上来，只能以“我们工作做得还不够，回去一定深入剖析原因，订出细化措施，拿出让书记满意的方案”之类的官话来下台。

我也一样，机关材料写多了，对领导们的讲话、文章各自的特点都了如指掌。局长是从基层一步步打拼上来的，他的讲话喜欢夹杂具体事例，边叙边议，用事实来佐证理论；党委书记长期从事政工工作，他的讲话爱引用中央领导讲话和高层理论，显示的是一种高深的、逻辑性强的理论渊博；剩下的副书记、组织处长，偏爱什么材料什么文章，我都清楚。正因为这些，我在会场一边表现出一种全神贯注听讲的样子，一边还能集中精力去思索书记报告中所需的事例。

我心里想的全是迫在眉睫的书记讲话材料，当局长宣布散会的话音刚落，我也没跟处长打招呼，就急匆匆站起来向会议室大门跑去，一急还不小心撞到了桌角上，惹得周围一阵笑，数人事处小董笑得最响，喊道：“咋了，大才子，你是来得最晚，走得最早，急三火四的，是不是有什么好事啊？”

小董在人事处管任免，他能把处以下干部花名册背得滚瓜烂熟，便成了局优秀机关干部，得以提前升职。他与我同年进的局机关，现在他已经是正科了。我一边走一边说：“有什么好笑的，少见多怪。”小董紧跟了我两步，悄悄说：“着什么急啊，告诉你一个绝密消息。”我顿了顿：“问什么绝密消息？”我们一边走一边说。他说：“这次调级我想你应该是十拿九稳了，党委会上领导们在一块议过你。”他的话题提起了我的兴趣，问：“议我什么了？”小董道：“领导们普遍说你材料好，起草的文字材料可以说主题鲜明、逻辑清晰、用词讲究，关键是理论性强，思想上有高度，语句也符合会议讲话，念起来朗朗上口、抑扬顿挫，甚至书记说读了有很过瘾的感觉。”我说：“你别埋汰我了，领导哪能对我这个小科员有这么高的评价啊，不现实！小董有事你就直说，拐弯抹角奉承我可不是你的本色。”小董说：“不骗你，书记副书记都说一个处有你这么一支笔，机关乃至下面各厂的工作都上去了。”

我听后，知道小董说话有添油加醋的毛病，也许这是干干部工作需要锦上添花的职业习惯，但听了之后还是很受用的，于是，刚才还是寒冬的心，似乎积雪慢慢融化了，还似乎漾荡了一些春天的气息，甚至夹杂着花开时节那种浓厚的花香四溢的味道。我的劲头十足，步伐比小董快了许多。我想，一定要找个无与伦比的例子镶进书记的讲话稿，让这篇稿子锦上添花。

我俩在向二号楼走的路上，吴永功也紧跟了上来，问我们在谈论什么事情，这么神神秘秘。小董半开玩笑地说，这是秘密，秘密怎么能随便说的。吴永功用手拍了一下小董的脑袋说，学会给大哥卖乖了。我们之间在机关算是比较聊得来的几个，平时经常到地摊喝几杯，说话也就都不见外。

正当我们嘻嘻哈哈的时候，迎面来了原来我厂的三车间鲁副主任。我在那个厂工作时，虽然不是一个车间，但经常在厂区或会议室开会时见面，也算比较熟络。上次去他们车间，我找他还问过有关支部建设的情况。他是车间支部委员，“一岗双责”少不了。他见到我们，大老远就举起手打招呼，然后毕恭毕敬地等着我们走过。

我上去同他握了握手算是寒暄，吴永功和小董只是微点了一下头。通往二号楼的路上有几排杨柳树，虽然已经立春，但倒春寒的冷风让刚刚抽芽的树叶又打了蔫儿。

吴永功扭身拉了一下小董的衣角问：“这个人叫什么，多大年纪了？”小董说了他的名字和年纪。吴永功说：“回头可以写篇稿，在部报上吹吹他。”

吴永功说：“我有印象，我们厂一个通讯员写过这个人，说他家困难成堆，妻子常年瘫痪在床，上次又突发脑溢血，他正在生产一线盯设备大修，连手术都没顾上，儿子还有小儿麻痹症。最近又准备推他为部劳动模范，我得好好写写他。”小董说：“那就去采访采访他。”吴永功说：“最近手头比较忙一时半会儿还真去不了，这样，你一会儿再详细介绍介绍他，算是采访了吧。”小董略略一怔，脸上浮着笑说：“这就是采访呀。”吴永功说：“没这点采访本领还算特约记者吗？”

他们的对话猛然提醒了我。家里妻瘫子病还盯大修设备，又是连年的先进工作者，作为一名党员干部，什么是他在企业走市场中克服家庭困难无私奉献的理论基础？不正是他清醒地认识到了市场经济条件下企业改革发展的责任感使命感吗？不正是党建“一岗双责”机制的驱动吗？不正是市场经济与党建工作辩证关系的现实体现吗？想到这，我有些激动，仿佛无意间发现了地下暗道的出口。

今天虽然寒冷，其实阳光还是挺厚的，高悬在城市的上空，在寒冷即将结束的时日里，依然带来了春天的真正的温暖。

迫在眉睫修改稿子的任务，似乎随着鲁副主任的出现，在我的脑海里基本完成了，我暗自舒了一口气。我想，嵌进这么一个先进事例，既详尽具体，又有说服力，无疑会使稿子在高原上再现高峰。我简直以为这个车间副主任就是为了这篇讲话稿而奉献牺牲了那么多东西。我想，当下午书记自然念完了报告，对我的认识也会提高到一个新高度，不仅认为我的文章是三江春水，也会觉得我是机关写文字材料队伍中的旷世奇才。此刻，我知道我脸上得意之情浮现，浑身上下充满了活力。

我来到处长办公室，见处长正在打电话，就迫不及待问处长讲话材料在哪里？我马上去修改。处长说等一下就给你。等他打完一个电话，从桌子抽屉里取出了那份稿子。我把稿子拿在手里，共计二十页，一万余字。我一页一页掀着，见书记的笔迹虽然在上面龙飞凤舞，但修改的地方并不多。我看到在第一页的天头上，有书记用红色铅笔写的一行批语：此稿观点明确，论述详实，理论性较强，如果再加个把一线事例会更好。请组织处修改后，设法拿到中央级权威理论杂志上试发。

中央级权威理论刊物，那上面文章的署名，多为省部级以上领导以及理论界“大佬”级人物，最不济也是院校的教授。我感到书记的要求有些过高，但转念一想，书记觉得此文定能攻开中央级权威理论刊物，书记说设法二字，那就一定有攻开的谋略方法，也就是说有这种可能性，也许通过公关等方法还是有希望的。当然，文章发表了，肯定要署书记的名字，这和局里每年的行政工作报告由写作群组集体写作，稿子上要署局长的名字是一样的。当然，署局长的名字也是每个执笔人的荣耀，是对群体工作的肯定。自然，这篇稿子署书记的名字，也是我的荣耀，是我工作价值的体现。

正当我一边翻稿子一边胡思乱想的时候，就掀到了最后一页，在那半张空白的纸上，我看到了处长用蓝色铅笔写的两行字：书记，此稿我写得匆忙，哪儿不妥请不留情面地指出。按照您的指示，我改好后争取在中央级权威理论刊物上发表。

看到这里，我抬头看了看处长。这时，处长开口了。说我以为说是我写的，书记会给个面子不让修改，结果还是改了个底朝天。你辛苦，看看中午加加班，再修改一下，看再把例子加在哪里合适，加好后给我，下午一点半前我得交给书记，可别耽误了书记的讲话。我听后黯然失语，刚才的春心荡漾重新被打回了寒冷的冬季。

下午机关三号楼大会议室，机关的党群部门全体人员和局属的各厂党委书记、副书记来听书记作报告。

会议室坐无虚席。在新的历史条件下，企业改革与加强党建工作辩证关系的新内涵，从书记明显带有南方口音普通话的嘴里出来，报告得有声有色，唯妙唯肖，犹如口吐莲花。

一号楼外边，梧桐树在下午的日光下，绿成一片黑色，斜阳开始斑驳陆离地透过枝丫撒下来，几只小麻雀趁着阳光一边寻觅吃食，一边唠唠叨叨叫个不停，好像是在外面配合书记，形成大自然的共鸣。

我身边坐着的是财务处的老周。老周管着报账，所以在机关人缘极好。组织处每年也要印刷那么几本书，到年底一块结账。老周见了组织处的人总是说，买书别忘了给我一本。老周家藏书很多，少说有两千册。老周爱好文学，局报上常发他的小杂言小诗歌。老周干财务有些业务不对口，甚至说是怀才不遇，所以老周最爱和党群的人攀谈了。老周说我：“书记的讲话稿是你写的吧？”我说：“你觉得怎么样？”老周说：“很深奥，我估计别的人写不出来。”我说：“是我和处长合写的。”

我和老周说话时候声音压得很低，头几乎靠在一块儿。老周说：“天真冷，今年冬天特别冷，专家不是说本世纪已经进入暖冬了吗，怎么还这么冷。”我没接话，问他：“今年烤火费一个人多少钱？”老周在记事本上撕下一张纸，写上了钱数。参会的人特别是基层来的领导们都在埋头伏案记录。老周也记录，但他是用诗歌记录，说书记的讲话声仿佛一股清溪，从高不可攀的山岩缝隙跌落，溅起层层水浪，升腾成云雾，缭绕在会场上空，让人如梦般享受这大自然的峥嵘。

书记的讲话，我几乎能背出来，尤其是那些引用的理论观点，记录的人，也多是记这类半是创作、半是借鉴的语言。照理，书记在念自己起草的讲话稿时，我听得更加仔细，并不时观察会场同志对讲话的反应，可惜处长在讲话稿最后一页的那几句话，却让我恶心，这使我总也不能入戏，嗓子眼里如爬了一条虫，很想对着哪儿大骂一声。

“在新的历史条件下，特别是在国企改革不断深化的形势下，党建工作只能加强不能削弱，切实把党的政治优势、组织优势充分转化为企业改革发展的强大动力。”书记念到了这里。这话原是我灵感的迸发，这会儿从书记口里道出，倒极像至理名言。我忽然觉得嗓子不痒了，嗓子眼里的那条虫儿不见了。转瞬间我又忽然很想笑。我宽容地想，你与处长争这个署名，真如买鸡蛋，还要问是哪个鸡下的。我在乎这个名分吗？无聊。

报告会结束时已是四点半了，机关工委立即下通知，组织各部门讨论书记关于新时期企业改革与加强党建工作辩证关系的长篇报告，组织处讨论题印发人手一份，全处人员云集到小会议室，将桌子并列起来，各自拿着笔记本。大家凑到一块，即刻就有了庄严的环境，人们讨论发言也是讲得周周正正，全没有了日常的嬉皮笑脸。大家把第一、第二讨论题都讨论完了，轮到第三讨论题了。主持会议的处长说请我说说体会。第三讨论题是为什么说加强党建工作是推动企业改革的坚强保证？我听到点了我的名，略微思想一下，正要发言时，顺势瞟了一眼旁边负责记录的小张的记录本，上面除了写了某月某日讨论记录一行字外，其余都是空白。看到这里，我就有些生气。我说：“书记的讲话稿是我写的，我还参加讨论什么呀！”老冯说：

“是你写的你就理解深透了？”我说：“不理解我能写出讲话稿？”一句话噎得老冯卡了壳，就看了一眼处长，像是要寻找救兵似的。这时处长抢过话题说：“好了好了，不要再说谁写的讲话稿就怎样不怎样。写与不写都一样，我们都要深入学习贯彻。”

就这个时候，书记突然走进来，身上裹着领导惯穿的干部黑棉服。棉服很宽大，却盖不住他那坚挺凸鼓的肚子。大家见书记进来，一齐起立，严肃而又恭敬地看着。书记笑着说：“天气确实冷，今年说的暖冬到哪里去了？”处长说：“今年冬天比往年冷，冬天冷说明正常了，地球环境好了，那些个专家就是‘砖家’，专拿板砖拍的‘砖家’。”

书记哈哈了两声，问大家对他上午的讲话有什么反应？处长说：“我们已经搜集情况了，机关的同志普遍反映说，很受鼓舞，很受教育，特别是对当前企业深化改革的形势分析，以及您对加强新形势下党建工作的思路对策反应很强烈。”书记嗯嗯了两声说：“加进车间小鲁这个例子不错，很有说服力。”处长没说例子是我加上去的，他说：“这是您统率有方，将强兵壮。”书记笑了笑说：“你们可以把下午机关讨论的情况整理一下，拟一份信息报给部里，让部领导知道一下我们开展的这场大讨论，要重点说取得的效果。处长说我们是有这个计划。”书记又笑笑说：“你认为这篇讲话稿到底怎么样？”处长说：“我们写时就想到了发表这样高水平的文章具有很强的指导意义，如果发表了，对于企业改革发展是有更普遍的借鉴意义的。”书记说：“行吗？”处长说：“我认为不比任何公开发表的论文差，问题准，观点新，又有理有据。”书记说：“深刻理解很重要，下一步你们处要深入基层，理论与实践相结合，认真总结经验。”书记说完就走了。

书记走了后，大家如释重负。处长说：“看样子书记对这篇讲话很满意，你们几个留在这继续讨论，你们几个抓紧到各部门搜集讨论情况。他让我把这项工作一抓到底，将搜集的情况整理信息，连夜报给部里，让部领导尽快看到我们开展工作的情况。”

处长让我到局办，我有点悻悻地去了。局办是局里的老大部门，人多事多，占三号办公大楼两层，我到二楼三楼看了一遍，各办公室竟都讨论结束了。我从局办走回来，到其他部门搜集讨论情况的同志也都回来了，也都一样地说，他们早讨论完了，我们还在这讨论得傻认真，哪个处都没有我们组织处丁是丁，卯是卯，一丝不苟。组织处和宣传处是隔壁，宣传处处长探进头来问：“你们还没讨论完？”我们处长说：“完了，早完了。”然后处长扫一眼大家对我说：“辛苦你一下，加个班，晚上抓紧把信息写出来。”

此刻，我心里装满了空洞，不仅感到很无聊，而且感到像是受到了莫大的屈辱。我不假思索近乎脱口而出地说：“让别人写吧，我晚上有事。”然而我说完就满世界后悔，生怕处长追问什么事，就在心里盘算如何应答处长的追问。可处长很宽怀，没有追问，处长只看着我的脸问：“事情很重要吗？”我说：“很重要，和一个老乡说好晚上八点钟见。”处长说：“能比书记交待的任务还重要？别说朋友见面，就是家里着火了也得往后推一推，再说晚上八点钟写出来，你动作快些，两三页纸，八点钟前也该写好了，晚不了你的事。”我说：“各处都没认真讨论，一点情况也没搜集到，让我怎么写？”处长有些生气了，说：“这点小事就难住了你？组织工作者没这点能力那工作还怎么搞？”我无言地低下头，面前是讨论记录，白纸洁净如初，在等着最美的文字和图画。

处长说：“大家都回吧。”处长走出去又折回身说：“机关参加讨论人数百分之百，其余需什么数字估计一下，说大不说小，大家怎么发言的，你按你的思路写，八点钟前把信息发给我，事后我掏钱，大家一起给你庆功。”他说完就这样都走了。

偌大的办公楼，几十个办公室空无一人，走廊上寂静无声。洗漱间自来水龙头的漏水声，滴滴答答，就像历史演进的表针，孤独地响在这座陈旧的办公楼里，而我的心情，似乎是推进这表针的齿轮，在努力而无奈地咬合。

我坐在属于自己的办公桌前，转动鼠标打开电脑。通过窗子一角，远眺天空，一团落日如一颗熟透的柿子挂在天际，在一片片晚霞彩云的衬托下，红软欲滴。近处的三号办公楼，在夕阳的照耀下，一点一点地飘移，像一个巨大的没有生命的怪兽，僵硬地转动。我怀疑我的眼睛出现幻觉，于是把眼光挪到窗下的树上，看到被倒春寒袭击的嫩叶仍然顽强地拱出了头，预备着捕捉任何暖意，以待恢复生机。

我带着一腔无奈的愁绪，找来了以往向部里汇报学习讨论和什么什么教育情况的几本汇编，在电脑上打下了一行题目：××局开展“新时期企业改革与加强党建工作辩证关系新内涵”转观念大讨论卓有成效。

我数了一下，标题文字三十六个字，加上双引号，在A4竖排的纸上要占去三行，太多了。好的机关文书标题十分重要。我闭上眼睛琢磨，想着怎样让标题再精简一下，显得更加简洁。正在我苦心孤诣地推敲时，突然电话铃响了，在空寂的大楼里回旋，着实吓了我一跳。我猜想电话可能是处长打来的，催问我写信息的进展情况。我有意让电话铃响过五六声之后，才慢慢腾腾地过去接电话。

电话里传出很粗的问话声：“你是谁？”我抬高嗓子反问：“你是谁？”很粗的声音更粗了：“我问你是谁！”

我说：“我问你是谁！你会打电话吗？拿起电话要先报上自己的单位和姓名。”对方说：“我是局长。”我的头猛地向上抬一下，嘴和听筒拉开距离了。我的心跳骤然加快，脸开始变白。我有些结巴，声音变轻，嗫嚅着说：“局长对不起，我没听出您的声音，以后接电话我一定注意些……”局长说：“你注意什么？你说得对，给人打电话是应该先报自己的单位和姓名。”我的脸此刻更白了，连拿电话的手也微微颤抖起来，只好用另一只手扶住那只颤抖的手。我说：“局长，真的，我一定注意……一定注意……”

那边的局长口气有些不耐烦，说：“算了算了，不要计较这些小事情。我是问你们处谁写这场讨论的信息？”我说：“是我。”局长说：“别忘了把党委常委的讨论情况写进去，常委们下午讨论很认真，一致认为这样的讨论很及时，对新时期企业改革发展的任务明确了，思路清晰了，抓党建工作的信心更足了。”局长说了三个排比句后，啪一下扣了电话。我这边电话筒里传出的嘟嘟声，好像天外来音，我把三个排比句输入进了电脑。

我八点准时写完信息，从办公楼走出来。我想我该离开一下这白天忙碌夜晚沉寂的机关了。

我想起了十多年前那个秋雨绵绵的日子，我在图书馆看完《世界伟人100》，在合上书的一霎那，一股巨大的感情激流涌上了头脑。我感到每个人的生命来到这个世界都不是偶然的，既然来到了就是要承担某种使命，这种使命应该是神圣的。就在那个时刻，我在心中立下宏图大志，我不要做一名碌碌无为的人，我的一生要像这些伟人那样，不说轰轰烈烈，也要在某一天给世界一个惊喜。然而到今天，十多年过了，在三十多岁所谓的事业上升期，我才在心里承认，自己多年来的努力，只是在履行一个普通的再也不能普通得人的责任，平凡注定是我一生的注解。

这时，突然就想去看看被书记点名举例表扬的鲁副主任，去看看这个被我写入书记讲话的人，是不是因此给他带来了惊喜。家庭地址好问，摸起电话打到厂部值班室，很轻松就要到了。

他住在厂职工宿舍，我在厂办时，春节走访慰问困难职工跟着厂长来过。院里有三排七十年代盖的红砖楼，大部分是一廊二室的房子，面积也就三十多平方。快到他家门口时，恰巧有一个水果摊，顺手买了几样水果。卖水果的小贩问我："是走亲戚吗？"我说："看病人。""哟，你那点怎么够，我这里有刚从南方进的火龙果，稀罕，拿上两个，撑门面。"他从车下掏出两个奇形怪状的家伙，在夜色下看不出是什么颜色。那个年代，南方水果在北方很少见，火龙果也是见过没买过。我想，也别不舍得，买两个就买两个。

敲门，开门，站在我面前的鲁副主任一愣，双手好像不知所措地来回摆动，好一会儿才把我让进屋去。我放眼四望，这个家收拾得倒还干净，只是屋内散发着一股只有医院病房里才有的怪味。

"您来得真巧，我刚从医院回来，拿点东西还要回去，老婆在医院没人照顾。"他说道。

我问："孩子呢？"他说："送到我姐那去了，家里没人照看。哎，这几年啊，除了工作，照顾病人倒成了我的第二职业了。"

"我主要是来看看你，顺便想给你解释一下，我没有经过你的允许，就拿你作为例子写到书记讲话稿里了，我想还是说一下好，毕竟写的是你的事。"

"别说了，我都知道了，我们厂书记下午开完会就找了我，说局党委书记都表扬你了，下一步要作为好干部榜样竖起来。"

我说："那好啊，没想到帮了你一个忙。"

"好啥啊好，您是局领导，说句不好听的话，您给我帮了个倒忙。"

"哦？"我一惊，"这是怎么回事？"

“您也看到了，我家里的这一摊子，本来我已经给厂里写了辞去车间副主任的报告，可下午局党委书记在大会上一表扬，厂里书记下午就找我谈话，要我收回辞职请求，说是下一步还要树我当部里的劳模，本来想多照顾照顾家庭，没成想，让您这么一写，骑虎难下了。”

我愕然，脸上结满了霜。我说：“鲁主任，这么重要的情况你为什么不反映给书记呢？”鲁副主任笑了笑，那笑是黑青色，如开春时裂开的冰。他说：“我姓鲁的干什么呀，基层干部容易吗，我干什么要搬石头砸自己的脚，自己朝自己脸上掴耳光呢？”

借着灯光，我能看到窗外的树叶在风中微微摆动。

从鲁副主任家出来，我顺着马路一直往前走。此时的夜晚如处女般静寂。旷穹之下，一轮弯月高高挂起，凝视着我的身影。突然，有了想喝酒的感觉。这时也就十点来钟，偶尔有超市还没有打烊。喝什么酒？牌子多得叫不上来。就随便来一瓶吧，要度数高的。还好，边走边喝，甚至身上微微出了汗。

前面一座黑魆魆的山挡在眼前，叫什么名字无关紧要了，我现在需要的是发泄。

山并不高，只是生长着一些低矮的植物，沿着裸露的岩石向上攀登，有的地方仍需要借助旁边的树木用手费力攀住才不至于滑下来。攀爬过程中，我的手被划破却浑然不觉，也许是酒的麻醉起了作用。

当我气喘吁吁爬到山顶还不待缓口气的时候，山下的景象令我大吃一惊。我生活的城市竟然没有了，什么都没有，映入眼帘的就是白茫茫的一片，好似一望无垠的海面，给人无法依托的空虚感。

向山下走的时候，城市又出现在眼前。我的脑海里猛然记起一句话：虚幻往往更是一种真实，而常人眼中的现实往往是不真实的。

当我回到家时，已是十二点多了。新的一天已经来临。

法定的星期五上午是机关工委组织的“大课堂”学习会，没有特殊情况，必开无疑，全体机关干部没有特殊情况必须全部到会。我五点多就睁眼了，早早起来穿戴整齐，好像在等候着一个什么重大事件的发生。

我想，今天的学习会该不会迟到了吧。

大师：济南过往

还记得那一组富有浓郁日耳曼风格的济南老火车站吗？历史沉淀在二十世纪二三十年代，曾经的站台、候车室、出站口、广场，有多少历史风云人物从这里进进出出、站站停停。我试图探寻那些被称作大师的先生们，从济南老火车站走出后在济南的生活，以及与济南这座古城的因缘。风云已逝，文字长存。

傅斯年：光明之门开启地

自古以来，人们认为“鲤鱼跳龙门”是非常难得也是光宗耀祖的事情。傅斯年，这位当年被称为“北京大学的最优秀的学生”，北大胡适的得意弟子，又被原北大校长蒋梦麟称作的“天下之奇才”，在“跳龙门”之前，早已是“五四运动”中的活跃分子，而真正的“跳龙门”之地则是山东省会济南。

傅斯年，字孟真，1896 年 3 月 26 日生于山东聊城一个举人家庭。1909 年就读于天津府立中学堂，1913 年考入北京大学预科，1916 年升入北京大学中文系本科。

“五四运动”中，傅斯年是北京大学的学生领袖，他同当时的校友罗家伦一起主编的《新潮》，是一份属于学生自己的杂志，同时也是《新青年》最坚定的同盟军，两份杂志的编辑部相隔不远，可以说是遥相呼应，并肩战斗。他不仅是“五四运动”期间的游行总指挥，也是“火烧赵家楼”壮举的领导者之一。不过，傅斯年在自己功成名就后却绝口不谈当年的这些辉煌经历，反而在事后对这件事情颇有反思，至于他是怎样反思的，就不得而知了。

这里所说的“跳龙门”，是指傅斯年在1919年秋参加的山东官费赴欧美留学生考试。正是通过这个考试，开启了他一生的学术生涯。可是，作为“火烧赵家楼”的领头人，本是政府防控的重点，又何以能够获取官派留学的有限名额呢？像他的山东老乡张含英，同样在“五四运动”激流中打前站，就被北洋大学开除，而傅斯年却在数月之后留学西欧，运气不可谓不佳。

民国初年的官费留学，是利用清末庚子赔款来支付费用的，不仅名额极少，且并非年年都有，傅斯年之所以能够获得，还要从山东济南说起。

1919年6月，在傅斯年对个人前途感到一片茫然的时候，听说政府有官派留学的消息，名额落在了山东济南。作为山东人，傅斯年在感到荣耀的同时，萌生了搏一搏的念头，于是经过一番努力，他终于如愿以偿，其中，离不开山东教育家王祝晨的鼎力相助，他可是傅斯年的贵人。

当时的官费留学考试，实行地方初试、北京复试的流程，即先由各省教育厅组织，再报北京政府教育部复核，但经费均由本省自己出，而条例的制定及名额的确定则是在省议会，需经省议会决议通过后才能实施，并且要全过程由省议会监督实行。因此，省议会议员们的态度起着重要砝码作用。

傅斯年是怎样找上王祝晨的呢？原来此前王祝晨曾请傅斯年到聊城做过演讲。

曾在傅斯年老家“山东省立聊城二中”当过三年校长的王祝晨，在校期间开创了山东民俗研究，要求本校学生每年放假回家都要做一次乡土调查研究，开学后将调查报告直接上交他并汇报调查情况。他还经常深入乡村搜集山东民谣，通过当时的北大校长蔡元培，陆续发表在《北京大学月刊》上。

1918年初春，唐山路矿学校（即唐山交通大学，今西南交通大学）国文教员吴稚晖、北大教授李石曾等人发起“留法勤工俭学会”，王祝晨听说后便立即与山东省立一中校长赵同源一起到北京，拜访了蔡元培和李石曾等人，专门商谈官派留学生的事情。作为胡适的大弟子，傅斯年与王祝晨的相识，就是在这次访问期间由胡适介绍的。

1918年夏天，傅斯年回聊城过暑假，王祝晨趁此机会请他到聊城二中给学生们进行了三次演讲，第一次演讲的题目是《德先生与赛先生》，第二次演讲的题目是《现时的北大》，第三次演讲的题目是《现实与未来》。三场演讲对二中学生触动很大，演讲稿刻印分发后引起的反响更加强烈。

此后时间不长，王祝晨因地方势力的排挤辞去校长职务。1918 年 11 月回到济南后被选为山东省议会议员。1919 年 3 月，他联合鞠思敏、聂湘溪、王乐平等其他议员，在省议会上提出增加派遣官费留学生名额的动议案并获得通过。这样的好消息，傅斯年自然不会不知道。不久，他便委托同学顾颉刚写信给王祝晨先试探一番，没想到王祝晨给予热情回应，他就亲自写了三封信。第一封信中傅斯年展示了自己在北大的历年考试成绩，第二封信中列举了自己发表过的文章，第三封信他则询问王祝晨何时能到济南拜会。

这一年的 7 月中旬，傅斯年同北大同学好友杨振声（新中国成立后任北京大学、东北人民大学教授）一起到达济南，落脚在一家小旅馆里，不等歇息便前往南关广智院街王祝晨宅登门拜访。王祝晨非常高兴，连续好几个晚上与他们彻夜长谈。为更有力地举荐他们，王祝晨又联系省立一中校长赵同源、省立一师校长于明信，邀请傅斯年、杨振声两人先后到他们学校进行演讲。每次演讲，王祝晨都陪同前往并在演讲前郑重向与会者介绍他们，为他们二人能够获得官派留学而铺路。

其实在“五四运动”中，山东省议会始终充当着“急先锋”的角色。“五四运动”爆发的第二天，省议会即致电北京政府，指斥其“愚弄国民，居心媚外”，多次在省议会大厦举行各界群众集会并号召罢课罢市。6 月 1 日，鉴于北京政府有签字的意图，省议会发动议员全体签名致电北京政府，称“本会用特电恳大总统，仍饬陆专使坚拒签字，保留余地，慰我国民。如竟仍不鉴纳，请即颁发明令，解散本会，以谢东人”（见 1919 年 6 月 5 日《申报》）。6 月中旬，由省议会秘书长王乐平等八名议员率领有八十六人组成的山东各界代表团赴京，在总统府与国务总理府请愿。经过二十多天艰苦卓绝地奔走呼吁，最终迫使内阁总理龚心湛做出了“政府已指示谈判代表拒绝在和约上签字”的明确答复。由此可见，在“五四运动”中，山东省议会不仅直接参与了，而且发挥了十分重要的组织领导作用。

山东省议会在“五四运动”中的这段“光荣”历史，间接地给予了傅斯年等北大“五四运动”积极分子们大力支持。然而省教育厅却认为他属于“激烈危险分子”，拒绝收录为官派留学生，甚至对外声称傅斯年等人在国内就像水浒传中“打家劫舍”山大王，敢“三打祝家庄”“火烧赵家楼”，到国外就敢火烧卢浮宫、抢劫巴黎圣母院。这个出乎意料的变数让傅斯年措手不及，也让社会上的一些正直之士不能接受这一怪诞的理由。据岳南所著《南渡北归》中记载：“尽管傅斯年考得很好，成绩名列第二，但当权者拒绝录取他，以便走后门安插自己的亲信。是山东省教育厅一位叫陈雪南（名豫）的科长仗义执言，跳出来替傅斯年打抱不平，并声言：‘如果成绩这么优越的学生，而不让他留学，还办什么教育！’”正是因为省议会议员们的支持赞赏，还有像陈雪南这些具有文化良知的人的呐喊，让当局有所忌惮，这才选择让步，把傅斯年列入官费留学生名单。

岳南《南渡北归》书中专门对傅斯年当时得到喜讯后的反应，做了一番生动形象的描述：“正在济南一间小旅馆垂头丧气的傅氏得此喜讯，当场喊了一声‘我的亲娘！’眼珠一翻，差点惊昏过去。待跑堂的店小二弄来一碗凉水灌下，傅斯年才缓过劲来。”

这次参加山东官费赴欧美留学考试的共有四名山东籍学生被录取，除傅斯年外，还有赵太侔（益都人）、何思源（菏泽人）、杨振声（蓬莱人），是二十世纪三十年代山东官派留学人数最多的一次，这些人日后均成为民国学术教育界举足轻重的人物。

1919 年 12 月 26 日，傅斯年从北京出发，先是到上海，然后乘轮船赴欧洲，开始了他的留学生涯。

之后，傅斯年先后在英国爱丁堡大学、伦敦大学研究院、柏林大学哲学院学习。1926 年应中山大学之邀回国，先后任该校教授、文学院长、语言历史研究所所长。后又执掌过西南联大、北京大学的校政，奠基了他在民国学术界的地位。抗战期间，他连续四次当选国民参政会参政员，并一度代理北京大学校长，可谓尊崇之至。1948 年先后当选为立法院立法委员、中央研究院院士。1949 年 1 月到台湾后担任台湾大学校长。

傅斯年晚年身体肥胖，患有高血压。1950 年 12 月 20 日上午，他在台湾省议会答复教育行政质询时过度激动，突患脑溢血逝世，享年五十五岁，葬于台湾大学校园，校内设有希腊式纪念亭傅园及“傅钟”，“傅钟”亦成为台湾大学的象征。傅斯年曾说过一段话，就是："一天只有二十一小时，剩下三小时是用来沉思的。"因而台湾大学每节上下课会响起二十一下钟声。

在傅斯年老家山东聊城，有一座傅斯年纪念馆，是典型的中式建筑，占地三千多平方米;聊城大学校园内有一尊傅斯年雕像，双眼望着莘莘学子，不知在思考着什么。也许他没有忘记自己当年的济南之行，没有忘记在这座古城的"龙门一跃"，为他一生的学术成就开启了光明之门。

冯至：歌者的吟唱

1924年6月22日，虽然才是初夏，中午的阳光已经有火辣的感觉了。济南，津浦铁路火车站外，太阳照耀着站前广场。广场上的黄包车夫，已经拿着帽子不时地呼扇起来。

一趟列车进站，青年诗人冯至从车厢里下来，快步走出车站，迎着夏风站了一会儿，随即叫上黄包车，奔向城里的姑母家。

冯至，1905年出生，原名冯承植，字君培，直隶涿州(今河北涿县)人。1916年，他从涿县高小毕业，考入北京京师公立第四中学(现北京第四中学)。1919年"五四运动"爆发，他通过《新青年》《新潮》等刊物，阅读大量传播新文化、提倡新文学的报刊杂志，对新诗产生了浓厚兴趣。1921年，考入北京大学预科。此时，他大量阅读文学研究会、创造社等文学团体出版的书刊，也阅读中国古典诗词和外国诗歌，郭沫若的《女神》让他大开眼界，加深了对新诗的欣赏和评判的能力，并创作了第一首诗《绿衣人》。

这次冯至专程到济南，是应好友顾随邀请而来的。

顾随既是冯至的北大校友，也是诗友。此时，他刚辞去山东省立第一女子中学国文教员的职务，接受了青岛私立胶澳中学教员的聘请。在他马上要离开济南到青岛任教的时候，专门写信邀请正在放暑假的冯至先到济南游玩，然后再一起去青岛消暑。冯至接到信后愉快地答应了。

冯至的姑母住在济南老城内，他就省去了住宿之忧，在姑母家前后一共住了十天。

其实，冯至对济南的第一印象不是很好，在到达济南的当天，他写信给另一个好友杨晦，作了这样的表述："济南街道污秽，大明湖光，千佛山色，

与之颇不相称！”（《冯至全集·书信》）

杨晦其人，可谓鼎鼎大名。他是1919年“五四运动”中火烧赵家楼的领导者之一（上节傅斯年亦然），1923年任北京孔德学校国文教员，结识了当时还是新文学团体“浅草社”成员的冯至，并在《浅草季刊》上发表过作品，二人很快成为无话不谈的朋友。此时的杨晦已经被聘为山东省立第一师范学校国文教员，正准备赶往济南。

老友即将相逢，冯至格外兴奋。6月26日晚上，他按照与杨晦约定好的时间到火车站接站。刚进入黄昏，冯至先到位于济南西关商埠的一家客栈里，去拜访几位事先约好的朋友，到那里一看却空无一人，后来得知那几位朋友因久候他不到，就自行进城去找他了。冯至一看时间，距离接杨晦的列车到站还早，便沿着去火车站的马路闲逛起来，百无聊赖中把马路两边日本人开的商店几乎逛了一个遍，还在一家文具店里购买了几张时髦的画片。逛完之后时间不早了，他就急忙赶到津浦铁路济南火车站。进站后他发现根本没有火车的影子，也没有发现杨晦本人，站台上只有零零散散地几个旅客和铁路警察，有的打着哈欠，有的无所事事地东张西望。

第二天一早，冯至就接到了杨晦从客栈打来的电话。原来他昨天晚上到达济南站后，没有见到老朋友的身影，就自行找地方住下了。闻此，冯至放下电话，立即赶到杨晦下榻的客栈，终于见到了这位好友，互相还唏嘘了一番。

下午，冯至来到位于济南商埠区的商埠公园（今中山公园），在里面小坐了一会儿。在他的印象中，济南的“公园比北京的还要庸俗得多，一点不能使人陶醉”。（《冯至全集·书信》）

在这十天中，冯至和好友顾随等人三次到大明湖乘船游玩。他在《历下通讯》一文中描述了当时的情景：

> 我在大明湖里荡了三次船。第一次是夜泛。天上是星光，芦苇里闪烁着萤光，水面上浮萍很多。浮萍开处，自然也可以看见几颗星影。第二次是一个风雨横斜的下午，登北极阁。满目湖山，织在愁雨凄风之中。羡季（即顾随）对我说，“济南此处似江南。”末

次是在湖水云际都红遍了的夕阳光里，同游者又增加了慧修和清独。

7月2日，按照当初的约定，冯至和顾随一起乘火车离开济南到青岛，在此度过了四十多天的平静而愉快的时光。8月14日晚，冯至乘火车离开青岛，在15日清晨又回到了济南。16日是农历的七月十五中元节，晚上杨晦陪同冯至再次来到大明湖畔散步，一边倾听芦苇荡中的蛙声，一边畅谈时事和文学创作。对此，冯至21日在天津叔父家给杨晦写的信中曾有这样的表述："中元湖滨之夜，弟深感人世之飘蓬。……天津民气风景，均远不若济南。"（《冯至全集・书信》）后来在9月底写给杨晦的另一封信中，冯至又不无感慨地写道："遥念大明湖中，不知又赠与吾兄（指杨晦）多少凄清之感。"（《冯至全集・书信》）

这次济南之行，冯至似乎改变了对济南的印象，在与好友的多次通信中都提及这种感受。查阅《冯至全集・书信》可以看到如下描述：

历城怕是也天天落雨吧！大明湖同西关的商埠，我怀念得很，无以自解。（7月27日，写于青岛）

教我怎不怀念大明湖的夜泛，同戏浪东海之滨呢？……大明湖上的芦苇，想日见萧瑟。（9月3日，写于河北涿县）

千佛山上有红叶吗？大明湖的芦苇想已白遍了头了！（10月3日，写于北京）

济南住惯了，那种单调庸凡的味道，或者比北京更甚。（12月10日，写于北京）

你那里的湖上，大半是芦苇，还不曾长起，绿波上正好看千佛山的倒影。你院内的桃花想已盛开。（1925年4月4日，写于北京）

去年的昨日，我们还在大明湖上荡船。（1925年7月2日，写于河北涿县）

离开济南后，冯至的创作迎来关键转折。他与杨晦、陈翔鹤、陈炜谟等创办《沉钟》周刊，成立现代文学团体沉钟社，并坚持达十年之久。鲁迅曾说沉钟社是“中国最坚韧、最诚实、挣扎得最久的团体”，赞扬他们将“真和美唱给寂寞的人们”。而冯至用诗一样的语言描述了这期间的美好回忆：“其中一片深情仿佛还延续着两千五百年前《诗经·小雅》里‘嘤其鸣矣，求其友声’的歌唱”。

之后，冯至先后出版了诗集《昨日之歌》《北游及其他》，1930年与废名合编《骆驼草》周刊。抗日战争爆发后，他到昆明任西南联合大学外文系教授。1942年出版的诗集《十四行集》共二十七首，成为他的诗歌代表作。抗日战争胜利后返回北平，任北京大学西语系教授，1943年出版中篇历史小说《伍子胥》。

新中国成立后，冯至陆续出版散文集《东欧杂记》《杜甫传》《冯至诗选》《冯至全集》等。曾获德国“歌德奖章”“格林兄弟文学奖”“大十字”勋章和国际文化艺术交流中心艺术奖等。1988年他捐款设立了“冯至德语文学研究奖”，鼓励成绩突出的中青年德语文学研究者。

1990年，冯至离开济南已经六十六年了。在8月18日纪念好友顾随逝世三十周年时，他在《怀念羡季》的书面发言中，深情回忆了这次济南之行：“我大约在6月22日到了济南。那时济南还是‘家家泉水，户户垂杨’，《老残游记》里描绘的风貌还没有多大改变。我和羡季几次大明湖上泛舟，历下亭前赏雨，品尝鲜嫩的蒲笋和某饭馆院内活水养育的鲜鱼，至今记忆犹新。”

冯至在他的诗《我是一条小河》中说：

我是一条小河，
我无心由你的身旁绕过——
你无心把你彩霞般的影儿
投入了我软软的柔波
我流过一座森林，
柔波便荡荡地，
把那些碧翠的叶影儿，
裁剪成你的裙裳。

我流过一座花丛，
柔波便粼粼地，
把那些凄艳的花影儿，
编织成你的花冠。
无奈呀，我终于流入了，
流入了那无情的大海——
海上的风又厉，浪又狂，
吹折了花冠，击碎了裙裳！
我也随着海潮漂漾，
漂漾到无边的地方——
你那彩霞般的影儿，
也和幻散了的彩霞一样！

1993年2月22日，冯至在北京逝世，享年八十七岁。他的这条河终于汇入漂漾的大海。

老舍：大明湖畔岁月

当那座伸向蓝天的大钟楼钟盘时针指向下午两点的时候，一列火车吐着白烟徐徐驶进济南火车站，随后一股人流拥挤着从“四道门”（津浦铁路济南站出口有四个门，俗称“四道门”）出站口出来。出站的人流中，有一位身材不高，三十岁左右，着西装礼帽，戴金丝眼镜，清瘦而精干的文人，手提一个行李箱，走出车站。正待他举目四望时，立刻就有一群车夫围上来，争着兜揽生意。更有一位车夫捷足先登，二话没说就把行李抢过来搬到自己车上。这个车夫有些漫天要价，而文人随口报了个价。车夫听后咧咧嘴，非常鄙视地看了文人一眼，二话没说又把行李扔下车来。正待僵持不下时，接站的文人朋友坐着马车赶到了。

此文人可非同小可，正是当时已经鼎鼎大名的老舍，而来接站的是齐鲁大学代理校长林济青。

1930年的夏天，早已引发文坛关注的老舍，在结束了六年国外漂泊生活后，取道新加坡回到了祖国的怀抱。这时，他刚完成一篇儿童中篇小说《小坡的生日》，仍然沉浸在小说中反对强权奴役、团结一致、救国救民的激情中。他回国后仅在北京住了三个月，便迫不及待地南下，应林济青之邀来到济南，执教于齐鲁大学。

老舍于 1924 年夏赴伦敦大学东方学院（现亚非学院）开始华语教学。1926 年，他发表了第一部长篇小说《老张的哲学》，在《小说月报》17 卷第 7 号上连载时，署名为“舒庆春”。但自该刊第 8 号开始，他将署名改成“老舍”，接着用这个笔名发表了《赵子曰》《二马》，由此奠定了他在中国现代文学史上的重要地位。

老舍为何回国不久就来到齐鲁大学？原来，他是来帮助解决齐大危难的。

齐鲁大学是一所教会私立大学，于 1917 年由英美加三国基督教会联合创办，老舍来解困正是指此时齐鲁大学向南京教育部申请立案（即注册）受阻之事，此时校园内学潮工潮迭起，齐大文理学院已经停课长达半年之久。此番前来解难济困，担当救火队员者并非老舍一人，共有六名学界名人同时被林济青聘来，故而诸位名人到来后均担任了文理学院各学术要职，其中余天庥出任社会经济系主任，陈祖炳出任理学院物理系主任，谢惠出任化学系主任，王长平出任文学院教育系主任，郝立权出任文学院国文系主任，老舍被聘为齐大文学院文学教授、国学研究所文学主任，还兼齐大学术期刊《齐大月刊》编辑部主任，并用“老舍”笔名致了“发刊词”。

六人之中除老舍为新文学作家外，其余均是知名学者或资深教授。其中四人为留欧美博士。如王长平，山东济南人，宣统元年第一批庚子赔款留美生，入美国密歇根大学教育系学习教育心理学，1914 年获哲学博士学位，为清末中国留美博士第一人。又如陈祖炳，湖北江陵人，德国柏林大学原子物理学博士，受业于著名科学家爱因斯坦，曾为中国核工业部原子能研究员。再如余天庥，广东人，美国克拉克大学社会与国际学博士，是中国社会学开山之师，1949 年移居美国后曾任美国前总统卡特的顾问。郝立权虽非留美博士，但早年毕业于北大国文系，为章太炎亲传弟子，在古文学上造诣深厚，非等闲之辈。这个强大阵容可以说是对齐大文理学院进行了改朝换代，打破了以往这些重要学术职位多被洋人把持的状况。

林济青之所以能一口气请来这么多学术顶尖人物，原因就在于他说服了燕京大学校长司徒雷登，从“燕京—哈佛学社”申请到一大笔资助。他先是用这笔巨款为齐大图书馆购置了数万册文史古籍图书，成立了国学研究所，其后逐一登门拜访把六位学术名人恭请到学校来。因这笔款子是专款专用，只能用于中国古文化方面的研究，所以老舍等人均被聘为齐大国学研究所的研究员，他们的薪水也就从研究所经费中开支。

老舍对济南的第一印象怎样呢？他发表在齐大月刊上的《到了济南》一文中写道：“到济南来，这是头一遭。挤出车站，汗流如浆，把一点小伤风也治好了，或者说挤跑了；没秩序的社会能治伤风，可见事儿没绝对的好坏；那么，‘相对论’大概就是这么琢磨出来的吧？”想必他对刚从济南火车站下车的经历还“耿耿于怀”。

老舍在其自传中回忆道：“我初到济南那年，那被敌人击破的城楼还挂着‘勿忘国耻’的破布条，在那儿含羞的立着。看见西门与南门有炮眼的痕迹，我便自然的想起“五三”惨案。”

当年齐大文理学院坐落于济南旧城圩子墙外齐鲁大学新校园内。校园面积广大，树木葱茏，洋楼参差，空气清新，被老舍称为“非正式的公园”。

老舍来到齐大校园时，学校正在暑假之中，还没有开学。他在《暑假中的齐鲁大学》一文中描述了他校园的情景，“到了齐大，暑假还未曾完。除了太阳要落的时候，校园里不见一个人。那几条白石凳，上面有枫树给张着伞，便成了我的临时书房。手里拿着书，并不见得念；念地上的树影，比读书还有趣。”

齐大文理学院办公楼二层楼梯东边是校长院长办公室，西边一半则是教员单身宿舍。林济青把老舍接到齐大后，把他安排在文理学院办公楼二层西头朝南第一间上住，上文中所叙正是他推窗南望所见。

1930年10月10日《齐大月刊》第一卷刊出“新职员之介绍”一栏，对老舍做了如下介绍：舒舍予，北平人，北平师范毕业，曾任英国伦敦大学东方学院华文教师，现任本校国学研究所文学主任兼任文学院文学教授。

《齐大月刊》第一卷还介绍，齐大国学研究所分设中国哲学、史地、文学及社会经济四科，每科各有主任一人，老舍能身兼三职，可见齐大代校长林济青对他是多么器重，两人的关系十分亲密，非同一般。

是年，老舍三十一岁，依然是单身。这时由小学同学罗常培（北大毕业，新中国成立后任中科院语言研究所第一任所长）引线搭桥，老舍认识了二十五岁的胡絜青。

胡絜青毕业于北京师范大学，因受到“五四”文化运动影响，她和几位女同学一起组织了真社，经常在《京报》上发表诗歌和散文，是有名的才女。

老舍从国外回到北京后不久，由胡絜青出面，被邀请到新文艺爱好者团体真社作了一次演讲，这是老舍和胡絜青第一次见面。之后胡絜青的母亲托罗常培给自己女儿留意合适的人家，于是罗常培就把老舍介绍给了胡絜青。

事又凑巧，胡絜青的哥哥与罗常培又是朋友，相互都知道底细。老舍和胡絜青两人认识后，经过一段时间的接触，感情发展很快，近一年的时间，便将关系确定下来。

1931 年 7 月 28 日，老舍从济南回到北平与胡絜青结婚，婚礼是按照老规矩举办的，罗常培、白条洲是证婚人。

半月之后，老舍夫妻俩回到济南，租住在南新街 54 号（现 58 号）。不久胡絜青也到齐鲁大学附中教国文。夫妻二人携手徜徉于小院墙下、泉水畔边，过着幸福的生活。

老舍一般六点钟起床，先从院子里打一会儿拳，舒展一下身体，然后回屋写作到九点，上午剩下的时间会写写信、会会客，或者浇浇院中的花草，到中午总要午休一会儿，醒来后就看看书。晚饭后到齐鲁大学的花园再走走，呼吸一下新鲜空气，这是他自称的所谓一天中挺直脊骨的特许时间。散完步后回到家，洗一个澡，然后在院中坐一坐，九点钟左右会准时上床休息，生活很有规律。

喜爱养花的老舍，养了不少盆花，还养了一大缸荷花和紫丁香。每年开春后，院中鲜花盛开，好不惊艳。老舍一生又爱交朋友，不少朋友慕名前来赏花，老舍都热情款待，叙谈甚欢。

两年后，他们的女儿出生了，老舍给孩子起名叫“舒济”，看得出他对济南的热爱。女儿的降临给这个家庭带来无比的热闹和欢乐。

老舍很喜欢小舒济，将窗台上自己喜爱的盆花移到别处，专门放孩子的瓶瓶罐罐。等小舒济长大些，调皮的她看见桌子上的稿件，拿起就乱画起来，总让老舍哭笑不得。有时老舍刚想坐下写一会儿东西，小舒济不知何时跑了过来，拉着老舍的胳膊，要他带着去动物园看猴。老舍会赶紧放下笔，先陪着孩子玩一会儿，然后再继续写作。

据胡絜青后来回忆，她与老舍婚后的第一年，是在济南过的年。按照传统的过年习俗，夫妇二人贴春联、放鞭炮、烹制北京家乡菜肴，还请朋友到家里来吃饭，年过得很是热闹。

老舍在济南生活工作的四年多的时光，正是他文学创作的新高峰期，也奠定了他在文坛上的重要地位。

老舍对刚到济南那天看到城墙上的“勿忘国耻”破布条仍记忆犹新，他想以“五三”惨案为背景写一部小说。在教书之余，他开始走巷串街，打听收集“五三”惨案的有关情况，经过半年多的调查和写作，长篇小说《大明湖》初稿形成，这是老舍来济南后写的第一部长篇小说。他在写这部小说时，放弃了自己一直坚持的幽默写法，整部作品显得悲怆激愤。可惜的是，他投给上海的《小说月报》后，原稿在“一·二八”的炮火中被烧掉了。事后，老舍不无幽默地说：“到济南后，用新稿纸写的第一部小说就遭了火劫，总算走了‘红’运！”

以往老舍写的小说都是投给《小说月报》连载发表，这之后他开始给别的刊物投稿。他写的第二部小说是《猫城记》，于 1932 年 8 月在《现代》上连载完后，良友公司要放在《良友文学丛书》里出版，老舍便答应了。而办《现代》刊物的现代书局却抓住不放，坚持要由他们出版，良友公司也不松手，催着向老舍要稿，老舍实在没有办法，总不能互相失信，就答应为良友公司另写一部小说，这部小说就是著名的《离婚》。老舍是利用暑假写的这部小说，写得十分投入，为怕汗水湿透稿子，他头上缠着毛巾，胳膊肘下面垫着吸墨纸，以每天两千字的速度，一口气写出了十多万字，他戏称这种写作就是玩命。老舍写这部小说又开启了以往的幽默笔调，而且写得很是入迷，他说：“能写入了迷是一种幸福。”《离婚》是老舍早期长篇创作中最成熟的作品，后来被翻译成日文、俄文、英文等多种文字，得到广泛传播。

老舍在这个院里，写的最后一部长篇小说是《牛天赐传》，这是《论语》半月刊约的稿。老舍自己认为这部小说写得非常艰难，三个多月里才写出两万字，主要原因是没有充足的时间，白天要教学，只能利用有限的晚上时间写。放暑假后，他索性把自己关在家里，顶着炎热的暑气埋头苦写，半个多月竟然没有迈出小院一步。

生活在济南的这段时间里，老舍不但收获了长篇的作品，也收获了短篇作品。自从《大明湖》遭劫后，很多杂志纷纷向老舍约稿，于是他开始写起了短篇小说。1934 年 1 月 1 日，是老舍丰收的日子，这一天有七家杂志发表了他的七篇文章。在济南的四年时间里共写了十五个短篇，收入《赶集》。

期间，他还写出了《济南的秋天》《济南的冬天》《非正式的公园》《趵突泉的欣赏》《大明湖的春天》《药集》等一批咏赞济南风情的散文佳作。可以说，这些作品成系列的表达出他对济南的感情。这些家喻户晓的散文写得既典雅精致，又富有诗意，为后来期待到济南旅游观光的人们做了免费广告，并因此喜欢上济南。

随着老舍文学创作进入高峰期，其名声也满誉文坛。于是，他开始有了做一个职业作家的想法。

在教学上，老舍主要讲授《欧洲文艺思潮》《外国文学史》《高级作文》等课程，期间还编写了《文学概论讲义》。他的授课幽默风趣、深入浅出，颇受学生欢迎，连外系的学生都偷偷跑来听他的课。据说有位教育部视察员到学校视察，在听老舍的课时竟然忘记了自己的职责，在课堂上情不自禁地哈哈大笑起来，一时传为佳话。

老舍在创作、教学闲暇之余，到济南各处游逛，山水沟集、药市会、广智院等地是他常去的地方。

济南南部多山，每到雨季，山区洪水会暴流，山水沟就是从南部而来的一条古老的山水泄洪沟，随着居民的迁入，逐步在沟河岸两旁上盖起房子居住，进而形成了细长的窄路，这就是山水沟街。为了方便沟东、沟西行人来往，又在沟上架起了几座小桥。山水沟集就是依托山水沟街而起的，是二十世纪二三十年代济南集贸市场的一个缩影。

山水沟集就在齐鲁大学西边，要想去很是近便。老舍每逢集日，经常到这里转转，在地摊儿上买些旧书、旧货，同时他也通过这扇窗户了解济南民俗风情与社会。

关于这个大集，老舍在《广智院》里写道：

山水沟的“集”是每六天一次。山水沟就在广智院的东边，相隔只有几十丈远，所以有集的日子，广智院特别人多。山水沟集上卖的东西，除了破铜和烂铁，就是日本瓷、日本布、日本脚皮鞋。买了东洋货，贵黄帝子孙乃相率入西洋日本人办的社会教育机关——广智院。赶集逛院是东西两端，中间的是黄帝子孙！别再落泪，恐怕大人先生们骂我眼泪太不值钱！

老舍还以山水沟集的人和事为背景创作了短篇小说《歪毛儿》，描写了一个人生的悲剧。小说主人公歪毛儿是一个天真活泼、性格耿直倔强的好孩子，可在“可恶”“虚伪”的世人面前，他不肯“敷衍”度日，却最终变成了一个“瞎走乱撞”的古怪之人。小说通过“歪毛儿”的变化，揭示了黑暗腐朽的旧社会，指出了在这个“阴惨的世界”里，“越是上等人越可恶”，“都是些虚伪的软蛋”。可见山水沟集给了他创作灵感。

离齐鲁大学不远还有个药市会，在济南趵突泉前街（今泺源路中段）西头的一座叫做药王庙的道教庙宇内，以买卖中草药材为主，所以称为“药市会”。

在济南的四年间，老舍每年都会来赶药市会，他把它称作“药集”。在《药集》一文中，老舍写道：

今年的药集是从四月廿五日起，一共开半个月——有人说今年只开三天，中国事向来是没准儿的。地点在南券门街与三和街。这两条街是在南关里，北口在正觉寺街，南头顶着南围子墙……我很爱这个集：第一，我觉得这里全是国货……第二，卖药的人们非常安静，一点不吵不闹；也非常的和蔼，虽然要价有点虚谎，可是还价多少总不出恶声。第三，我觉得到底中国药（应简称“国药”）比西洋药好，因为“国药”吃下去不管治病与否，至少能帮助人们增长抵抗力……第四，到底是中国，处处事事带着古风：咱们的祖先遍尝百草，到如今咱们依旧是这样，大概再过一万八千年咱们还是这样。我虽然不主张复古，可是热烈的想保存古风的自大有人在，我不能不替他们欣喜。第五，从今年夏天起，我一定见着马蜂窝，大蝎子，烂树叶，就收藏起来；人有旦夕祸福，谁知道什么时候生病呢！万一真病了，有的是现成的马蜂窝……

在老舍的眼中，济南到底是一个什么样子呢？

他写了一组系列散文，名为《一些印象》，一共有七篇，具体记述了他对济南的印象。他在文中谈济南的马车、洋车甚至大葱，还有济南的四季、公园、城市建设等。他描写济南的城：“设若你的幻想中有个中古的老城，有睡着了的大城楼，有狭窄的古石路，有宽厚的石城墙，环城流着一道清溪，倒映着山影，岸上蹲着红袍绿裤的小妞儿。你的幻想中要是这么个境界，那便是个济南。”他喜欢济南的秋天：“请你在秋天来。那城，那河，那古路，那山影，是终年给你预备着的。可是加上济南的秋色，济南由古朴的画境转入静美的诗境中了。这个诗意秋光秋色是济南独有的。上帝把夏天的艺术赐给瑞士，把春天的赐给西湖，秋和冬的全赐给了济南”。他还把济南的秋天比作诗：“那中古的老城，带着这片秋色秋声，是济南，是诗。”

老舍对济南的四季研究得更为仔细，如在《春风》中他分析了济南的春天；深入考察了济南的“四面荷花三面柳，一城山色半城湖”。

关于济南的山，特别是秋天的山，他在《春风》中描绘道：

济南是抱在小山里的；到了秋天，小山上的草色在黄绿之间，松是绿的，别的树叶差不多都是红与黄的。就是那没树木的山上，也增多了颜色——日影、草色、石层，三者能配合出种种的条纹，种种的影色。配上那光暖的蓝空，我觉到一种舒适安全，只想在山坡上似睡非睡的躺着，躺到永远。

对济南冬天的山，他在《一些印象（续六）》里写道：

小山整把济南围了个圈儿，只有北边缺着点口儿，这一圈小山在冬天特别可爱，好象是把济南放一个小摇篮里，它们全安静不动的低声的说：你们放心吧，这儿准保暖和。真的，济南的人们在冬天是面上含笑的。他们一看那些小山，心中便觉得有了着落，有了依靠。

还有夏天的山，他在《非正式的公园》里说：

绿树的尖上浮着一两个山峰，因为绿树太密了，所以看不见树后的房子与山腰，使你猜不到绿荫后面还有什么；深密伟大，你不由的深吸一口气。

拐过礼堂，你看见南面的群山，绿的。山前的田，绿的。一个绿海，山是那些高的绿浪。

关于济南的水，老舍写的最多：

哪儿的水能比济南？有泉——到处是泉——有河，有湖，这是由形式上分。不管是泉是河是湖，全是那么清，全是那么甜，哎呀，济南是“自然”的 Sweet heart 吧？

先不用说别的，只说水中的绿藻吧，那份儿绿色，除了上帝心中的绿色，恐怕没有别的东西能比拟的。

那水呢，不但不结冰，反倒在绿藻上冒着点热气。水藻真绿，把终年贮蓄的绿色全拿了来了。天儿越晴，水藻越绿，就凭这些绿的精神，水也不忍得冻上；况且那长枝的垂柳还要在水里照个影儿呢。看吧，由澄清的河水慢慢往上看吧，空中，半空中，天上，自上而下全是那么清亮，那么蓝汪汪的，整个的是块空灵的蓝水晶。（《一

些印象》)

他在《大明湖之春》中写道："济南的三大名胜，名字都起得好：千佛山，趵突泉，大明湖，都多么响亮好听！一听到'大明湖'这三个字，便联想到春光明媚和湖光山色等等，而心中浮现出一幅美景来。"

在老舍眼中，济南山水美如画，但对大明湖的生态却有些意见，从《大明湖之春》一文中可以看出他的表达，如："夏天总算还好，假若水不大臭，多少总能闻到一些荷香，而且必能看到些绿叶儿。春天，则下有黑汤，旁有破烂的土坝；风又那么野，绿柳新蒲东倒西歪，恰似挣命。所以，它即不大，又不明，也不湖。""话虽如此，这个湖到底得算个名胜。"再如："对了，只是在秋天，大明湖才有些美呀。济南的四季，唯有秋天最好，晴暖无风，处处明朗。这时候，请到城墙上走走，俯视秋湖，败柳残荷，水平如镜；唯其是秋色，所以连那些残破的土坝也似乎正与一切景物配合：土坝上偶尔有一两截断藕，或一些黄叶的野蔓，配着三五枝芦花，确是有些画意。'庄稼'已都收了，湖显得大了许多，大了当然也就显着明。不仅是湖宽水净，显着明美，抬头向南看，半黄的千佛山就在面前，开元寺那边的'撅子'——大概是个塔吧——静静的立在山头上。往北看，城外的河水很清，菜畦中还生着短短的绿叶。往南往北，往东往西，看吧，处处空阔明朗，有山有湖，有城有河，到这时候，我们真得到个'明'字了。"

其实老舍最喜欢趵突泉，他在《趵突泉的欣赏》一文中写道：

在西门外的桥上，便看见一溪活水，清浅，鲜洁，由南向北的流着。这就是从趵突泉流出来的。设若没有这泉，济南定会失去一半的美。

泉太好了。泉池差不多见方，三个泉口偏西，北边便是条小溪流向西门去，看那三个大泉，一年四季，昼夜不停，老是那么翻滚。你立定呆呆的看三分钟，你便觉出自然的伟大，使你不敢再正眼去看。永远那么纯洁，永远那么活泼，永远那么鲜明，冒，冒，冒，永不疲乏，永不退缩，只是自然有这样的力量！

池边还有小泉呢：有的像大鱼吐水，极轻快的上来一串小泡；

有的像一串明珠，走到中途又歪下去，真像一串珍珠在水里斜放着；有的半天才上来一个泡，大，扁一点，慢慢的，有姿态的，摇动上来；碎了；看，又来了一个！有的好几串小碎珠一齐挤上来，像一朵攒整齐的珠花，雪白。有的……这比那大泉还更有味。

在赞赏之余，老舍认为济南的市容市貌、城市建设还有许多需要改进的地方。譬如他刚到济南时感受到的路，在《到了济南》一文中有体现，他说：

到济南来，这是头一遭。挤出车站，汗流如浆，把一点小伤风也治好了，或者说挤跑了；没秩序的社会能治伤风，可见事儿没绝对的好坏；那么，‘相对论’大概就是这么琢磨出来的吧？”同时交通工具也不舒服。“坐车的姿式也请留心研究一番。你要是充正气君子，挺着脖子正着身，好啦：为维持脖子的挺立，下车以后，你不变成歪脖儿柳就算万幸。你越往直里挺，它们越左右的筛摇；济南的石路专爱打倒挺脖子，显正气的人们！反之，你要是缩着脖子，懈松着劲儿，请要留神，车子忽高忽低之际，你也许有鬼神暗佑还在车上，也许完全摇出车外，脸与道旁黑土相吻。从经验中看，最好的办法是不挺不缩，带着弹性。象百码决赛预备好，专候枪声时的态度，最为相宜。一点不松懈，一点不忽略，随高就高，随低就低，车左亦左，车右亦右，车起须如据鞍而立，车落应如鲤鱼入水。这样，虽然麻烦一些，可是实在安全，而且练习惯了，以后可以不晕船。

他对名泉、湖水的保护和管理也表示堪忧，在《趵突泉的欣赏》里他对周围的壅塞破烂、嘈杂纷扰、浊气熏天进行了批判。他指出：

这又是个中国人的征服自然的办法，那就是说，凡是自然的恩赐交到中国人手里就会把它弄得丑陋不堪。”

在《大明湖之春》和《更大一些的想象》里，他说：“本来这湖是个‘湖’，而是被人工作成了许多‘水沟’”“湖中现在已不是一片清水，而是用坝划开的多少块‘地’。‘地’外留着几条沟，游艇沿沟而行，即是逛湖。”

老舍批评济南的文教卫生落后，说济南还没有开启民智的社会教育，民众缺乏起码的科学常识，在这一点上，“人家的宗旨本在给普通人民一些常识，这种轻慢的态度大可以收起来。”在药市会上，他看到国人没有卫生观念，深深感受到卫生问题的严重。他看到那成捆成捆的用作治病的中药材“橘皮上一层黑泥，柴胡上沾着马粪”。他还发现，无知的乡民无视国家尊严，也不顾疾病传染，在商埠争相购买日本估衣（一般指死人穿过的衣服）。

老舍还发现，济南民众缺乏起码的爱国教育，在国难当头之际仍然蜂拥着去登千佛山，热热闹闹地游玩，并没有多少人把“九·一八”“五·三”这些国耻日记在心上。（《国庆与重阳的追记》）老舍悲哀于民众在济南面临亡城之危时，面对外侮的麻木、散漫和缺乏组织，揭露了政府官员的敷衍和军阀老爷们的昏聩，同时也书写了士兵的英勇抵抗。（《三个月来的济南》《吊济南》）

在济南生活的四年，是老舍人生历程中最为自由、安定、舒心而难忘的美好时光。他称济南是第二故乡不无道理，他说：

> 它似乎真是稳立在中国的文化上，城墙并不足拦阻住城与乡的交往；以善作洋奴自夸的人物与神情，在这里是不易找到的。这使人心里觉得舒服一些。一个不以跳舞开香槟为理想的生活的人，到了这里自自然然会感到一些平淡而可爱的滋。
>
> 每一个角落，似乎都存在着一些生命的痕迹；每一小小的变迁，都引起一些感触；就是一风一雨也仿佛含着无限的情意似的”（《吊济南》）

关于济南城市和风景区的改造，老舍有自己的构想：“假若能把‘地’都收回，拆开土坝，挖深了湖身，它当然可以马上既大且明起来：湖面原本不小，而济南又有的是清凉的泉水呀”；对趵突泉的改造，他建议：“前年冬天一把大火把泉池南边的棚子都烧了。有机会改造了！造成一个公园，各处安着喷水管！东边作个游泳池！有许多人这样的盼望”。他在《更大一些想象》中设想：“城在山下湖在城中。这是不是一个美女似的城市？你再看，或者说再想，那城墙是不是个仙境……河岸上，柳荫下假如有些美于济南妇女的浣纱女儿，穿着白衫或红袄，像些团大花似的，看看自己的倒影，一边洗一边唱……”

即使离开济南之后，他还念念不忘为济南建设提供思路，发出愿景：

> 我将看到那城河更多一些绿柳，柳荫下有白石的小凳，任人休息。我将看见破旧的城墙变为宽坦的马路，把乡郊与城市打成一家；在城里可望见南山的果林，在乡间可以知道城内的消息。我将看到大明湖还田为湖，有十顷白莲。我将看见趵突泉改为浴场，游泳着健壮的青年男女。我将看见马鞍山前后有千百烟囱，用着博山的煤，把胶东的烟叶制成金丝，鲁北的棉花织成细布，泰山的樱桃，莱阳的梨，肥城的密桃，制成精美的罐头；烟台的葡萄与苹果酿成美酒，供全国的同胞享用。还有那已具雏型的制钟制钢，玻璃磁器，棉绸花边等等工业，都能合理的改进发展，富国裕民。我希望济南成为全省真正的脑府，用多少条公路，几条河流，和火车电话，把它的智慧热城的清醒的串送到东海之滨与泰山之麓。（《吊济南》）

1937 年“七七事变”爆发，日军一路推进，济南沦陷在即，老舍被迫离开，只身赴武汉参加抗日救国工作。11 月 15 日，津浦铁路济南火车站内外拥挤不堪，一片混乱，老舍根本无法上车。晚上，老舍只提着一个小皮箱来到火车站，在逃难的人群中挤撞，最后是在朋友的帮助下，从火车窗口硬把他塞进车厢里的。

列车拖着白烟，渐渐驶去。老舍暗下决心：“我必须回济南，必能回济南，济南将比我所认识的更美丽更尊严。”

到达汉口后，老舍开始了抗战通俗文艺创作的新生活。他的夫人及子女则因日军占领济南被困，直到 1938 年夏才返回老家北京。

抗战胜利后，老舍曾有意回济南探访，由于种种原因，最终没能实现这个愿望，新中国成立后也没能再回趟济南看看，于 1966 年 8 月他便含泪离开了人世。

现在的济南南新街 58 号(原 54 号),是老舍在济南居住时间最长的住处，见证了他人生的美好时刻。2006 年被山东省人民政府公布为省级文物保护单位。2014 年 6 月 14 日，即全国第九个文化遗产日，修缮一新的“济南老舍纪念馆”正式对社会免费开放，恢复并再现了老舍当年在此居住时的建筑样貌。在修缮施工的同时，有关部门组织开展了老舍旧居资料征集工作。

现老舍纪念馆墙上有一幅老舍夫妇和孩子在院子里照的全家福，照片中老舍身穿古时长袍，妻子着一身旗袍，抱着孩子立在花草树木之前，夫妇俩的脸上洋溢着甜蜜和幸福，仿佛这位“人民艺术家”再次回到旧居，与济南，与济南的山水，与济南人民继续心灵的对话。

章太炎：临流求饮趵突泉

1936 年 6 月 14 日，章太炎在苏州病逝，终年六十七岁。临终之际，日寇侵犯中华，他愤慨之至，留下遗言：“设有异族入主中夏，世世子孙毋食其官禄。”

章太炎的传奇人生，注定与各地结下缘分，山东济南便是其中之一。他虽然只是到青岛途中在此做短暂停留，也为济南的景色所吸引，顿足数日，为这座古城增添了几多荣光。史书对于章太炎到济南的考证不多，但因一篇《游趵突泉记》，在济南历史上留下了传世的墨迹。

章太炎，初名学乘，后改名炳麟，字枚叔，号太炎，生于 1869 年饱受列强侵略的晚清。他的家教甚严，自幼受老一辈的民族主义熏陶，《东华录》《扬州十日记》等书是他常习之作，奠定了自身反抗异族统治的华夷观念。在其后来的学术研究中他把《春秋》夷狄观与西方现代民族主义观点相结合，产生并发展了具有其个人特色的民族主义思想。1890 年，章太炎进入杭州诂经精舍，跟从清代著名朴学大师经学大师俞樾学习经子之学，埋头研究学问八年之久，受其影响很大，并陆续撰就《膏兰室札记》《春秋左传读》等著作。1894 年中日甲午战争之后，他追随康有为、梁启超，参加强学会，参与《时务报》编务。1897 年因参加维新运动被通缉，跑到台湾躲避，后流亡日本并与孙中山结识，共同为反清做准备。随着当时革命形势的发展，他因发表《驳康有为论革命书》并为邹容《革命军》作序而被清廷逮捕入狱。1906年出狱后参加孙中山同盟会，主编机关报《民报》。1911年民国成立后，任孙中山总统府枢密顾问，主编《大共和日报》。袁世凯篡夺革命成果后，被委任为东三省筹边使。1913年发生宋教仁被刺事件后积极参加讨袁运动，被袁世凯禁锢起来，直到1916年袁死后才被释放。随后，他参加孙中山的广州护法军政府，同时又反对中央集权、支持督军割据，于1917年脱离孙中山改组的国民党，自此也间接地脱离开政治，在苏州成立章氏国学讲习会，参加讲学的都是当时社会知名人士，他也应各地之约主讲国学。

章太炎是如何到济南的呢？这还要从1932年他到北平讲学的历史背景讲起。

“一·二八”淞沪抗战爆发，在民族危难之际，举国上下抗日情绪高涨。作为具有强烈民族主义思想的章太炎，当然地站在了最前沿。当时东北之地尽失，上海、江苏已经是战争前线阵地，只有北平还是暂时的和平之地。他想代表东南民众呼吁北方将领出兵收复东北失土。于是，章太炎于2月29日抵达北平，先后在北平、天津拜访了段祺瑞、张学良、吴佩孚等新旧军阀，开展游说。同时，利用这个机会，他到北京大学、燕京大学、北平师范大学、民国学院、中国学院、平民大学等各校演讲，演讲主题有“代议制改良之说”“论今日切要之学”“治国学之根本知识”“清代学术之系统”“今学者之弊”等，北京大学请章太炎以“广论语骈枝”为题连讲了三次，成为当时北平学术界的盛举，引发学术界风气的再次转移，影响十分深远而广泛，而他在北平的政治活动反而收效甚微。

章太炎共在北平待了三个月，直到5月末天气开始炎热起来，才向南方返。青岛市政府和国立青岛大学闻此讯息，立即邀请他南下时到青岛度假消暑并开展演讲。他坐上火车往青岛去，中途在济南逗留了两三天的时间。至于为什么逗留，是谁邀请的，目前不得而知，只是记载他在济南的几天里抽空去游览了久负盛名的趵突泉，并作了《游趵突泉记》一文，后来该文刊发于1933年出版的《国学丛编》第二卷第一期上。文章如下：

历下七十二泉，皆济水涌于地者也，而趵突泉为胜。其水坌地十有余尺，喷沫若雾，广袤四五丈，盖《春秋》所谓华泉。近人以铁桶导之，水涌稍缓，而旁衍亦广矣。民国二十一年五月，余自北平来，临流求饮，啜数勺，甘润不绝于口，信乎泉之至美者也。饮既毕，峙躇亭上，追华泉旧事，下车取饮，嘉丑父之忠；抽戈冒身，念齐侯之勇。嗟乎！君臣相与，其诚如此，故能败而复振，返汶阳之田也。今之统军者，方其得志满意时，扬眉叱咤，若无余人。及兵败国蹙，求一骀卒与之戮力，且不可得，岂非以狙诈遇人，无赤心之效耶！然则斯泉且在载籍，二千五百年于兹，岂徒以水之芳冽名，盖亦人焉。后之柄国者，其亦取鉴于斯。章炳麟记。

在《游趵突泉记》一文中，章太炎抒发了对趵突泉的喜爱之情，用“临流求饮，啜数勺，甘润不绝于口，信乎泉之至美者也”加以赞誉，他还在“下车取饮，嘉丑父之忠；抽戈冒身，念齐侯之勇”后，借古喻今阐发了自已的一番感慨，即“今之统军者，方其得志满意时，扬眉叱咤，若无余人。及兵败国蹙，求一骀卒与之戮力，且不可得，岂非以狙诈遇人，无赤心之效耶！”紧密联系当前异族侵略、大将冷眼旁观之态给予讽刺。

文中他“饮既毕，峙躇亭上，追华泉旧事”，对于“盖《春秋》所谓华泉”的史实，却是有“张冠李戴”之嫌。作为一代国学大师，他是把在《春秋》中记载的济南北部的华泉当做了自己观赏的趵突泉了，犯了一个常识性的低级错误。

《春秋左传·成公二年》载：

癸酉，师陈于鞌。邴夏御齐侯，逢丑父为右。晋解张御郤克，郑丘缓为右。齐侯曰：“余姑翦灭此而朝食。”不介马而驰之。郤克伤于矢，流血及屦，未绝鼓音，曰：“余病矣！”张侯曰：“自始合，而矢贯余手及肘，余折以御，左轮朱殷，岂敢言病。吾子忍之！”缓曰：“自始合，苟有险，余必下推车，子岂识之？——然子病矣！”张侯曰：“师之耳目，在吾旗鼓，进退从之。此车一人殿之，可以集事，若之何其以病败君之大事也？擐甲执兵，固即死也。病未及死，吾子勉之！”左并辔，右援枹而鼓，马逸不能止，师从之。齐师败绩。逐之，三周华不注。

逢丑父与公易位。将及华泉，骖絓于木而止……丑父使公下，如华泉取饮。郑周父御佐车，宛茷为右，载齐侯以免……

华泉即位于济南北郊华山（古称“华不注山”）南侧山脚下，因公元前589年鲁成公二年六月十六日发生的齐晋“鞌之战”而出名，由于齐顷公过于轻敌冒进，“齐师败绩”，齐顷公被晋军追得“三周华不注”，齐国军队败后，逢丑父为救被困的齐顷公，冒充他命令齐顷公下车到华泉去取水来给自己喝，齐顷公借取水之机而突围，但齐顷公听说逢丑父替他做了晋军俘虏，为了营救他，竟不顾自身安危，亲率齐军向晋、鲁、卫、狄联军阵营内冲杀了回去，并且杀了个三进三出。

1932年5月27日，章太炎离开济南后到达青岛。当时的《青岛民报》予以了详细报道。首先是28日《章太炎昨晚来青》报道：“青岛新闻社讯：交通界消息，名士章太炎定于昨（二十七）晚乘胶路六次车由济来青，寓于曲阜路瀛洲旅社，闻该氏此次来青，并无任务，系平地气候炎热，故由平赴济，特来本市避暑，藉资休养云。”

《青岛民报》5月30日报道标题为《章太炎氏在青大演讲——对“行已有耻，博学有文”加以论述》，全文如下：

章太炎先生于今晨（29）乘二次车由济来青，下榻瀛洲旅社，稍事休息，即应青岛大学之请，于午后三时赴该校演讲。虽该校临时张贴启事，而前往听讲之士女竟充满该礼堂，章氏文章道德之有足惊人者概可想见。章氏偕教育局长雷法章乘汽车准时到场，听讲者鼓掌欢迎。首由青大黄院长略微介绍，即由章氏演讲对于“行已有耻，博学有文”之意义，详加论述，尤对于“耻”字发挥意见颇多，引证亦多。意为人能知耻，方能立国，遇难而不思抵抗，即为无耻。因知耻而近乎勇，既不知耻，即无勇可言云云。章时年逾耳顺，而精神矍铄，唯因旅途劳顿，未便做长时间之演讲云。

演讲之时，青岛大学大礼堂内挤满了老师和学生，章太炎以“行己有耻，博学于文”为主题作了精彩的演讲。演讲中，章太炎面对日本发动“九·一八”事变，侵占中国东三省，而国民党当局实行不抵抗政策，将祖国大好河山白白让给侵略者，给予猛烈抨击，他说“救世之道，首须尚全节”。他认为：“人能知耻，方能立国，遇难而不思抵抗，即为无耻，因知耻近乎勇，既不知耻，即无勇可言”。他的演讲借古喻今，有理有节，慷慨激昂，受到了广大师生的热烈欢迎。

恰逢其时，蔡元培正在青岛参加这一年5月8日青岛水族馆落成开幕典礼，老友重逢，满是欢喜。事后，他游览了青岛海滨公园、汇泉炮台、崂山等风景名胜，于6月3日乘船赴上海。

将济南华泉当做趵突泉的低级错误不妨碍国学大师晚年的英名。之后，章太炎虽然时刻关注局势，但对国民党政府的一味退却大为失望，他说“知当世无可为”“栋折榱崩，咎有所在，英雄特起，恐待后来，若今之统兵者，犹吾大夫高子也。仆老，不及见河清，唯有惇诲学人，保国学于一线而已”。他希望大力整顿学术风气，激愤于日本侵略中国，大力赞助抗日救亡运动。

章太炎晚年患上了鼻窦癌。1936年6月7日晚饭后，他照例在夫人汤国梨的搀扶下在住宅内散步，正在慢步走着的时候突然昏倒，夫人连忙喊人将他抬到卧室，并派人立即到博习医院请主任医师苏迈尔来诊治。经抢救虽然暂时脱离了危险，但却躺在床上再也起不来。到6月13日，章太炎突发高烧，体温高达40度，第二天凌晨即陷入弥留状态。此时，屋外跪满了国学讲习会的学员，他们手里举着燃香，低声啜泣着、祈祷着。临终他说出了自己的遗嘱，这就是本文开头的两句话：“设有异族入主中夏，世世子孙毋食其官禄。”

南京国民党政府得知章太炎病逝的消息后，于7月9日发布了国葬令，以示尊崇。

章太炎一生跌宕起伏，由政治家而国学大师，关心政治，投身学术，可谓身心疲惫，最终回归家园，以讲学为业，也正是因了讲学，因了青岛之行，才有了与济南的一面之交，冥冥之中是不是一种缘分。

艾芜："蜜月"之旅

1934年12月的一天，中午的济南天空晴朗，有风微微吹拂。自入冬以来，这里仍然没有下雪的迹象。俗话说，腊七腊八，冻死俩仨。一般北方入了腊月，气温会下降得很快，人们抵挡不住寒冷的侵袭，裹上厚厚的棉衣棉裤，把双手插进衣袖里，还是冻得瑟瑟发抖。而济南的冬日却与别处不同，一早一晚才感受到寒冷，中午时分总有暖暖的阳光。今天，中午的阳光很好，洒满了街道的每个角落，自然生出独有的风情。

一列火车轰隆隆驶进津浦火车站。时间不长，从车站"四道门"出站口走出一位身材高挑、面容消瘦黝黑的年轻男子，一只手提着一个皮箱子，显出很沉重的样子，他身后跟着一位戴着眼镜、衣着朴实、面容姣好的年轻女子。他们出来后，男子站定，下意识地推了一下眼镜，仰起头望着天空，长长舒了一口气，脸上渐渐露出笑容。女子则习惯性地捋了捋鬓角的头发，左右看了看，好像是在寻找什么人。

这位男子就是刚从上海来的左联青年作家艾芜，女子是他刚刚结婚不久的爱妻王蕾嘉。此时，另一个年轻男子看到他们，匆匆从车站大钟底下跑了过来，热情地同他们打招呼。他就是曾与艾芜在成都四川省立第一师范学校上学的同学肖英。

艾芜这一年整三十岁。他原名汤道耕，四川新繁人，因为家境贫寒，连小学都没有毕业。1921年来到成都，作为免费生考入四川省立第一师范学校。在学校里，他接触到《新青年》和创造社主办的一些进步刊物，初步接受了进步思潮，尤其对蔡元培"劳工神圣"的理念推崇备至。1925年夏天，他为逃避家庭包办婚姻，离家出走到南方开始了漂泊之旅。正是这次南行，决定了他"流浪文豪"的文学地位。从1925年到1931年，他在我国西南边境和缅甸、马来亚、新加坡等地漂泊，既做过杂役，也当过马店伙计，经常与赶马的、抬滑竿的、私贩鸦片的甚至偷马贼等在一起，过着贫困流浪的底层生活。在缅甸仰光，他病倒在街上，有幸被万慧法师（俗名谢善，早年留学日本，出家后赴印度钻研佛法，在缅甸仰光定居，精通六国语言，对历史、佛学、哲学有极深研究）收留，并帮助他进入《觉民日报》做校对工作。他还先后做过小学教师和《新芽》日报副刊编辑，并参加缅甸共产主义小组。1930 年冬天，遭到英殖民当局的驱逐。1931 年春被押送回国，经过香港后再厦门被驱逐，同年 5 月抵达上海。

当时的上海，正处在白色恐怖时期，国民党政府大肆查封进步刊物书籍，通缉、拘捕刑讯和秘密杀戮革命文艺工作者的。中国左翼作家联盟机关的一个大型代表刊物《北斗》，也处在开展革命宣传活动极度艰难时期，于是该刊以“创作不振之原因及其出路”为题，向左翼作家们征询如何突破的意见。

1931 年底的一天，在上海北四川路一家咖啡店二楼，《北斗》编辑部按照惯例举行读者座谈会。之前，艾芜投给《北斗》一篇作品《伙伴》，虽然没有发表，但编辑们却感觉到了作者所具备的文学潜能，就邀请他参加座谈。

到会的大都是左联知名作家，如冯雪峰、丁玲、郑伯奇、叶以群等人。艾芜在会上基本不说话，而且给人有些木讷的感觉，这是在日后许多当时在场的作家回忆他时的突出印象。正是在这次座谈会上，他认识了左联中的那些成名作家。第二年一入春，他便成为左联正式盟员。

上海岁月是艾芜拼搏奋斗的岁月，其间他不停地写稿投稿，间或有作品发表，但更多的是石沉大海，可勤奋的写作替代不了生活的窘困，时时伴随着他的是难以为继的生活。而文学创作更加让他苦闷，自到上海以来毫无建树。恰在此时，他在街上意外遇见早年在四川省立第一师范的同窗好友沙汀（即杨朝熙），他的命运从此改变。

从历史上看，沙汀和艾芜有着不解的渊源，从他们的笔名看，一位用两个“水”旁，一位用两个“草”头。他们又同是四川人，并且同年（1904 年）生，同年同月（1992 年 12 月）去世。他们还是四川省立第一师范同班同学，志趣又都在文学上。现在，他们又在上海如此巧合地相遇，同在左联奋斗。

两人巧遇后，艾芜便搬进沙汀住所一同居住。两人互相勉励，一起从事文学创作。在创作过程中，艾芜说出了自己创作中的困顿，他们决定给鲁迅写信请教。鲁迅《二心集》中《关于小说题材的通信》便是给他俩的回信。鲁迅的鼓励和教诲不仅增强了他们继续走文学之路的信心，还使艾芜悟到了自己创作的本源，这就是以亲身经历书写社会底层劳苦大众的生活。他在《文学月报》1932 年 5、6 期合刊上发表了《人生哲学的一课》，标志他创作源泉开始喷涌，接连以《南行记》为总题，不断发表描写自己滇缅生活的流浪小说。从此，艾芜更加勤奋地创作，不但写小说，还写诗歌。他的作品有了质的飞跃，频频见诸报刊。

艾芜加入左联后，当时担任党团书记的周扬希望他能多做一些左联的组织工作,但艾芜更倾向于扎扎实实地写一些作品。他好言谢绝了周扬的建议。

在济南火车站接艾芜、王蕾佳夫妻的肖荑，也是艾芜、沙汀在四川省立第一师范上学的亲密校友。他原名肖寄语，四川郫县人，毕业后几经坎坷，曾南下广州进入黄埔军校第七期，“四•一二”政变后逃至武汉黄埔分校，于 1931 年来到曲阜的山东省立第二师范学校教书，成立“文学研究会”“社会科学研究会”，发表了许多言辞犀利的杂文，被二师地下党组织吸收为共产党员。一年后,他被特务逮捕,经党组织营救出狱后,肖荑来到上海与沙汀、艾芜相遇，述说政治上的不幸、生活中的坎坷。沙汀、艾芜鼓励他写小说，肖荑说试试看，然后北上济南。

此后，肖荑同艾芜保持书信来往。这一天，信箱中的一封信引起了艾芜的注意，拆开一看原来是肖荑寄来的，他说他在济南很好，虽然受艾芜、沙汀的鼓励重新拾起笔开始小说创作，但苦于无师引导，写作上很是艰难，希望艾芜能够到济南帮助教导，也可以一块发展。艾芜刚刚在上海落脚，一心一意想搞出点名堂来，就婉言谢绝了他的好意。

1933 年是艾芜参与政治热情极度高涨的一年，他加入了党组织，并担任了左联文艺大众化委员，被派到沪东去培养工人通讯员。白天，他在涟文学校义务教书，晚上到恒丰纱厂教习工人，凌晨再到申新六厂参加下夜班和上早班的工人活动，星期日还要走访工人家庭。

这时，艾芜通过涟文学校女教师周海涛，爱上了她在纱厂做工的妹妹周玉冰,二人在接触中逐步产生了感情。周海涛也是一名同情革命的活跃分子,可她不知道姐妹二人早就被反动当局盯上了。3月 3 日,她被上海公安局逮捕。艾芜听说后立即跑到纱厂去通知周玉冰及其他工人，被早已预先埋伏的便衣抓住,同时被抓的还有五个工人,他们一起被关在上海公安局南市拘留所。

这一年是反动当局对当时左翼文化界的一次严重打压。是年 5 月，丁玲、潘梓年在上海被捕，应修人拒捕坠楼遇难。7 月，洪灵菲在北平被捕，很快遭秘密枪杀。9 月，楼适夷被捕。10 月，潘谟华在天津被捕。同时，国民党政府进一步秘令查禁进步文学作品，封闭进步刊物和书店。

周扬认为艾芜是新入盟的成员，在左联没有担负重要的职务，身份应该不会暴露，便同沙汀商量想办法把人保出来。鲁迅先生听说此事后也十分关心，专门捐助了五十元钱用来请律师。这时，艾芜他们被转押到了苏州高等法院拘留所第三监狱。

沙汀与任白戈一起来到法租界辣斐德路辣斐坊，找到了当时著名的女律师史良寻求帮助。史良是以热心为政治犯辩护而闻名的，她和她舅父、著名法学家吴经熊一起开办了一个律师事务所，经常为被关押的革命志士辩护打官司。史良听了艾芜他们的情况后，认为可以设法营救。接连几天，沙汀不时到她家里去打听事情的进展。

没隔几天，史良告诉沙汀，由于当局没有抓住艾芜的更多把柄，通过疏通关系，苏州法院已经通知，两三日开庭审理艾芜案，只要能找个有一定经济实力、肯做保的商家保人就行了。恰好任白戈认识一个叫李季高的四川南充人，他的舅父在苏州经商三十多年，家底比较殷厚。就这样，有李季高的舅父做保，史良出庭辩护，艾芜很快就被释放了。

出狱后，艾芜身体不佳，生了一场大病。此时，肖英的信又到了，信中他除了继续述说自己初入写作的苦恼外，再次提出请艾芜有时间到济南来，他希望当面讨教写作技巧。艾芜正处在病痛之中，无暇顾及这位老同学的请求，看完信后放到一边也就忘记了。

左联的领导胡风不顾艾芜身体状况，要他抓紧出来工作。此时的艾芜，开始对左联的革命工作有了一些看法，认为左联真正重要的是要用作品来战斗，他一心想恢复写作，不想过多地参加左联的组织工作，没有听从安排，就此与上级产生了矛盾。为此，胡风讽刺艾芜害怕了，经不起打击。艾芜听后发了火，当场拍了桌子：“我是怕了，你以后最好不要来找我！”胡风见到沙汀后，暗示道：“我担心有些人从左面上来，却要从右面下去啦。”艾芜知道后，心里很不是滋味，表面虽然没有再发作，但心里的阴影进一步加大。为不让别人抓住把柄，他的文学创作、行为做事都变得小心翼翼起来，而这样沉闷的创作方式制约了他的创作。

艾芜最苦恼的问题不止是在左联中产生的纠纷，还有自己情感上的缠绕。他深爱着的女工周玉冰，出狱后回到南京她哥哥家里。他的哥哥是中央大学图书馆的馆员。艾芜去信让她来上海，想恢复过去的恋爱关系，但周玉冰不肯，反要艾芜到南京去。两人书信往来僵持不下，艾芜很是苦恼，就给沙汀叙述这个事情，沙汀便自告奋勇说："你不要这样难过，我替你跑一趟，去和她谈一谈，看事情到底能不能挽回！"

几天后的一个傍晚，沙汀只身乘车到了南京，就住在周玉冰哥哥家里，当夜敞开谈了此事。周玉冰的哥哥支支吾吾，故意往妹妹身上推，不把自己的真实想法说出来。周玉冰倒态度诚恳，言语中表露出对艾芜的感情。她说是她哥哥保她出狱不容易，如果离开南京，他是要担干系、受拖累的。沙汀听口气很难有商量的余地。次日清晨，沙汀又约周玉冰到玄武湖单独谈一次，仍然没有起色。沙汀见周玉冰态度十分坚决，很是无奈，只好留下自己的通信地址，早饭都没吃，便匆匆返回上海了。

沙汀将事情经过告诉了艾芜，他怀疑周玉冰的释放可能是有附加条件的，比如说不能接触政治活动，不能离开南京本地等等。艾芜听后突然失声痛哭，一边哭一边埋怨大家平时不关心他，老把他当"圣人"来看待，这使沙汀受到震动。在这以后，他再也没见到艾芜这样一种感情的大崩溃，大爆发。由此沙汀想到之前，还有个女工与艾芜来往密切，该女子容貌、人品都不坏，对艾芜也有好感，沙汀曾设想让她与艾芜谈恋爱，几次想向艾芜提示，但看他的样子，总像不会考虑个人私事似的，沙汀便将此事压下来。这次他的痛哭使沙汀悟到人的感情的复杂，于是号召周围的朋友们活动起来，帮忙操心艾芜的婚姻大事。

1934 年暮春的一天，艾芜去拜访朋友杜淡（时任《新诗歌》编辑），在编辑部与一位刚欲离开的姑娘迎面相遇。这位姑娘个子虽然不高，但皮肤白皙，沉静中透出的一股高雅气质吸引了他，二人下意识地相互点点头，擦肩而过。

艾芜询问杜淡这位姑娘的来历，杜淡告诉他姑娘叫王蕾嘉，是一位女诗人，也是左联成员。艾芜忽然记起在前不久出版的《新诗歌》上读到过她清新淡雅的诗作，就记住了她的名字，这次偶遇算是见到了真面目，心中便升腾起了好感，期待和王蕾嘉作进一步的接触。当艾芜再见到杜淡时就说出了自己的想法，杜淡听后兴致盎然，爽快地答应了艾芜的请求，他也没有拐弯抹角，直接给王蕾嘉写了一张“蕾嘉同志，我们的小说家艾芜喜欢你，愿意同你做朋友，你同意吗？”的纸条给了王蕾嘉。没想到王蕾嘉也是爽快人，没有拒绝艾芜的邀请，由此二人走在了一起。

王蕾嘉是湖南宁远人，到上海后先是就读于劳动大学政治经济学系，后转到上海商学院，获得商学学士学位。他们具有戏剧性的见面接触后，性格温和、善解人意的艾芜，给了王蕾嘉一个良好的印象，随着时间的推移，王蕾嘉发现艾芜还是一个特别会体贴人的男子，为此她感到，她找到了一个可以信赖和托付终身的人。于是，在仲夏夜，在拉菲德路静谧的法国梧桐林荫道上，在情人幽会的黄埔江外滩，常常留下他俩的影子。他们每次见面，除了谈文学，谈未来，也谈左联，谈左联的同仁们。王蕾嘉会经常谈起一个叫彭冰山的人，他是她在劳动大学的校友，是加入左联的介绍人，通过王蕾嘉介绍，艾芜与彭冰山也成为好友。据载，1932 年，彭冰山根据组织安排，前往湘鄂西苏区工作，曾任红三军团政治部宣传科长。次年秋，根据组织安排，他重返上海继续在左联工作，担任大众教育委员会书记。解放战争时期曾任三野二十四军副政委，新中国成立后任上海市委宣传部部长。他们也谈到二人的月下老人、共同好友的杜淡。此时的杜淡因为失恋，郁郁寡欢起来，就到吴淞镇去看病，艾芜与王蕾嘉专程赴吴淞看望他。此行也使得他们俩的感情得到了升华。

热恋中的爱人，总是在心中互相牵挂。艾芜与王蕾嘉平时分别参加各自左联小组的活动，王蕾嘉还兼着《新诗歌》的编辑工作，艾芜也是笔耕不辍，发表了一系列作品，因此两个人牵手漫步的时间少了起来，但他们作为小说家和女诗人，却没有浪漫地相互写情书，每一次见面都是相互凝视，脉脉含情，在彼此的眼神中感受心灵的渴求和交流。

当爱情之果成熟时，艾芜和王蕾嘉决定在一起生活了。1934 年 8 月，艾芜用生活书店自己刚出版的散文集《漂泊杂记》的版税买了只皮箱，将两人的衣服装在了一起，就这样开始了新的生活。

然而这样温馨的生活并未能维持多久，与他们十分熟识的一位诗人被捕了，并且知道他们的住址，其后又在《申报》上发表了“转向声明”。这一“声明”的真假当时不得而知，但为防不测，艾芜与王蕾嘉不得不紧急撤离仍弥漫着爱恋气息的新房，前往市郊一处居所隐蔽起来。

白色恐怖愈演愈烈，直接威胁到他们的安全。恰在此时，艾芜突然想起同学肖萸多次邀他去山东的来信，这才找出信件仔细翻看，得知现在肖萸依然独身，租的房子也有空余，而且环境比较安静优雅，已经厌烦上海生活的艾芜终于决定前往济南了。

1934 年 12 月，新婚才五个月的夫妻二人，似乎要摆脱一切烦忧，义无反顾地赶往济南。沙汀去送行时，艾芜还一再劝说他，“无论如何，你也到山东来吧！”后来，沙汀果然去了山东，到的不是济南，而是青岛。

肖萸的居所位于当时济南南关得胜街 24 号，艾芜夫妻在这里住了近两个月的时间。

他们到济南的第二天就迫不及待地游览了趵突泉。其实，早在未到济南以前，艾芜便被《老残游记》上“家家泉水，户户垂杨，比江南风景，觉得更为有趣”的描写给吸引着了。从南关德胜街住地，沿着南芋子城墙一直往西走，然后向北一个拐弯，在不到西门的时候，就能看到趵突泉那一片古色古香的建筑了。

1934 年出版的《济南大观》记载：

> 趵突泉在城南正觉寺街西，为七十二泉之巨擘。吕祖庙前，三泉涌出，浪花跳跃，若有激使然者，故名。俗曰‘三股水’。近又人工造六泉，一在桥西，一在桥东。水花浪涌，较原泉为高。水绕殿北，会东流水，入小清河。每逢二、七集期，士女云集。南有四面亭，东有望鹤亭，西设观澜亭，中置茶座，赏景品茗。水由石山突出，来往穿绕石洞口之前后左右。市驷栉比，东西又有鼓书、卖卜者，熙熙攘攘，几无隙地。殿有讲演处，后有阅报所，游人憩足，藉增见闻。

结合《济南大观》所载，艾芜后来在其《趵突泉》一文中对当时的情境描述还是与之基本吻合的：

泉水约五六股，直径均有一尺来宽，水柱似的从青苔水藻的池中，带着银白的水花，翻冒起来，突出水面二尺来（高）的光景。响声活活地吼着，将周遭的喧嚣，都一齐掩没下去……另有两三股，并不冒出，却只像壶中的沸水似地汹涌着。其余，则水藻青苔间，常有白色的水泡，升了上来……

池前有工人从事挖掘，据说是在动工装修自来水管，水源便以趵突泉为根据地。吕祖殿上挂有自来水筹备会技术组的招牌，警察立在门前，禁止游人进去……

想来，在不久的异日，这第一泉即将以其本身的实惠施及于济南居民了，但不知那时候，来自远地的旅人可还有一览的眼福么？

据《济南大观》载，当时济南正在趵突泉边兴建自来水厂，建设集中供水工程。可见艾芜他们见到的证实了这一史实。

艾芜夫妻来到济南不久，济南就下起了一场雪，虽不是很大，却也给这座北方的“小江南”增添了些许乐趣。这一天，雪开始融化。下午一点多钟，由于天不是很冷，艾芜和王蕾嘉便信步走到半边街上，由于天气暖和，脚下的雪已经化得快差不多了。他们在新鲜的空气中慢悠悠地散步。走着走着，就遇到了一位身穿蓝布棉袄、手中拿着一只小碗的老大娘，他们便随口问了一句“黑虎泉在什么地方”，在老大娘指点下，二人很容易就找到了珍珠泉和黑虎泉，有着出乎意料的高兴。

他们是先到的珍珠泉，艾芜在《珍珠泉和黑虎泉》一文中写道：

泉在城壕沟边，用丈把长的石条，砌成五个小池。只有一个不住地冒出一串串的水泡来，上升程度极其迅速，仿佛一大锅刚要开沸的水一样。泉深三尺多，底下长满寸许高的绿色植物，将水映成清碧，水面则浮着薄薄的热气。冒出的水泡，作淡银灰色和淡蓝色两种，在碧水中上升的时候，非常好看，有的大如龙眼，有的小似樱桃，叫做珍珠泉，实是名不虚传的。

站在泉旁看的时候，挑水的不断地走来用洋铁桶朝泉里取水，同时还有好些水漫到旁边的四个池里和城壕沟中，这可见珍珠泉涌出来的水量，是很惊人的了。四个小池旁边，围着许多妇女洗衣，一片捶杵的声音，非常扰人听闻。

看过珍珠泉后，二人紧接着又去看了黑虎泉，他写道：

傍着城壕沟，在见方三四丈的池边，荷荷吐水的龙头，已不是《老残游记》中说的一个，而是三樽了，据旁边削壁上的碑文看，知是民国二十年才新添上的……池中的水，略带腥气。潭内也冒出水泡，但没有珍珠泉的那样多，那样涌的急。俯下身子去触水面，很是温和，潭旁壁上剩有去年粘上的一副春联‘春暖池塘闻虎啸’……削壁上是一坡地，上面修的建筑，现虽作为小学校了，但那古旧的式样，却还看得出来，是老残先前所曾经望过的古寺。削壁间长有枸杞，已结着累累的小果实，鲜花夺目……

在游览完著名的三泉后，艾芜还攀登了千佛山。虽然登爬时十分辛苦、有时甚至十分狼狈，让久居江南走惯了平地的作家有些吃不消，但他对此次游山的感受是愉快而兴奋的：

而且两三年来，全住在江南的城市，走的都是平路，一旦遇着了并不怎样陡险的山坡，就仿佛骤然碰见了旧友似的，走爬起来，实在富有兴趣，虽然有点喘气，疲倦袭人，但回头看看，视野逐渐扩大，拘束身心的街巷墙壁，业已全然消失，便也感到无限慰安，精神倍加了。

艾芜对山上的人文景观不感兴趣，却对在山顶上所看到的“躺在万家烟火的济南城里”“盆一样的大明湖”和“绕在苍茫无际的天野”里“带似的黄河”等情不自禁地流露出喜爱和赞叹之情，并将其归结为“千佛山之所以爱为游人登临而且成为北国名胜的原因”。

他对济南出现的因铁路而扩张的城市现代化建设颇有感慨：

> 胶济铁路的火车，喷着乳白的烟雾，自远而至，飞驰的情形，也颇类一只黑色母猪，笨拙地走在泥泞中一般。济南城市和大明湖的面积比较，已经不是老残所见的“一城山色半城湖”了，都市已因铁路的运输而不断扩大起来。西面的红色屋顶无数，正标明古老的济南，那近代化的程度，是颇不浅的了。

艾芜每次游玩回来后，便利用晚上的时间写游记，先后创作完成了《趵突泉》《珍珠泉和黑虎泉》《湖的话》《游千佛山》及《洛口游记》等五篇描写济南名胜风物的游记作品，寄给当时上海的《申报·自由谈》并被发表。其中，在《趵突泉》《珍珠泉和黑虎泉》两文中，艾芜用形象生动的文字描绘了二十世纪三十年代中期济南三大名泉及其附近的景物，极具审美价值及史料价值，颇值得一读。描述济南的这些游记散文所得稿费，成了艾芜夫妇当时生活的唯一经济来源。

平时，艾芜以辅导肖荑写作为主要活动。在艾芜的帮助下，肖荑的写作水平突飞猛进，他的第一篇文章发表在“七月诗派”主持的《七月》杂志上，以后其创作便一发不可收，完成了包括长篇小说《曲阜》在内的许多进步小说。

两个月后，艾芜与王蕾嘉离开济南前往青岛。这一年的10月，他们结束愉快的山东之旅，重返离别近一年的上海。

1935年，应该说是艾芜人生中的重要一年。这一年，他的短篇小说集《南国之夜》由上海良友图书公司出版，短篇小说集《南行记》由上海文化生活出版社出版。《南行记》的出版在上海左翼文化界产生了极大影响，使艾芜一举成名，并跻成于名作家之列。以后鲁迅曾向斯诺介绍过艾芜，称他为最优秀的左翼作家之一，从而奠定了艾芜在中国现代文学史上的地位。左联同仁周立波曾如此评述《南行记》：

> 这一切的灰暗，如果要靠对远方福地的凝望来消解，那是过于渺茫了。为了疗救眼前生活的凄苦，他要在近边发现一些明丽的色调，于是他向自然求诉……这里有一个有趣的对照：灰色阴郁的人生和怡悦的自然诗意。在他整个的《南行记》的篇章里，这对照不绝的展露，而且是老不和谐的一种矛盾。这矛盾表现了在苦难时代地带中，漂泊流浪的作者的心情……他爱自然，他更爱人生，也许是因为更爱人生，他才爱自然，想借自然的花朵来装饰灰色和阴暗的人生吧？

历史无法假设，如果假设艾芜不曾决定在那种形势下来到山东（来到济南，包括其后到青岛），是不是会陷入苦闷和矛盾中不能自拔，从而走向另一条道路？济南的这次“蜜月”之旅，其实是艾芜精神休息的一次顿足，是他反思人生的一个驿站，在这个驿站里，艾芜不仅与泉城济南结下一面之缘，也在中国现代文学史留下了成功的足迹。

艾芜是平民作家。新中国成立后，他任重庆市文化局局长，可他一天也没去上任，依旧留在重庆大学国文系教书。他一生无权势，无秘书，无汽车，所以他生活上完全是夫妇二人自己打理，即使到了晚年，艾芜身为四川省作协副主席，家住成都市红星中路二段 87 号，也是每天提个小竹篮自己去菜市场买菜。

1961 年，艾芜到云南旧地重温南行之旅，完成了《南行记续篇》。1972 年以后，艾芜以耄耋之年，又深入大小凉山，重返云南边疆，发表了十三篇短篇小说百余万字，结集为《南行记新编》。

1992 年艾芜逝世。

在艾芜的故乡——桂湖公园饮马河畔，在一片翠竹丛中，艾芜的墓就在这里。整座墓由红砂巨石垒成，上端矗立着他的半身青铜塑像，身后有碑文刻记着他的生平，塑像胸前的碑面上“艾芜之墓”四个字，是巴金的手书。墓前端有一块正方形的大理石，上部刻着艾芜的一段座右铭：“人应像一条河一样，流着，流着，不住地向前流着；像河一样，歌着，唱着，欢乐者，勇敢地走在这条坎坷不平、充满荆棘的路上。”下部嵌着一束铜质的山茶花。这一切都寄寓着这位流浪文豪、南行作家不平凡的一生。

郁达夫：匆匆一日的顿足

白居易曾有诗云：“江南忆，最忆是杭州。山寺月中寻桂子，郡亭枕上看潮头。何日更重游？”杭州，这座古城，留给人们许多的诱惑，吸引着无数文人骚客前来，也留下了无数脍炙人口的诗文。

虽说上有天堂下有苏杭。但“出梅”以来，堪称“火炉”的杭州，闷热的天气已经让人难以忍受了。

1934 年 6 月底、7 月初的杭州，人们已经明显感觉到这种闷热难忍的气候越发厉害，而街道两旁的香樟树似乎不惧怕，正处在最茂盛的时节。沿着城东大学路，踩着零零落落的香樟叶子，走到 54 号，是浙江图书馆，南面是军备局，在图书馆侧面土山旁边是大学路场官弄 63 号，这里有三间略显陈旧的房屋。

此时，正堂内的躺椅上，半卧着一位读书的中年男子。由于暑热，他一会儿站起来，抖抖黏在身上的衣服，拿起扇子扇两下，然后再坐下继续看书。可以看出他的身材不高不矮，脸孔是长的，鼻翼开阔，额角也很阔很高，背却已经有些微驼了。他就是当时左联的发起人之一、著名作家郁达夫。

郁达夫，名文，达夫是他的字，1896 年出生于杭州富阳一个书香门第之家。1913 年 9 月，十八岁的郁达夫随大哥郁蔓陀到日本留学，在补习了半年多的时间之后进入东京第一高等学校预备班，一开始学的是文哲科，后来又转学到医学科，与郭沫若是同班同学。一年以后他获得了官费生的待遇，由此从预备班升到了东京第八高等学校就读，主要修读法学部的政治学科。在此期间，郁达夫利用业余时间阅读了大量的俄、德、英、日等国的小说，并开始诗歌创作，同时尝试着写一些小说。1922 年 3 月回国后到安徽安庆教学。1923 年 2 月，他第一次到北平，与鲁迅相识，二人从此结下战友之情。同年 10 月，他再次来到北平，担任北京大学统计学讲师。他的《沉沦》是中国现代文学史上被认定的最早的白话短篇小说集，不仅在当时文坛引发了不小的轰动，对推动中国现代文学发展也发挥了重要作用。

1933 年 4 月，郁达夫、王映霞夫妻从上海来到杭州，就住在大学路这处住宅。这里虽然破旧，但郁达夫还是比较满意的，毕竟比原来居住在上海嘉禾里弄堂的简陋房屋要好得多了。不过，杭州反复变化的气温，明显让郁达夫感觉不能忍受。对于具有浪漫主义情怀的他来说，这里虽然比上海里弄要好些，但炎热的夏天让人感觉不到一丝的舒适，真是度日如年。

王映霞是郁达夫的第二任妻子，当时被誉为“江南第一美人”。她是杭州人，毕业于杭州女子师范学校。郁达夫与前妻孙荃系包办婚姻，为此，郁达夫曾有过三次红杏出墙的事情，直到遇到眼前一亮的王映霞，才与孙荃分居。

郁达夫和王映霞婚后七年，作为一名浪漫作家，郁达夫很难忍受循规循矩的婚姻生活。他与王映霞由于性格不合经常吵架，再加上郁达夫还时常探望资助前妻孙荃和孩子，还有郁达夫作品版权费问题，以及社会上传说王映霞平时爱打扮得花枝招展，毫无顾忌地去广交朋友的事情，使两个人难以愈合的感情裂痕越来越大。

这次，郁达夫把家从上海迁到杭州，据说是为了躲避他人对王映霞的追求。他或许是想试图为自己的爱情和婚姻构造一个遮挡人生风雨的新巢，来挽救婚姻危机。当然，这只是当时社会流传的表面原因，而深层因素追溯起来并非这样简单。

1921 年 9 月到 1933 年 3 月，郁达夫曾用相当大的精力参加左翼文艺活动，进行革命创作。1930 年 2 月 25 日，郁达夫和鲁迅、宋庆龄等十一人，共同发起组织中国自由运动大同盟，出席了在上海秘密召开的成立大会，领衔发表了《中国自由运动大同盟宣言》。可是，由于左联某些领导的左倾思想，郁达夫对左联过多的集会感到厌倦，他曾当众表示：“自己是一个文人，不是一个战士。”被左联投票表决开除。（1930 年 12 月 1 日出版的《读书月刊》第一卷第二期“国内文坛消息”有载）。

郁达夫不仅是浪漫的，生性也是超脱的，他没有为此背上精神包袱，仍然在革命的道路上前进，继续与鲁迅等左翼作家一起从事革命活动，营救被捕革命同志，始终都是国民党政府欲迫害的对象。在白色恐怖之下，郁达夫不得不离开上海到老家杭州、富阳等地暂避。

恰在这时，已于1933年到青岛市立中学（胶澳中学）教书的好友汪静之和另一位朋友卢叔桓来信，极力邀请郁达夫到青岛海边来避暑散心。为了修复夫妻关系，也为了躲避脱离左联的烦忧，郁达夫偕夫人王映霞于1934年7月6日离开了杭州，乘船途经上海，于7月13日抵达青岛，在这座北方沿海城市度过了一个月的避暑生活。

郁达夫离开青岛后，一路北上前往北平。郁达夫在1923年曾两次到北平，对那里的四季留下了深刻的印象。这次到青岛避暑然后再去北平，北平两个字已经把途中的郁达夫吸引了，期待着尽快再次饱尝故都的“秋味”，而济南只是他途中的一站。

1934年8月12日晚上，济南刚下过一场大雨，给闷热的天气带来了凉爽。在山东高级中学教书的李守章夫妇刚刚吃完饭，收拾完碗筷后闲暇无事，忽然听到有人扣门，李守章打开门一看，竟是五年多没有来往的郁达夫和王映霞。李守章在大感意外的同时，也非常兴奋，之前他和郁达夫亦师亦友的那段难忘经历立刻浮现在眼前。

李守章，字俊民，江苏南通人，左联成员，新中国成立后曾任上海古籍出版社社长。1925年郁达夫在武昌师范大学任教，李守章是该校国文系学生，而且加入了共产党。他们虽是师生关系，却因志趣追求相近成为好朋友。他们闲暇时间在郁达夫的宿舍里一边喝啤酒，一边随意畅谈；他们在湖边散步，在街边的小酒家畅饮，在黄鹤楼、归元寺、古琴台、鹦鹉洲留下顿足的身影。

1928年，李守章回到南通老家，却作为危险的“赤色分子”而无法立足。为躲避风险，他便应田汉之约到上海南国艺术学院工作。此时的郁达夫正在上海与鲁迅一起编辑《奔流》月刊，他一边积极为李守章寻找住房，一边还安排包饭，并将其创作的《秋之汐》《哑钟的破碎》等小说推荐给《雨丝》《奔流》等杂志，并一一发表。在上海，他们两个还和当年一样，晚上约上几个要好的朋友，到泰威坊弄堂口的一个小酒店里饮酒畅谈，好像又回到了武昌岁月。

1929年郁达夫到安庆的安徽大学任文科教授，李守章到淮阳的河南省立第二师范学校任教。1930 年夏，李守章经台静农介绍到北平翊教女子中学教国文。1931 年暑假到济南，通过王祝晨（即前文推举傅斯年参加官派留学的省议员）的关系，先后在省立一师、省立高中任教。这时的郁达夫、李守章都在为各自事业奔波，繁忙中没有再见过面。

济南本是郁达夫匆匆而过的地方。之前，他在青岛游历，主要游览了崂山，认为崂山耐人寻味之处在于从白云洞、华岩寺到太清宫这一路。他曾听当地一位小姐介绍，崂山石老人附近的景色清幽，浮山午山庙周围的梨花盛开艳异。但他因为去的时候不巧，对于这些美好风景，没有领略到，由此感慨道："此生不知有没有再去的机会了，我到现在，还长怅念。"但当郁达夫看到这座海边之城停满了外国舰队，就"感到头昏脑涨"，他在《青岛、济南、北平、北戴河的巡游》一文中写道：

> 则外国的东方舰队，来青岛避暑停泊的数目实在多不过，因而白俄的娼妇，中国盐水妹的来赶夏场买卖的，也混杂热闹到了使人分不出谁是良家的女子。喜欢异国颓废的情调的人，或者反而对此会感兴趣，但想去看一点书，做一点事情的人，被这些酒肉气醉人的淫暖之风一吹，总不免要感到头昏脑涨，想呕吐出来。

他本想在青岛避暑，趁着清爽的天气多读点书、写点文章，结果在一个月里，连一本书都没有读完，更别说写文章了，于是在微冷的一天，坐上列车沿胶济铁路西行再北上了。

郁达夫乘火车一路，有机会观赏山东大地的景致，也引发了他的怀古之思：

> 由青岛去济南的道上，最使我感到兴奋的，是过潍县之后，到青州之先，在朱刘店驿，从车窗里遥望首阳山的十几分钟。伯夷叔齐的古迹，在中国原有好几处，但山东的一角孤山，似乎比较有趣一点，因为地近田横岛，联想起来，也着实富于诗意。（《青岛、济南、北平、北戴河的巡游》）

时逢乱世，郁达夫不忘借古讽今，调侃自己：

洁身自好之士，处到了这一种乱世，谁能保得住不至饿死？我虽不敢仰慕夷齐之清高，也决没有他们的节操与大志，但是饿死的一点，却是日像一日，尽可以与这两位孤竹国的王子比比了。所以车过首阳之后，走得老远老远，我还探头窗外，在对荒山的一个野庙默表敬意。

至于青州的云门山，于陵的长白山、白云山等，只稍稍掉头望了一望，明知道不能去登，也就不觉得是什么了不得的名山胜地了；可是云门的六朝石刻，听说确是货真价实的历史上的宝物。（《青岛、济南、北平、北戴河的巡游》）

8月12日，在乘火车西行十一小时后，郁达夫一家于傍晚六点左右到达了济南。他们下车后径直来到李守章的住处，李守章在惊喜之余，即要安顿他们在家中留住。郁达夫一家无意打扰，他说从青岛来，还将去北平，只是路过济南，不会耽搁很久。他们虽然一见如故，但谈话不多，当晚约定第二天游览济南几个著名的景点。离开后，郁达夫一家找到火车站附近的平浦宾馆住下，因宾馆内臭虫蚊子很多，致使他们没有睡好。

第二天一大早起来，郁达夫一家来到李守章住处，看到李守章早已雇好人力车在等待他们。李守章的寓所位置大概在今天的南上山街附近，因距离趵突泉不远，就先带着郁达夫夫妇来到趵突泉游览。

到济南城后，找着了李守章氏，第二日照例的去游千佛山、大明湖、趵突泉、金线泉、黑虎泉等名胜。自然是以家家流水、户户垂杨的黑虎泉（现在新设了游泳池了）一带，风景最为潇洒。

大明湖的倒影千佛山，我倒也看见，只教在历下亭的后面东北堤旁临水之处，向南一望，千佛山的影子便了了可见，可是湖景并不觉得什么美丽。

只有蒲菜、莲蓬的味道，的确还鲜，也无怪乎居民的竞相侵占，要把大明湖改变作大明村了。

就在这一天的晚上，我们离开了李清照、辛弃疾的生地而赶上了平浦的通车，原因是为了映霞还没有到过北平，想在没有被人侵夺去之前，去瞻仰瞻仰这有名的旧日的皇都。（《青岛、济南、北平、北戴河的巡游》）

郁达夫看到趵突泉泉水喷涌很高，就感觉“趵突”二字很形象。由于周边小商小贩很多，人声很是嘈杂，他们没有久留，就朝着珍珠泉、李清照纪念地走去。由于李守章对济南的地理位置不是很熟悉，竟然走岔了路，就顺路看了金线泉，只见泉内冒上许多条泉线，好似缕缕金线。随后又来到黑虎泉。郁达夫看到虎头虽然已经破损不堪，但看到虎口内喷出泉水，周围有丛生的青苔，南面山崖上茂密的杂草丛树，便感觉景色颇佳。

时间紧迫，来不及仔细观瞻，他们又来到千佛山下。当爬到半山腰处时，阵阵干爽的山风吹来，习惯了南方湿热的郁达夫，顿时感到清爽无比。当他向北远眺“齐烟九点”（古时站在济南千佛山顶，可见北方九座小山头在云烟中忽隐忽现，故为济南景观之一）和泺口黄河铁桥，均清晰可见。李守章告诉他，黄河从此东流到海，就再没有山了。此时的郁达夫，眼光越过九座小山望向遥远的北方，恐怕心中念念不忘的还是北平。

中午回到城中，李守章夫妇做东，请郁达夫他们在院西大街一家江浙餐馆用餐。李守章在自己的《落花如雨拌春泥》文章里回忆道：

午饭是在院西大街一家较大的餐馆里吃的。我考虑到在济南招待郁达夫夫妇，有三种名产是必须点到的：

一是泺口供应的黄河鲤鱼，餐馆里把它们弄来养在小池子里，活蹦蹦的，餐馆要顾客自己挑选出来，当场摔死，然后再去烹饪。

二是大明湖特产的蒲菜，煮为清汤，是从清新素雅中得味的。

三是青稻米，是小清河两侧种出的粳米。小清河是山泉汇成的河流，灌溉出来的稻米青而发黑，清香无比。

这三种特产都具备了，所以这次聚餐是值得纪念的。

李守章专门点了济南的三大名吃来招待郁达夫夫妇，这顿午饭郁达夫吃得很满意。饭后他们乘船游览了大明湖的历下亭、张公祠、铁公祠、北极阁等处。本来，李守章想找到一处能够看到千佛山倒影的地方，但当时为种植菱藕，大明湖被私人分割湖田的情况比较严重，造成湖面不清。终于，他们在历下亭后面的一个水堤边见到了佛山倒影，才有了郁达夫“向南一望，千佛山的影子便了了可见”的描述。

时间过得飞快，匆匆一日，郁达夫就要走了。当天傍晚，他们夫妇就坐火车驶过黄河向北而去。

从北方游历归来后，郁达夫在杭州即刻投入紧张的抗战宣传和创作中。他和王映霞移居杭州后的生活是较清苦的。客厅里的陈设十分简单，居中有一张蔡元培写的单条幅，两旁配着两副对联，旧板桌旧方凳都已经褪了色，新买的家具只有四张藤椅和两张茶几而已。

1935 年 7 月，郁达夫要为王映霞建造一个舒适的家，遂下决心开始兴建新居。房屋和院落都是郁达夫亲自设计的布局。今天，作为杭州市文物重点保护单位，此宅犹存，结构如初。我们可以看到，整个寓所分正屋与后院两部分，进大门，两侧有五、六间平房;过天井，有三间正屋坐北朝南;正中间为客厅，有后轩;厅东西为卧室，三面回廊。正院与后院以砖墙相隔。后院建平屋三间，为书房与客房。院内林木参差，环境幽雅，静谧中透着书香气，确实是一个能够遮挡风雨、潜心读书写作的好去处。

郁达夫专门请当时书法名家马君武为自己的新居题写了“风雨茅庐”四字牌匾，本意是想归隐山林，一心一意做学问。新居收藏有宋元明以来至清末的类书八九千卷之多，仅明末清初的禁书就有三百余部，清代的诗词集也要六百余种，还有英德法日文书籍两万余册。从他对居住环境的选择和藏书规模的苦心经营来看，是有长期留居西湖生活的打算的。

住了一个月左右，王映霞生下了第三个孩子。安静舒适的居住环境，似乎让王映霞开始对家庭生活变得满足起来，所谓婚姻的“七年之痒”，目前看好像是可以跨过去了。但是郁达夫曾对朋友说过：“我是个喜欢寻求浓厚的刺激的人。我在杭州住了几天，觉得杭州这地方真太沉闷，太平凡极了。我虽然厌恶上海，但上海有浓厚的刺激可寻。”可见，郁达夫的内心世界始终与王映霞对不上。

喜欢自由不受拘束的郁达夫，最终以“烦于泥土砖瓦干扰”为由，于1936年1月离开杭州，到福州漫游去了。到福州后，他接受了福建省政府的委派，担任省府参议兼公报室主任，负责经济设计方面的工作。当他从福建赶回时，王映霞已经迁入新居。郁达夫在风雨茅庐只住了三天，便又赶往福州供职。

不甚关心时事的王映霞，看到丈夫把他们的爱巢命名为“风雨茅庐”，十分不高兴，认为这是不好的兆头。

时世艰难。随着战火向南方的快速蔓延，郁达夫在福州任职顾不上照顾家庭，只有王映霞带着孩子和老母亲生活，这使她觉得郁达夫是一个不负责任的男人，可郁达夫在福州听到的却是王映霞与第三者关系不正常的流言。深感委屈的王映霞一气之下离家出走，而性格冲动的郁达夫则在《大公报》上登出寻妻启事，让王映霞备感羞辱。当年曾爱得“之死靡他”的所谓“神仙眷侣”,最终变成了“人间怨偶”。王映霞没想到当初她对“风雨茅庐”的理解果真一语成谶。此后，两人在友人地劝说分分合合，但他们的爱情终像一件破碎的瓷器，再也无法修复如初了。二人于1940年办理协议离婚。

1938年后，郁达夫在武汉担任国民党军委会政治部第三厅少将设计委员，后应邀赴新加坡《星洲日报》等多家报刊担任副刊编辑，一直从事抗日救亡宣传。新加坡沦陷后流亡至苏门答腊，因精通日语被迫做过日军翻译，利用职务之便暗暗救助、保护了大批文化界的流亡难友、爱国华侨和当地居民。1943年，郁达夫化名赵廉，同朋友合办赵豫记酒厂，赚来的钱用于接济抗战文人。这时，经朋友介绍，他和出身贫穷的华侨姑娘何丽有结婚。何丽有原名陈莲有，因其相貌平平，郁达夫跟她开玩笑，把名字改为何丽有，即“何丽之有”的意思。朴实的何丽有不懂中文，也没受过什么教育，对于丈夫的赐名，反而欣然接受。他们婚后生活相互体贴照顾，还生下了一儿一女。

1945年的8月29日，日本刚刚宣布无条件投降不久，郁达夫正在家中和三位华侨闲谈，来了个讲印尼语的当地青年，说有事请郁达夫出来商谈一下。郁达夫随青年出去了几分钟，又回来对朋友们说："我出去一下就回来，你们请坐一下。"衣服都未来得及换，穿着睡衣和木屐就消失在茫茫夜色中，再也没有见到他的身影。

后来，朋友们从棉兰联军总部情报处获悉，郁达夫是于1945年9月17日在武吉丁宜的丹戎革岱荒野中被秘密杀害的，还有一说是在武吉丁宜秘密隧道中被推下后面的万丈悬崖而亡的，殉难时仅五十岁，而他的死至今仍是一个谜，连尸骸都没有找到。

何丽有一直以为郁达夫只是一个"读书匠"，直到郁达夫被害后才得知他是中国鼎鼎大名的文化人。

1951年12月，中央人民政府追认郁达夫为"为民族解放殉难烈士"。

梁思成 林徽因：考察与流亡

1936年6月，几位风尘仆仆的旅客从津浦铁路济南火车站出来，他们站在站前广场上，回头仰望火车站这座日耳曼建筑群，其中一名男子微笑着点点头，一路疲顿似乎一扫而光，精神为之振作。这名男子就是中国著名建筑学家梁思成，旁边陪着的一位女士就是女建筑师林徽因。他们夫妇这次到济南，是应山东省教育厅厅长何思源之邀，专程考察山东古建筑的。

梁思成、林徽因的家庭背景均不凡。梁思成是清末民初著名政治活动家梁启超之子，在清华大学高等科毕业后，进入美国费城宾州大学、哈佛大学留学，回国后先是执教于东北大学，后在北平任中国营造学社法式组主任。他毕生从事中国古建筑研究，著有《中国建筑史》《中国雕像史》等著作，被誉为"中国建筑史上的一代宗师"。林徽因则是北洋政府司法总长林长民之女，中国第一位女性建筑学家，被著名学者胡适誉为"一代才女"。她与梁思成用现代科学方法研究中国古建筑，从而获巨大成就，成为这一学术领域的开拓者、奠基者。林徽因还是一位诗人、作家，代表作有《你是人间四月天》等。

他们到济南的这一年，梁思成三十五岁，林徽因三十二岁，二人在建筑学这个共同的事业上可谓意气风发。当年梁思成就是因为林徽因喜欢建筑学而学建筑的，他们的好友、哲学家金岳霖将他们戏称为“梁上君子，林下美人”。后来他们参与了中华人民共和国国徽和人民英雄纪念碑的设计。

1930 至 1945 年间，他们对全国十五个省一百九十个县两千七百三十八处古建筑进行了调查，山东也在考察范围之内。通过他们的考察后，很多古建筑得到了全国以及国际上的认可，如河北赵州石桥、山西应县木塔、五台山佛光寺等，促使政府对这些古迹加以重点保护。

此前，梁思成曾来过济南，那是一次悲伤之旅。1931 年 11 月，新月派诗人徐志摩乘坐的飞机在济南西郊开山不幸失事殒命，梁思成与金岳霖等专程从北平赶来处理后事。这一次，梁思成夫妻二人通过查阅《山东通志》《历城县志》等大量地方志书，确定了沿铁路线的考察路线，即：东边沿着胶济铁路走历城、章丘、临淄、益都（今青州）、潍县（今潍坊），回到济南后再沿着南方向津浦铁路走长清、泰安、平安（今兖州）、济宁、邹县（今邹城）、滕县（今滕州），全程共计十一个县。

此行调查测绘的古建筑有：历城的神通寺四门塔，朗公塔，元、明墓塔三十余座，千佛崖唐代造像，涌泉庵等；章丘的常道观元代大殿，白云观，清静观元代正殿，文庙金代大成殿，永青寺，民居等；临淄的兴国寺遗址，北魏佛像；益都的县文庙；潍县的县文庙，石佛寺明代大殿；长清的灵岩寺千佛殿，辟支塔，慧崇塔及法定塔，宋、元、明历代墓塔一百四十余座；泰安的岱庙，泰山上道观等多处；平安的兴隆寺砖塔，灵应庙大殿，泗水桥等；济宁的铁塔寺铁塔，钟楼；邹县的法兴寺宋塔，亚圣庙；滕县的龙泉寺明塔，兴国寺遗址。

他们原计划还要调查益都的隋代云门摩崖雕像，因为这些作品已经破坏得相当严重，需要尽快掌握情况加以修复，但途中经常有土匪，比较危险，益都方面的官员极力劝阻他们不要冒险，此因作罢。

考察古建筑的工作异常艰辛，没有吃苦精神是干不成的。林徽因在致亲友的信中述说他们坐火车“整天被跳蚤咬得慌，坐在三等火车中又不好意思伸手在身上各处乱抓，结果浑身是包！”考察中则是“每去一处都是汗流浃背的跋涉，走路工作的时候又总是早八至晚六最热的时间里。”她还在考察日志中写道：“在草丛里读碑碣，在砖堆中间偶然碰到菩萨的一只手一个微笑，都是可以激动起一些不平常的感觉来的……我乐时就高兴地笑，笑声一直散到对河对山，说不定哪一个林子，哪一个村落里去！”

济南南部山区多佛教圣地，柳埠一带有神通寺、九塔寺等古代寺庙，至今遗有四门塔、龙虎塔、九顶塔等建筑，已经建设成为公园。梁思成、林徽因二人在济南一下火车，便与他们的学生会合，徒步直奔柳埠而去，迫不及待地考察早就神往的四门塔等古遗迹。

梁思成曾因车祸导致左腿骨折，手术后左腿比右腿短了一公分。这次徒步考察，尽管左腿使不上劲儿，梁思成却感觉是一段愉快的旅途：“行走在山岩间的小径上，我们一边呼吸着早夏时节风中的花香，一边浏览着蓝天下步移景异的山峦起伏，最后来到旅途的终点——位于东岳泰山之阴的一处人迹罕见之地。”二人风华正茂，走了一整天也没觉得累。当走到柳埠的时候，只见这里层峦叠嶂，一座有四面门、外观看上去颇为厚实的方塔隐现，这就是四门塔了。他们走进塔身，发现整座塔被荒草野树掩住，连塔顶都长满了瓦松和小草，根本看不清全塔的面貌。两人不顾徒步劳顿，即刻动手清理起来。

塔，梵语为窣堵坡，本为瘗藏佛骨之所，源于印度，进入中国后，形成了多种风格，例如楼阁式塔、密檐式塔、亭阁式塔、喇嘛塔、金刚宝座塔等。

梁思成夫妇走南闯北，见到的佛塔难以计数。他们经常踩着梯子上上下下，在高耸的塔身儿或塔内腾挪，对古塔的各项数据进行认真测量，《中国建筑史》中就有一幅林徽因攀在高梯子上测量唐代经幢的照片，梁思成笑称这种工作是“飞檐走壁”。

四门塔是我国现存最古老的单层亭阁式石塔，为古代石质建筑的典范之作，在梁思成的《中国建筑史》中占有一席之地。他在书中描述道：

> 这座单层的小石塔内的石像上有公元544年的题刻，它是国内该类型塔中最古老的一座。这个初看短粗的结构实际上是一个方形

平面的亭子，亭中心为塔心柱，四面设拱门。屋顶是一个阶梯形的金字塔，上覆以一个缩小的印度窣堵坡样式的尖顶。

塔形制与云冈浮雕所见单层塔极相似，其刹与浮雕塔刹完全相同。

基于对全国各地大量古塔的研究，梁思成得出这样一个结论：

中国古塔，是在其传统多层结构之上覆以印度窣堵坡样式的有趣结合。神通寺四门塔是这种融合样式最早和最简洁的实例之一，它在中国古塔的演进过程中具有极其重要的地位。

于是，他将四门塔初步判断为南北朝时期所建造，但当时并无确定建造年代的直接证据，因此他不无遗憾地说："塔无建造年代，唯造像有东魏武定二年年号，揆之形制，或属此时"。

他们在考察测绘完四门塔、龙虎塔和附近五十多座金元明墓塔后，又马不停蹄地来到十余里外的灵鹫山九塔寺继续考察唐代建筑九顶塔。

梁思成在《中国的佛教建筑》中写道："伟大的唐朝（618 ~ 906）给后代留下了相当数量的砖塔。"按照梁思成的观点，唐代砖塔有两种主要类型，一种叫多层塔，一种叫密檐塔。他们将九顶塔周围的杂物清理之后发现该塔形制极为特殊，是造型独特的砖塔，基本上属于亭阁式塔。经过测量，该塔高十三米多，整个塔身有六个面八个角，每边作弧形向内凹入，为水磨砖对缝筑法，南面有一佛室，供石雕一佛像二侍者；塔檐叠涩向外排十七层，收十六层；上为八角平顶，原有八座三米高的三层小塔（小塔各层均凿佛龛），环以五米多高的中心塔，远望如盛开的莲花。梁思成认为这在唐塔中也是很特殊的，可以说全国仅此一例。明代文人许邦才《重修九塔观音寺记》称该塔"一茎上而顶九各出，构缔诡巧，他寺所未有"。明代诗人李攀龙诗云："空林双树老，寒塔九华疏"，称赞该塔如花之扶疏。1929 年日本编印的《世界美术全集》评价九顶塔说："匠意纵横，构筑奇异，其他无能及。"

考察完毕，梁思成夫妇感到极为可惜，当时称此塔已有毁损，顶上九塔只剩下五个，衰草残砖，令二人唏嘘不已。梁思成认为，此塔虽无年代可考，但窥其风格和塔内造像，应为唐代遗物。后来，古建筑学家罗哲文在《中国古塔》一书中，进一步将其建造年代定为唐代天宝时期（742—756）。

梁思成、林徽因二人离开济南后，一切又归于沉寂，无人问津的柳埠各个古塔在历史风云的涤荡中继续经受着风雨的蚕食。

1937 年“七七事变”后，梁思成、林徽因的考察计划变得迟缓，最后变成了“流亡”。1937 年 7 月 29 日，北平沦陷。日本人已经注意到梁思成的身份和社会影响，给他发去了“东亚共荣协会”的请柬，邀请他出席会议。梁思成下定坚决不做汉奸的决心，必须立即离开北平。当时北大、清华、南开三所大学已奉国民政府教育部命令迁至长沙，合组长沙临时大学新校。梁思成和林徽因决定举家南迁到长沙。

此时，梁思成已被诊断患有“脊椎软组织硬化症”，医生为他设计了一副铁架子“穿”在衬衣里面，以支撑脊椎，行动更加不便。梁思成还幽默地对林徽因说：“刚开始抗战，就穿上防弹背心了。”林徽因身体状况也不佳，医生警告她说肺部有空洞，任何一次感冒或别的什么不慎，都将导致严重后果。但在别无选择的情况下，林徽因只有面对严酷的现实。夫妇二人开始收拾行装。林徽因在致沈从文的信中写道：“临行的前夜一直弄到半夜三点半，次早六时由家里出发，我只觉得是硬由北总布胡同扯出来上车拉倒，东西全弃下都无所谓，最难过的是很多朋友都像是放下忍心地走掉。”

当时津浦铁路战火纷飞，铁路北段已经无法通车。梁思成夫妇带着两个孩子还有外婆，从北平乘火车到天津，由天津新港搭乘英国商船到烟台，然后乘上去潍坊的汽车，再从潍坊搭上去济南的火车，兜了一个大圈子。当他们坐上去济南的第一班火车时，来的路上已是战云密布。在林徽因给沈从文的信中描述了当时的情景：“在黑暗中，在车站铁棚子底下分别，很有种清凉味道，尤其是走的人没有车位，车上也没有灯，送的打着雨伞，天上落着很凄楚的雨……”

最是仓皇辞庙日。一年前，他们沿胶济铁路考察，踏遍青山，还在济南考察古塔，可谓兴致盎然。一年后，他们却背井离乡，沿胶济铁路，到济南中转流亡，可谓凄凄惶惶。

火车行驶在胶济线上，可见有日军飞机从火车上面呼啸着飞过。每到这时，火车便立刻停下来，拉响警报，催促车上的逃难旅客赶紧跑下车去躲避。当时日机飞得很低，机身上红色的“太阳”标记清晰可见。

就这样，火车走走停停，下午三点钟才到达济南。

他们下车的地点为胶济铁路济南火车站（相对于津浦铁路济南火车站的另一个车站，现为胶济铁路博物馆）。只见车站挤满了逃难者，城内外的旅馆几乎爆满，还是梁思成找到山东省教育厅帮忙，才在大明湖附近找到了一家旅馆。由于逃难的人太多，铁路部门用火车分批向鲁南遣送，他们在济南又多滞留了两天。

感时花溅泪，恨别鸟惊心。他们无心欣赏济南的湖光山色，两天后，终于从津浦铁路济南站挤上了南下的火车，往还是大后方的长沙而去…

新中国刚成立时，九顶塔已经破败不堪，山上冲下的淤土和乱石将塔基和半截塔身掩埋，塔身残缺严重，塔檐坍塌了下来，塔顶除了中心塔尖和一个小塔尚存外，其余的已经不健全了。梁思成、林徽因依然牵挂着山东的古塔，当梁思成得到国家和山东省济南市文物部门专门拨款，决定对四门塔、龙虎塔、九顶塔等塔恢复原貌的消息后，还专门撰文给予赞赏。

在四门塔修葺过程中，文物部门和专家拆下了顶部石板，发现石板阴面刻有“隋大业七年造”的字样，也就是公元611年建造，确定了四门塔建造于隋代，填补了梁思成、林徽因当年深感遗憾的“塔无建造年代”的历史空白，从而把四门塔认定为我国现存最早的石塔。

当然，其后对于该塔的建造时间还有争议，不过，这些都是在梁思成、林徽因考察基础上对更早建造时间的推断研究，如当代济南文化学者徐北文认为：“从造像记看来，此塔应建于东魏；但六十年代维修时在塔顶发现有‘大业七年造’的字样，在塔心柱中还发现有隋代钱币等。看来，这塔是东魏的原塔毁于574年周武帝的灭佛运动，在杨坚即位后神通寺恢复时代重建的。所以，这座建于七世纪初的古塔，却保持了六世纪中期的形制。”

任远的《四门塔建造年代之我见》一文则认为：“四门塔约开始修建于武定二年或更早些时间，基本落成于大业七年，历时六十七载。”他推断，中间可能因故停工。

1955年4月1日，林徽因病逝，享年五十一岁。她被安葬在八宝山革命公墓，墓碑下方的一块汉白玉上刻着秀丽的花圈，这原来是为人民英雄纪念碑碑座雕饰试刻的一个样品，人们把它作为一篇独特的无字墓志铭，奉献给它的创作者。

当一代女神林徽因匆匆告别这个世界十七年后，1972 年 1 月 9 日黎明，一代建筑学宗师梁思成亦溘然长逝。

参考资料：

《冯至在青岛的诗性时光》，柳已青，2015 年 7 月 3 日

《济南断片》，王月鹏，济南时报，2018 年 11 月 27 日

《冯至全集》，冯至著，韩耀成主编，河北教育出版社，1999 年 12 月

《老舍的济南》，李木生，《书屋》，2013 年第 11 期

《老舍：济南是“第二故乡”》，徐敏，济南时报，2019 年 4 月 3 日

《老舍全集》，人民文学出版社，2013 年 1 月

《老舍先生 120 周年诞辰：时短情长，泉城成第二故乡》，张九龙，齐鲁晚报齐鲁壹点，2019 年 3 月 10 日

《老舍与济南的不解之缘》，龙树，大众日报，2015 年 1 月 4 日

《历下人文·历下名人游踪》，济南市历下区政协编，济南出版社，2014 年 4 月

《艾芜与千佛山的冬日情缘》，雪樱，济南时报，2015 年 2 月 13 日

《名家笔下的老济南》，刘书龙 管萍编，济南出版社，2009 年 1 月

《郁达夫的济南一日游》，刘书龙，济南时报，2006 年 9 月 3 日

《郁达夫游济南吃蒲菜》，盖幸福，济南日报，2012 年 12 月 19 日

《郁达夫全集》，吴秀明主编，浙江大学出版社，2007 年 11 月

《郁达夫年谱》，陈其强编，浙江大学出版社，1989 年 8 月

《梁思成林徽因济南之行 让中国唯一的这座塔重现魏敬群》，魏敬群，齐鲁晚报齐鲁壹点，2019 年 11 月 30 日

《济南这座千年古塔，见证了林徽因的爱情》，朱文龙，齐鲁晚报，2018 年 2 月 22 日

《济南大观》，张永泉 戴永夏编，山东友谊书社，1987 年 1 月